蕪村筆「奥の細道画巻」より旅立ち　人々に見送られて出立する芭蕉主従（逸翁美術館蔵）

**芭蕉筆「かれえだに」画賛**　門人許六の画に芭蕉が賛したもの。「かれえだにからすのとまりけり秋のくれ　芭蕉桃青」（出光美術館蔵）

中公文庫

# 日本文学史

## 近世篇一

ドナルド・キーン
徳岡孝夫訳

中央公論新社

目次

# 日本文学史　近世篇一

# 序　近世の日本文学

徳川期の文学の特色は、なににもまして、それが（武家階級をも含めて）民衆のものだったという点であろう。それまでにも、名もない作者の手になる詩歌《しいか》や散文は、日本にも決してないわけではなかった。それらの中には、文学的な価値のあるものもあったし、あるいは宮廷独特の文学ジャンルと思われているものの中にも、その根源をたどれば民衆にもてはやされた俗謡《ぞくよう》、俚謡《りよう》のたぐいにつながるものはいくつかあった。しかし、諸外国の文学、ないしは一六〇〇年以降の日本の文学と比較するとき、それまでの日本文学は、その作者といい、読者や作品の性格といい、やはり圧倒的に貴族のものであった。

新しい文学の勃興《ぼっこう》が、政治的な意味での新しい時代の幕開きとはっきり平行を示すなどという偶然は、世界の歴史の中でもめったに起こらない。西暦一六〇〇年——つまり「天下分け目」の関ヶ原の役と軌を一にして起こった新しい文学は、そういう意味できわめて例外的だったといえるだろう。

時代をもう少し進めて、関ヶ原の役の十年前にまでさかのぼると、以後二百七十年間の徳川時代にやがて開花を迎える詩歌、散文、演劇のうちほとんどすべてが、家康が全国制覇の足がためをしているまさにその時期に、ほぼ決定的に方向づけられたということさえできる。そして、この時代についてなにか一つ、もっとも重要な特長をあげるとすれば、それは印刷術の導入であろう。印刷という技術を抜きにしては、以後の民衆の文学は存立しえなかったからである。

それ以前の日本でも、印刷は、すでに八世紀いらい行なわれていた。七七〇年に称徳《しようとく》天皇の命によって「陀羅尼《だらに》」が刷られ、百万塔《ひやくまんとう》に納められた証拠が現存している。その後も、ときどき経典類が印刷されている。だから、一ページを一枚の板木《はんぎ》で刷る印刷の技術は、決してすたれてしまったわけではなかった。ただ、印刷の対象が、中国のように経典以外のものにまで拡大されることがなかっただけの話である。『古今集』や『源氏物語』のような古典、あるいは『日本書紀』のように漢字で表記されたものまでが、なぜ写本という形でしか伝えられなかったのか、という点については、いまだに完全な説明が与えられていない。あるいは作品に対する需要がごく限られたものだったため、たとえ高くついても書写するほうがよかったのか、または印刷と経典のイメージがあまりにも密接に結びついていたために、仏教関係書以外のものの印刷を思いつかなかったのか、あるいはその複合的なものだったのであろうか。

いや、手間もかかり高価でもあった写本のほうを選んだのには、おそらくもっと審美的な配慮があったはずだと考えられる。すなわち、作品が書かれている書体と挿絵が、その文学作品の内容と一体不可欠のものと考えられていたために、そうした美に欠ける印刷本は、下座《げざ》のない芝居のように無味乾燥なものとされたのだろう。理由はともかく、日本文学の古典中の実に多くの作品が、まかり間違えばあっさり戦火の犠牲になったかもしれない一部か二部の写本によってからくも命脈を保って今日に至った事実は、それ自体、驚くべきものである。

仏教と関係のない印刷本の皮切りは、一五九一年に出た、今日の用字便覧に当たる『節《せつ》用集《ようしゅう》』である。室町時代の中期に編集されたこの本は、商都・堺《さかい》において商人の手によって上梓《じょうし》された実用書の嚆矢《こうし》だった。ほぼ同じころ、天草《あまくさ》で布教をしていたイエズス会の神父たちが、ローマ字の活字を使って印刷を始めていた。その中には『平家物語』をはじめ二、三の古典も含まれている。

堺といい天草といい、このような印刷術の興隆は、自由闊達《かったつ》かつ進取の気象に富んだ当時の時代精神を反映する現象といえるのだが、それらはいずれも直接的な形では、十七世紀以降の文学に大きい貢献をした印刷術の発展にはつながらなかった。

活字がはじめて日本に将来されたのは一五九三年、つまり秀吉の最初の朝鮮出兵後で、朝鮮から後陽成《ごようぜい》天皇に奉られたものであった。中国では、十一世紀にすでに活字が使用されていた形跡があるが、その技術は朝鮮に渡って改良を加えられ、とくに一四〇三年に活字の鋳造技術が発明されてからは長足の進歩をとげた。もとより、活字印刷機が天皇に献上されたのは、実用品としてよりも単に珍しいものだったからだろうが、後陽成帝はその年のうちに実際にその機械を使って、儒書『古文孝経《こぶんこうきよう》』を印刷するように命じている。

さらに四年後の一五九七年には、朝鮮渡来の機械を真似《まね》た日本初の印刷機がつくられた。ただし、鋳造技術がなかったためか、活字は銅ではなく木製だった。そして、一五九九年には、この機械を使って『日本書紀』の第一巻が印刷されている。

まもなく印刷は、当時の金持ちの余技や慰みの一つになった。医書あるいは儒書や仏典、または小説、日記、詩歌、辞書、史書などあらゆるジャンルの文学作品が印刷に付された。ただし、印刷された部数は非常に少なく、百部を超える場合はあまりなかった。このような印刷の多くは、今日では後陽成、後《ご》水《みずの》尾《お》両天皇や秀吉、家康などの命によって行なわれたとされていることからもわかるように、もっぱら贈り物としての希少価値が先行しており、決して市販を前提にしたものではなかった。

当時の刊本のうちもっとも美しいものは、京の豪商、角倉《すみのくら》素庵《そあん》（一五七〇〜一六三二年）の依頼で本阿弥《ほんあみ》光悦《こうえつ》（一五五八〜一六三七年）が板下《はんした》を書き、装飾にも心をくだいた、いわゆる「光悦本」だろう。光悦によって、謡本《うたいぼん》をはじめ『方丈記』『新古今集』など、さまざまな古典が美しく複製されたが、なかでも絵入りの『伊勢物語』刊本（一六〇八年）

は精彩を放っている。

市販を主目的としたらしい本が刊行され始めるのは一六〇九年からで、この年には、中国の詩文の代表作を収めた『古文真宝《こぶんしんぽう》』が上梓されている。刊本への需要がようやく高まり、京、大坂あるいは江戸などの大都会で、利にさとい連中が印刷に目をつけ始めたのであろう。

印刷は、こうして、特権階級の慰みから民衆を対象としたビジネスへと移行するのだが、ただ、その過程において、せっかく開発された活版印刷を見限り、板木による印刷に逆行しなければならなかった。活字のほうが一ページまるごとの板木を彫るよりも高くついたから、あるいは百部以上の印刷には適さなかったから——などという説明が、これまで、この逆行現象に対して与えられてきたが、いずれも十分に説得力のある説とはいいがたい。ほんとうの理由は、この場合もまた、もっと審美的なものではなかったかと推測されるのである。

日本語の文章、とくに平仮名で書かれたものは、筆の運びのままに、字がつぎからつぎにと続いている。一字一字が独立し、離れ離れになっている漢文とは、その性質がまったく違う。だから、活字によって印刷された仮名文は、実際に筆で書かれたものにくらべて、当時の人々の目にはきわめて不自然、不格好に見えたのだろう。しかも仮名には、字によって細長いものと短いものがある。活字は全部同じ大きさ、長さなのだから、この点でも不適当である。なんとか美しく見せようと、二つないし三つの仮名を組み合わせて一字にすることも考案されたが、やはり望ましい結果は得られなかった。

挿絵のこともある。十七世紀初頭にもっとも喜ばれたのは、「奈良絵本」の影響もあって、美しい書体で書かれ、ふんだんに挿絵を使った本であったらしい。文章を活字で印刷したものに挿絵を加えることも、もちろん不可能ではなかったが、そうなるとやはり、文章と絵をまとめて一ページごとに一枚の板木に彫ってしまうほうが簡単である。そして、この板木単位の印刷技術が一六二〇年代にひとたび確立してしまうと、それからあとの多くの日本文学は、もう挿絵なしには考えられないほどになってしまった。

一六二〇年代に商業印刷が大躍進をとげたことは、武家階級が文化的なものに対して強い関心を抱き始めたことと密接な関係にある。十七世紀のごく初期の文学作品には、たしかに貴族の手になるものが多かったし、最近までは烏丸光広《からすまるみつひろ》（一五七九〜一六三八年）が、そのうちのかなり多数の作品の作者に擬せられてきた。近頃では、これに対する反論が有力だが、それでもやはりこの時期においては、日本文学の上に貴族が持っていた余光は無視できないものがあった。しかし、初期を除く十七世紀全般の日本文学について言えるのは、その作家も読者も、ほとんどが武家階級に属していたことである。

長い戦火が終わって、久しぶりに平和が日本を包んだ。支配者は、武士たちに文の道を志すよう奨励した。彼らは、血なまぐさい合戦に慣れた武士たちが中央政府に叛旗《はんき》を翻すのを恐れたのかもしれない。そのため、侍たちがあり余ったエネルギーを発散しうる場所としての遊里《ゆうり》も、黙認ないしは積極的に建設されたほどだった。まもなく武家階級の文弱化と頽廃《たいはい》が為政者を悩ませるに至るのだが、一六二〇年代においては武士たちによる文化への参加は、歓迎すべき行為でこそあれ、抑圧すべきことではなかったのである。

　武士のエリートである大名たちは、こぞって家臣の中に文化人を加えた。ストーリーテラー兼詩人としての御伽衆《おとぎしゅう》がそれで、彼らは、ときには主君の武勲を物語に仕立てるという意味で、作家でもあった。その代表者は『信長公記《しんちょうこうき》』を書いた太田牛一《おおたぎゅういち》（一五二七〜一六一〇年）であろう。彼は、信長と秀吉の双方に御伽衆として仕えた人物だった。御伽衆はまた、主君のお慰みに、軽いユーモアのある物語を創作する役割も担っていた。

　徳川時代を代表する詩形としての俳諧《はいかい》も、やはり大名を取り巻くサロンの所産であった。長い、堅苦しい連歌《れんが》の会が終わったあとの一夕《いっせき》を、出席者たちはほっとくつろぎ、即興性と諧謔《かいぎゃく》を主体とした俳諧の中におかしみをさぐり合うわけである。十七世紀初期の俳諧師の中でももっとも重要なのは松永貞徳《まつながていとく》だが、彼は武家の名門に生まれ、大名である細川幽《ほそかわゆう》斎《さい》に仕えたという意味で、典型的な「時代の子」だった。

　文学の主流が武士の手から町人に移るのは、時代がずっと下って十八世紀になってからである。もっとも、演劇だけは例外で、歌舞伎《かぶき》と浄瑠璃《じょうるり》の誕生によって、町人の嗜好《しこう》は十六世紀の終盤から、早くもこの分野においてだけは、その傾向を見せていたのであった。

徳川期文学は、ふつう前期と後期に大別される。前者は一六〇〇年から一七七〇年に至る、上方《かみがた》が文学の主たる生産地だった時期。後者は一七七〇年から一八六七年までで、中心が将軍のひざもとである江戸に移った時期である。

文学的様式《ジャンル》という面では、和歌、俳諧、小説、演劇に区分することもできる。ごくまれに、西鶴《さいかく》のように二つ以上のジャンルにわたって活躍した作家もいなかったわけではないが、一般的には、右の四区分は、ほぼ厳然と確立していたと言っても誤りではない。その意味から、私も、一七七〇年代で徳川時代を一応前後期に分けはするが、そのおのおのについては、年代を追うよりむしろジャンル別に記述を進めていきたいと思う。

徳川時代は印刷技術の発達に加えて国民のあいだの識字率が上昇したため、次章以下で取り扱った作品以外にも無数のものが出版された。それらの中には文学としての価値を論ずるに足りないものもあるが、一部、とくに随筆については部分的に秀でたものがあり、それは優れた文学としての随筆を論ずるうえでも重要なものといえよう。ただ、人間が一生のあいだに読みうる作品の量は限られているし、近世の随筆を全体として見てみると、必ずしも広汎《こうはん》な研究に値するほど水準の高いものとも言えない。同じような理由から、儒者の書いた作品の中にも時折り文学的評価に耐えうるものが認められるが、それもまた、一応、この文学史が取り扱う対象の外に置きたいと思う。

近世文学のもう一つの大きな特長は、三つのはっきりした山を持っていることである。

すなわち元禄《げんろく》（一六八八〜一七〇三年）、天明《てんめい》（一七八一〜八八年）、文化文政《ぶんかぶんせい》（一八〇四〜二九年）で、この三時期には創造力に富んだ作家をはじめ各ジャンルの藝術家が集団をなして輩出し、相互に刺激しあって壮観を呈している。この三つの山以外の時期は、いわば谷だが、それでも生産される文学の量が落ち込んだというわけではなく、単に質的な意味での谷というにとどまる。

現存する平安期の文学を全部読破することは不可能事ではないが、近世文学はその量が厖大《ぼうだい》すぎて、一人ですべてをこなすわけにはいかない。研究者にもっとも勧めたい研究法は、前記三つの山に属する作家たちをまず分析し、つぎにその前後の時代に位置する作家のうち研究に値するような人々を拾い出すという方法である。

次章以下では、それぞれの作品の歴史的あるいは哲学的な背景については、その折り折りにごく軽く触れるのにとどめた。さらに深く、個々の作家や作品について研究したい人には、各章末の参考文献を手引きにされるようお勧めしたい。

## 一　俳諧の連歌の登場

連歌《れんが》という文藝形式は、もともと宮廷での優雅な言葉遊びの中から生まれたものであった。連衆《れんじゅ》は、それぞれ、示された先行句に自分の句を付ける。長句には短句を、短句には長句をと交互に付け合う即興の味、そしてそのさいの連衆おのおのの機知、頓才《とんさい》が連歌の真骨頂である。前の句が奇想天外、文字どおり二の句が付けかねるものであればあるほど、洒落《しゃれ》そのほか言葉の遊びのテクニックを駆使して巧みに付句《つけく》を付けた人の機略応変の技術が称揚されるのである。*1

しかし、連歌発生期の、単に機知の誇示を狙《ねら》って長・短あるいは短・長と付けるだけだった短歌合作は、十五世紀から十六世紀にかけて、もっと本格的な連歌の名人上手が何人も出たことによって、はるかに藝術的なものへと飛躍をとげる。その長さも、複数の連衆が付合《つけあ》いをしながら張行《ちょうぎょう》する百句、ときには千句にも達する鎖《くさり》連歌へと発達をとげる。同時に、それまでの洒落、見たてなど卑俗な連想の巧みさを中心としてきた付合いの妙が、言葉の遊戯の域を脱し、しだいに前句《まえく》の風情《ふぜい》、余情《よせい》を承《う》けた付句が評価されるようになる。そして連歌の名人や優れた連歌師たちは、まもなく、ひろく社会の尊敬をあつめるようになるのである。

もっとも、連歌師たちも、語戯性の強い付合いを軽蔑《けいべつ》してはいたが、決して即興という連歌作法の技術を完全に放棄してしまったわけではなかった。なぜなら、その技術は、なによりも、彼らにとって生活の糧を得る道であったからである。

連歌師たちは、よく、そして広く旅行した。彼らは土地土地の大名に招かれ、数日、ときには数ヵ月間も大名の庇護《ひご》のもとに逗留《とうりゅう》し、そのお礼に連歌の作歌技法を伝授した。そして、そのような、彼らに衣食の道を提供した人々の好みは、宗祇《そうぎ》はじめ連歌の宗匠《そうしょう》たちが確立した藝術の香の高いものよりも、えてして卑俗なユーモアや、一つの言葉に二重の意味を含ませる当意即妙の諧謔《かいぎゃく》のほうにあった。パトロンたちの要望に添うためにも、連歌師たちは、本格的で優美な有心《うしん》連歌だけでなく、もっと軽く滑稽《こっけい》な無心《むしん》連歌の作法にも熟練しておく必要があった。

無心連歌は、即興的な色合いの濃いものなので、連歌師たちもそれをいちいち書きとめておく労をいとったが、連歌最初の撰集《せんしゅう》である『菟玖波集《つくばしゅう》』には、『古今集』に「誹諧《はいかい》」歌《か》の分類があるのにならい、滑稽句としての俳諧《はいかい》の部が設けられている。もっとも、これがのちの『新撰菟玖波集』になると、俳諧は除かれ、以後はどんな連歌撰集の中にも俳諧は収録されないようになってしまう。だが、連歌は、このようにして、もともと自らの発生の原動力になった俳諧的機知や卑俗性を排除することによってかえって視野を狭め、やがて十六世紀には、軽いながらもユーモアの表象として十分に文学的価値のある俳諧の連歌の成立をうながすに至るのである。

卑俗な連歌を一つの文藝ジャンルにまで高めた人として広く知られているのは山崎宗鑑《やまざきそうかん》である。宗鑑の生涯についてには謎が多く、彼の死んだ年ひとつを取っても諸説が分かれている。一五三九年に謡本《うたいぼん》を書写していることは確実なので、一四六四年に生まれて一五五二年に死んだという説にもまったく根拠がないわけではない。また別の説によれば、彼は、将軍足利義尚《あしかがよしひさ》に仕え、一四八九年に義尚が死んだあと僧籍に入ったともいう。一応、近江国《おうみのくに》の出で、中年のころは京都の西に当たる山崎で詩歌《しいか》と書を教え、いまの香川県観音寺市で死んだというのが定説のようになっている。観音寺には彼のものという墓も残っているが、そのようなデータは、いずれも、彼の生涯や人となりを知るうえにおいては、ほとんどなんの参考にもならない。

宗鑑の名がはじめて記録に現われるのは一四八八年に彼が連歌の座に連なったときで、当時まだ若年だった彼は、宗祇(一四二一〜一五〇二年)、肖柏《しょうはく》(一四四三〜一五二七年)、宗長《そうちょう》(一四四八〜一五三二年)などといった大宗匠と一座しているが、そのときの宗鑑の一句は、今日でも保存されている。

霞《かすみ》にも岩もる水の音はして[*2]　宗鑑

Even in the spring mists
One hears the sound of water
Trickling through the rocks.

この句は、句そのものとしては、とりたてて珍しいものではないが、『古今集』中の素《そ》性《せい》法師の誹諧歌[*3]に由来する左の前句と照合してみると、たちどころに滑稽な味を発揮する。

露ものいはぬ山吹の色

The dew lies silent over
The color of yellow roses.

「霞」と「露」との極めて接近した連想、それに音をたてる水と物を言わぬ露の対比が、連歌師にとって滑稽と感じられたわけである。彼らが、表藝の連歌を巻き終わったあとで、くつろいだ気分になってつくった俳諧とは、おそらくこのようなものであったのだろう。宗祇でさえ、この種の俳諧に手を染めている。しかし、宗鑑のもっと後期の俳諧は、このような単なる滑稽から猥雑《わいざつ》あるいは猥褻《わいせつ》な味を持ったものへと発展し、宗祇やその一統の上品な連歌から完全に袂《たもと》を分かつに至るのである。

俳諧の連歌の最初の撰集である『竹馬《ちくば》狂吟《きようぎん》集』は、一四九九年に姓名不詳の僧によって編まれ、二百十七句の付句を収録している。[4] これ以後、即興の才と言葉に対する敏感さのあかしとしての付句の重要性は、有心と無心とを問わず、連歌が明治期に入って消滅するまで連綿として維持される。その証拠に、連歌撰集の多くのものは、前句の作者は書かず、付句の作者名だけを明記している。

『竹馬狂吟集』には、発句《ほつく》も二十句収められている。発句はもっとも重要な句とされ、連衆の中の最年長者から出るのがならわしだったが、この撰集中に付句の数に比して発句が少ないのは、無心連歌の精髄がどこにあったかという一つの証左にもなるであろう。

『竹馬狂吟集』のユーモアの特色は「微温的」[5] であることだとされている。これは、荒木《あらき》田守武《だもりたけ》（一四七三～一五四九年）がつくった俳諧の連歌にも通じる特色といえる。守武は伊勢大神宮の禰宜《ねぎ》だったが、晩年には有心連歌から無心連歌に転じ、宗鑑と並んで、しばしば俳諧の連歌の始祖の一人にあげられている。

荒木田守武の代表作に当たる『誹諧之連歌独吟千句』は、一五三六年から一五四〇年にかけて巻かれたいい作品で、そこに流れるユーモアには飄逸《ひようい つ》の味があり、宗鑑の手になる、どちらかといえばむき出しで卑俗な機知にあふれた句とは明瞭《めいりよう》な対照をなしている。守武の作風は、彼の存命中にはさして影響力を発揮しなかった。やがて十七世紀に入り、松《まつ》永貞徳《ながていとく》によって彼の存在は再発見されることになるのだが、その守武の典型的な付句技巧は、つぎの例によっても明らかに感じとれる。

あぶなくもありめでたくもあり
　It is dangerous
　But also makes us joyful :
婿入りの夕べに渡る一つ橋[*6]　　守武
　The log bridge
　We cross in the evening
To welcome the groom.

前句は、典型的な謎かけの前句である。あぶなくもめでたくもあるような場合があるだろうか？　守武が、その謎に解を与える。一家が丸木橋を渡って婿入りを迎えに出る情景がそれだ、と。このような付句を付ける守武のユーモアには、とりたてて人々の顰蹙《ひんしゅく》を買うような卑猥《ひわい》さは認められない。ところが、似たような前句に付けた宗鑑の付句になると、問題は別である。

にが〳〵しくもをかしかりけり
Bitter, bitter it was
But it was also funny :
我が親の死ぬるときにも屁《へ》をこきて *7　宗鑑
Even at the time
When my father lay dying
I still kept farting.

父親が死にかけているのに屁をこくのは不謹慎なことには違いないが、またある意味ではどうにもならぬ不可避的な出来事でもある。なんともはや悪趣味な付句だが、だからといって非常にうまいこともまた認めざるをえない。しかし、貞徳は、宗鑑のこの猥雑な機知を見て大いに怒ったらしい。

いかに俳諧なればとて、父母に恥を与《あたう》は道にあらず。儒道は云《いう》に及ばず、仏道にも不孝はいましめたまふぞかし。その上此文字ならでも人の臨終に、にが〳〵敷からぬ事やあるべき。撰者何とて引なほして入ざる。和歌は云にたらず、連歌はいかい《俳諧》みな人の教《きょう》誡《かい》のはしとなるやうにこゝろへざるは何の名誉ありても無詮事《せんなきこと》なりと可知《しるべし》。人のおやのと、せめてありたらば此句よりも猶付心もまさるべし。我おやならばいかでかおかしかるべき。それをおかしと思ふ事の、心あるものは、人の子にてはあるまじ、畜生にもおとりたるものなり。かやうのところよくよく吟味なくば、後の嘲をえてはいかいせぬ人よりをとりなるべし。よく〳〵ぎんみあるべし云々。＊8

「他人の親ならいざ知らず、わが親の臨終に屁をこくとはいったいなにごとか。すべて文学は人々を啓発するためにこそ存在意義があるのに、こんな句を付けているようではせんないことだ。まったく犬畜生にも劣る。こういう点にもっと気をつけなければ、俳諧に関係しているものすべてが後世の人にあざけられるようになるではないか」という要旨である。

宗鑑に対するこのような松永貞徳の批判は、忠と並んで孝を最大の徳目とする儒学が日本の正教の地位を占めていた貞徳の時代を背景にして考えると、きわめて当然のことでもあった。しかし、作者である宗鑑が生きていたのは、応仁《おうにん》の乱直後の世情騒然の時期であり、父と子が敵味方に分かれて戦うことは日常茶飯事でこそあれ、貞徳の時代のように父の行ないがどうであれ子は絶対服従という時代とはまったく異なる道徳に支配されていたのであった。あるいは、非常に自由闊達《かったつ》なユーモアを解した宗鑑は、世間一般の人々が墨《ぼく》守《しゅ》する因習を、単なる偽善として却《しりぞ》けてしまいたかったのだと解することも可能である。

宗鑑の手で編集されたとされている『犬《いぬ》つくば集』は、異本が非常に多いところから、かなり長い歳月をかけて編まれたもののようである。宗祇の十三回忌に当たる一五一四年に成立したというのがこれまでの定説だったが、今日では確実に一五二三年の作と断定できる句がまじっていることもわかっている。もともとは、付句や発句の秀作をあつめて、宗鑑の門弟たちのあいだで一種の私家版テキストブックにされていたようだが、そのうちにだんだん増補され、撰集の形をとるようになったのが真実らしい。ただし増補は、佳句《かく》であるからという理由で行なわれることもあったが、だれか金持ちが金を払って自分の句を収録してもらうような場合もあった。そして、一部の連中は、この書を暗記し、大名に招かれた城中で、あるいは寺社その他の連歌会で、それがあたかも自分の即興のウィットによる俳諧の連歌のような顔をして、そっくりそのまま盗用することもあったようである。

一五三九年に書かれたある日記によると、奈良の興福寺《こうふくじ》の連歌の会に出た三人の連歌師が、現存している『犬つくば集』のテキストとほとんど寸分違《たが》わぬ句を賦詠《ふえい》したことが記されている。彼らは、撰集の中に収められたはるか昔の発句や付句をそっくりそのまま拝借したわけである。

本の題名になっている「犬つくば集」というのも、一六一五年にこの書が刊本の形で出たときにはじめてつけられたらしい。その前の、もっとも古い写本では、単に「俳諧連歌」となっている。わざと「犬」という字を冠したこの連歌撰集の全体の調子は、冒頭の句の中に、すでにみごとに体現されている。その前句は、こうである。

霞のころもすそはぬれけり
The garment of mist
Is damp at the hems.

この前句の意味は明瞭である。春霞が野山に立ちこめ、その霞の裾《すそ》のほうに当たる風景が黒くぼやけて見えている。ちょうど衣をまとって立った人の、その衣の裾が水に濡《ぬ》れているような……という発想である。だが、宗鑑が、これに付けた付句は、

佐保姫《さおひめ》のはるたちながら尿《しと》をして[*9]
The Goddess Sao
Now that spring has come, pisses
While still standing.

宗鑑は、付句の大胆さ、新しさで、ことさらに人を驚かそうと意識したらしい。佐保姫

が立小便をしている。だから霞の裾が濡れている、というのである。春の女神に立小便をさせる、たしかに大胆きわまる着想と言わなければならない。

宗鑑の付句の大胆さをもっとよく知るためには、右と同じ前句に対する宗長の付句と対比してみるのが最良の方法だろう。宗長は、連歌師の中でも、俳諧ふうの句においては、きわだって自由かつ想像力に満ちた創作をしたことで知られているが、宗鑑よりも後年になって彼が付けた付句はこうだった。

なはしろをおひたてられて帰る鴈

Chased away from
The bed for rice-plants,
The wild geese depart.

宗鑑のものすごい連想の飛躍に比較すると、宗長のユーモアは、なんといってもやはり生ぬるいと言わなければならない。風景の中に苗代がひろがり、春霞のもすそが濡れているような趣きを与える。それはそれで悪くはないかもしれないが、今日の人がその句を見て面白いと思うような種類のものではない。[*10]

『犬つくば集』に収められているのは主に付句で、それは春夏秋冬恋雑の六部に分類され、そのほかに少数の発句が収録されている。現在、もっともひろく底本とされているテキストには、二百六十八句が入っている。異本によって句の作者の名が違っていることもあるが、いずれにせよ重点が置かれているのは句そのものであって、句の作者ではない。[*11]

全編を貫いているユーモアは、前句が提出した謎を、いかにうまく、しかも速やかに、付句によって解いたかというおかしみである。たとえば、つぎのような不可解な前句がある。

馬にのりたる人丸を見よ

Look at Hitomaro
Riding on a horse!

なぜ歌聖、柿本人麻呂《かきのもとのひとまろ》が、よりにもよって馬に乗っていなければならないのか。だが、付句は、その謎をみごとに受けとめている。

ほの〴〵と明石《あかし》の浦は月毛《つきげ》にて

Palely, palely
Over the Bay of Akashi

The moon seems to linger.

付句は、もちろん、「ほのぼのとあかしのうらの朝霧に　島がくれゆく舟をしぞ思ふ」という人麻呂の歌を承《う》けている。しかし、そこには明石の浦にかかる月と月毛の馬の両者を掛けた洒落があり、そしてその洒落は前句が投げかけた謎とちゃんと照応している。[*12] あるいは、これとは別の付けかたもある。左の付句も、後年になって貞徳がはげしく批判したものだが、一つの前句に対して付けた二つの付句を並列して眺めてみよう。いずれも、さきの宗鑑の付句のようなえげつないものではない。

切りたくもあり切りたくもなし
I would like to cut,
But I would also rather not cut.

そして付句は、

ぬす人をとらへてみればわが子なり
When I caught the thief

And examined him, I found
It was my own son.

この句は、現在では独立してよく引用されるので説明も不要だろうが、もう一つの付句は、

さやかなる月を隠せる花の枝
The branch of blossoms
That conceals from my view
The bright moon.

月を心ゆくばかり眺めたいが花の枝が邪魔をしている――切りたくもあり、切りたくもなし、という心の、おとなしい付句である。[*13]
また、なかには、あまりにも卑猥で、現代の研究家さえ顔を赤らめずにはいられないような付句もある。

尾籠《びろう》に見ゆる秋のゆふぐれ

How uncouth it appears,
This autumn evening.

当時、尾籠という語は、今日行なわれている意味に加えて無作法、ぶしつけなどという語義があった。しかし、さきの柿本人麻呂の場合と同様、どう考えても解しがたい句である。昔からさびしいもの、あわれなものとされてきた秋の夕景がなぜ無作法、ないしは尾籠なのか。だが、この場合もまた、付句は巧みに切り抜ける。

手ばかりは六寸ばかり月いで、
Measured by hand
Just six inches big
The moon appears.

両句の表面上の意味は、しめやかなものときまっている秋の夕景の中に、六寸ほどにも見える、ぶしつけなほど大きい月が出た、というのである。しかし、これなら、わざわざ付句をつけた味も生きてこないし、前句を受けとめた値うちもない。味を生かすためには、両句の中に隠されている洒落を理解しなければならない。

福井《ふくい》久蔵《きゅうぞう》氏によると、尾籠は「礼を失すること、手を六寸余も突き出すのは尾籠とした。突きを月にかけ秋の夕暮に応じさせた」[*14]という意味だそうである。福井氏は「ツキイデ」という音が「月出で」と「突き出で」の洒落だと説明している。これは、もちろん、だれが見ても明瞭だが、福井氏は、なぜ六寸ばかりも手を突き出すことが尾籠なのかという点については、なにも説明を加えていない。

鈴木《すずき》棠三《とうぞう》氏は、この付句に「六寸もある大きな掌を人の前にぬっと差し出したと、前句の尾籠を具象化し」[*15]たものだという解釈を与えている。ところが、その同じ鈴木氏は、二年後に、六寸ばかり突き出しているのはてのひらなどではなくて、「男性の象徴」なのだと説明している。[*16]この後者が、おそらく正解なのであろう。前句と付句は、「秋のゆふぐれ」と「月」によって表面上は結びついている。六寸ばかりに見える月が昇ることもないことはない。しかし、真の滑稽味は、この付句を猥句と考えることによってはじめて生きてくるのである。

出家していたはずの宗鑑が、このような露骨な付句を付けたことに疑問を抱く人も少なくないことだろう。だが、連歌師たちは、彼らに宿と食を提供してくれるホストたちの機嫌をそこねるわけにはいかなかったのだし、一方、彼らを居城に招いて、せめて文化の香のかけらでも嗅《か》いでみようとした成り上がり大名たちは、句が露骨、猥褻であればあるほど喜んだだろうことが想像されるのである。

僧でない者でも平気で僧衣《そうえ》を着て歩いた時代に、正式に出家しているかどうかは、たいした問題ではない。それに、宗鑑も僧衣にこだわるような人物ではなかった。連歌師たちには、どのみち幇間《ほうかん》的な要素があったこと、衣食の道を得るためには喜ばれる句をつくらねばならなかったことは、そのころ周知の事実であった。むしろ驚くべきは、そのような即興の産物を収めた『犬つくば集』の中に、ときとしてきらりと光るものが散見されることである。

卑俗な笑いは、日本文学の歴史の中で、常に舞台の隅へ追いやられる宿命をたどってきた。たとえば、日本の狂言にもっとも近いものをヨーロッパに求めるなら、それは中世の道化芝居《ファルス》だろうが、その両者を比較すると、日本ではきわめて庶民的と目されている狂言のほうがはるかに上品であることがわかる。俳諧の連歌が、俚謡《りよう》などのように詠み捨てにされてしまわず、『犬つくば集』の中に収められ、保存されたという事実は、とりもなおさず、俳諧がその初期においてすでに文学的価値ありと認められていたことを物語るのである。

『犬つくば集』がやっと『新撰犬筑波集』として刊本になるのは十七世紀、それも一六二〇年代に入ってからのことで、もっとも古い写本が編まれたときから数えると、百年近くが経過している。これ以前には、宗教関係の書を除いては印刷される書物はきわめて少なかったのだから、瞬間的な機知の産物にすぎない『犬つくば集』が長いあいだ写本のままであったことは驚くにたりない。むしろ注目すべきは、この書が、はじめて刊本になった俳諧の連歌だったという点だろう。『犬つくば集』に続いて刊行された俳諧撰集は松江重頼《まつえしげより》（一六〇二～八〇年）によって編集された『犬子集《えのこしゅう》』（一六三三年）だったが、この書名は宗鑑の『犬つくば集』に敬意を表して、自らはその亜流なりとへり下った命名であるといえよう。やがて俳諧撰集は無数に出版され始め、俳諧はついには日本文学の主流を占めるに至る。

松永貞徳は、『犬つくば集』をときには高く評価し、ときには前述のように口をきわめてののしっている。むしろ『犬つくば集』の流れを貞徳よりもっとも濃厚に受け継いだのは、談林《だんりん》派の俳人たちだった。彼らは、そこから縦横無尽の機知を吸収したのである。

今日、洒落、詞付《ことばづ》けに依存することの多い宗鑑の諧謔の多くは、時代を遠くへだたる現代人の感覚に直接アピールすることができず、したがって『犬つくば集』が現代の日本人の笑いをさそうことも少ない。だが、もともとは一瞬にきらめく機知、頓才によってしか創造された彼の俳諧が、後世においてしかつめらしく古文書を渉猟する学者によってしか理解されないのを知れば、地下の宗鑑はおそらくその予期せぬ諧謔に苦笑を禁じえないことだろう。

注

＊1　もともと前句は五・七・五の各音節で三行に、付句は七・七の各音節で二行に書かれていた。しかし、今日残っている連歌撰集の多くは七・七を前に、そして五・七・五を付句としている。これも付句を重視する証左であろうか。
＊2　吉川一郎『山崎宗鑑伝』二～三ページ
＊3　『古今集』一〇一二番、「山吹の花色衣ぬしやたれ　とへどこたへずくちなしにして」
＊4　原文は木村三四吾氏によって、『ビブリア』43号一～一一一ページに翻刻、補注、研究が発表された。
＊5　鈴木棠三校注『犬つくば集』二七〇ページ
＊6　鈴木棠三「犬筑波の連歌」（岡見正雄・林屋辰三郎編『文学の下剋上』）三九九ページ
＊7　鈴木『犬つくば集』一三三ページ
＊8　同右二五〇ページ。もとの引用は松永貞徳『淀川』
＊9　同右一一ページ
＊10　鈴木「犬筑波の連歌」四一〇～四一一ページ
＊11　作家の研究については福井久蔵『犬筑波集』四四九～四五六ページ参照。
＊12　鈴木『犬つくば集』三五ページ
＊13　同右七六ページ
＊14　福井『犬筑波集』三三ページ
＊15　鈴木『犬つくば集』三四ページ

＊16　鈴木「犬筑波の連歌」四一六ページ

**参考文献**

岡見正雄・林屋辰三郎編『文学の下剋上』〈日本文学の歴史6〉角川書店、一九六七年
鈴木棠三校注『犬つくば集』〈角川文庫〉角川書店、一九六五年
福井久蔵『犬筑波集』筑摩書房、一九四八年
吉川一郎『山崎宗鑑伝』養徳社、一九五五年

## 二　松永貞徳と初期の俳諧

俳諧《はいかい》の歴史を語ろうとする人は、松永貞徳《まつながていとく》（一五七一〜一六五三年）を避けて通るわけにはいかない。しかし、俳諧について書いたものの多くは、貞徳とその門弟のことには軽く触れただけで、彼らが俳諧を継承、発展させ、やがて来るべき芭蕉《ばしょう》に引き継いだという点を指摘するのみにとどめている。貞徳の作品そのものについては、ほとんど言及されていない。貞徳の詩業は、その生涯におそらく数千句を超したことだろうが、今日ではめったに顧みられることがなく、日本文学の教科書などに引用される句はせいぜい十数句にとどまっている。

貞徳は、現代人の目から見れば、単なる歴史上の人物であるにすぎない。彼の作品は、今日の日本人には、なんの感興も催さないもののようである。もっとも、このような現象が起きた裏には、俳諧そのものの性格も作用していると思われる。作者の思いつきや言葉の遊びに主として依存していた俳諧は、現代人に対して、基本的に詩としての迫力を欠いているということができるからである。

俳諧のほかにも、貞徳は多くの和歌や連歌《れんが》を残している。だが、それらはあまりにも平板であるために刺激に欠け、そこにはなんの個性も感じることができない。彼の散文も、自伝に相当する『戴恩記《たいおんき》』を除けば、面白いものは一つもない。しかし、貞徳は、それにもかかわらず半世紀にわたって日本の文学を代表する人物だったのであり、単に俳諧を発展、継承させたという意味だけでなく、日本文学にとってきわめて重要な時期においてその転回点となったという理由により、りっぱに注目に値する作家である。

貞徳は、織田信長の時代に生まれた。若いときには祐筆《ゆうひつ》として秀吉に仕え、また宮廷で公卿《くぎょう》や大名と並んで古典を学んだこともあった。家康に仕えた儒学者、林羅山《はやしらざん》とは親交があった。貞徳はまた切支丹《きりしたん》たちとも交流を持っていた。彼の兄は過激な日蓮宗の一派を奉じたために遠島になり、弟はポルトガルの商人と交易をしたあげく「南海」で死んだ。彼自身は無名から出て、徳川時代最初の大作家として名声を確立した。非常に保守的な体質の持ち主ではあったが、同時に、当時のもっとも新しい文学運動としての俳諧の旗手になることもできた人であった。彼自身は自分が堂上の生まれでないことを深く遺憾とし、事実そのために彼が熱愛していた宮廷の文学的伝統を心ゆくまでわがものにするわけにはいかなかったが、そのかわり民衆の教育に尽力し、啓蒙家《けいもうか》として深く敬われるに至った。

貞徳の生い立ちは、決して啓蒙家としての将来を約束するようなものではなかった。彼は、一介の連歌師、松永永種《えいしゆ》（一五三八？〜一六〇〇？年）の子として京に生まれた。ただ、家柄は非常によかった。彼の父方の祖父は、京坂の中間に位置する要衝、高槻《たかつき》の領主であった。十二世紀にまで家系をたどると、源頼朝に従って戦った記録もある。貞徳が細川《ほそかわ》幽斎《ゆうさい》（一五三四〜一六一〇年）のような大歌人と交わることができたのは、父の永種が高度の教養人であったことに加えて、このような家柄のよさも作用していたものと思われる。父の縁で、彼は幼いときから当時最高の学者について学殖を磨くことができたのであった。

永種は、その生涯を通じて、ついに二流連歌師の域を出ることがなかった。たとえば、下賤《げせん》の出で容貌《ようぼう》も平民くさかった里村《さとむら》紹巴《じようは》（一五二四〜一六〇二年）などのほうが、世間ではずっと高く評価されていた。一五八二年、つまり貞徳が十一歳のときに、その紹巴と永種のあいだには、なにか深刻な遺恨があったらしい形跡がある。それは、永種が、座順や句付けの順序などで不当に遇されたというようなものであったらしい。紹巴のほうは折れて出たようだが、永種の側は、大名の子という誇りもあって、ついに和解に応じることがなかった。しかし、誇りと引き換えに、永種は、われとわが身を連歌の主流から疎外してしまう結果になり、収入の面でもとりかえしのつかない損失を招くに至ったのである。『戴恩記』の中でも、貞徳はさほど父、永種のことには言及していない。ただ、彼が二歳のときの一体験には、読者の胸をうつものがある。それは、都で折しも信長と将軍足利義《よし》昭《あき》のあいだに戦端が開かれ、住民たちがいっせいに難を避けたときの記述である。

連歌師、永種の一家は京から北へ逃れた。そのとき貞徳の父と母は、満年齢で数えて五歳だった娘をかしらに四人の子の手を引いていた。


中にも迷惑せしは、ある山川の岩波たぎりて、かち渡り思ひもよらざるに、ただほそきひとつばし有けるを、おさなき子は右の手にてかかへ、丸があねの六つばかりになりしを、左の手にてひき、よこざまにそろ〳〵と渡られしを、（母が）こなたのきしより、それも子共を前うしろにいだき、見やりたれば、橋の半《なかば》にて父が顔の色、下の水よりもあをくみえしと、後に母の物語有しを、いま思ひ出すに、父母の心のうち思ひやられて、かなしくこそ侍《はべ》れ。[*1]

岩を嚙《か》む急流にかけ渡された一つ橋を渡るのに、両手に子供の手を引きながら身を横にしてそろそろとさぐり渡りしながら、顔を真っ青にしている父親のおびえようは、いかに有為《うい》転変の世とはいえ、とてものことに大名の伜《せがれ》の姿とは思えない。

このような幼時の異常体験が、貞徳をきわめて臆病で保守的な体質に育てたであろうことは容易に想像される。さかのぼれば四百年の勲功を誇る武門の出である彼が、幼いころの戦乱の記憶を、ひたすら恐ろしいものとして書き記しているのはその証拠であろう。しかし、逆に、そのような貞徳は、徳川将軍家治下の平和と安寧を、どれほど喜んだことだろう。彼が、徳川家の恩のことを「山よりも高く、海よりも深い」と書いているのを見ても、それがうかがえるのである。

貞徳が六歳のとき、彼と二歳年長の兄は、そろって僧籍に入りたいと申し出た。父の永種は、男子二人を出家させることには不同意だったので、くじを作って二人に引かせた。そして兄のほうがくじを引き当て、日蓮宗の寺に入った。彼は厳格な不受不施《ふじゅふせ》（受けず、施さず）の提唱者であった日奥《にちおう》（一五六五〜一六三〇年）に師事し、日奥が対馬《つしま》に流されたときも扈従《こじゅう》し、かの地で死んだ。貞徳も、終生熱烈な信者だった。

永種は、貞徳の早熟な文才に着目し、そのころ宮廷でもっとも優れた歌道の継承者とされていた前関白、九条稙通《くじょうたねみち》（一五〇七〜九四年）の下で和歌を習わせた。稙通も、少年貞徳の聡明さを知って驚いたらしい。彼は、わずか十一歳のこの弟子に歌の道を教授しただけでなく、『源氏物語』の奥義までも伝授したのだった。いかほど才能に長《た》けていようとも、この年齢の子供に対して秘中の秘とされていた源氏伝授が行なわれたことは、ほとんど信じがたいほどの出来事である。しかし、それが事実である証拠に、貞徳自身による記述があるほか、一五八二年三月十一日にこの伝授を祝って賦詠《ふえい》された連歌百韻が現存し、その中に、ほかならぬこの慶事が詠み込まれているのである。

貞徳は、このような稙通の好意を非常に徳とし、『戴恩記』の中で「御よはひのほど八旬にたけ給ひしかども、少も御ほれけもましまさず」[*2]——稙通が八十を超える高齢にもかかわらず、まったく耄碌《もうろく》の兆がなかった、と口をきわめて師をほめたたえている。

稙通の学風は、きわめて原文墨守かつ祖述的なものだったようである。むずかしい用語の説明や、その特殊な読みかたの正確さに心を砕き、秘伝とされてきた非常に特殊な発音をしきりに貞徳に教え込んだらしい。しかし、稙通がともかくも純粋に『源氏物語』を愛していた人物であったことは、疑いをさしはさむことのできない事実であろう。われわれは、そのことを、弟子であった貞徳の、つぎのような証言によってうかがうことができる。

> つねに供御《くご》の後には、御机にかゝらせ給ひ、明くれ源氏を御覧じけり。この物語ほどおもしろき事はなし。六十余年見れどもあかず。是を見れば延喜《えんぎ》の御代にすむ心ちすると、不断仰られし。[*3]

師の稙通は、食後には必ず「源氏」をひろげ、六十余年親しんでもなお倦《う》むことがないと、貞徳にその法悦境を語り聞かせているのである。

中世の研究家の常として、稙通も『源氏物語』の中に仏教精神の顕現を読みとろうとした。平安朝の宮廷に展開する諸行の中から仏教的な止観《しかん》を汲《く》もうとしたのである。だが、このような態度は、貞徳の時代には、もはやすでに一時代前の古典鑑賞法でしかなかった。

稙通は、それでも、自分が宮廷に連綿と伝わる伝統の正統な継承者であると信じて疑わなかった。そのことは、やはり貞徳の筆によって、こう書きとめられている。

丸むかし九条禅定殿下の御許にて源氏物語を読ならひ侍しに、すなほによむと存ずれども、あなたの御耳には皆なまるやうにきこしめすとて御笑ありしが、亦《また》仰出さる丶やうは、「なれがひとりのとがにはあらず、おはりより信長公の上洛以後、高きもいやしきも、都のうちのものい丶、みなかはりたる事おほし」との給へり。*4

稙通は貞徳に古典を講ずるに当たって、読み癖、とくに正統アクセントあるいは抑揚を、きわめて重視したらしい。このことが契機になって、やがて貞徳の弟子の一人が、言語の雅俗研究の先駆的著作を執筆するに至るのである。

その当時、身分でも年齢の点でもはるかに低い貞徳が、稙通のような人物から手ほどきを受けることができたのは、異例中の異例ともいうべき幸運であった。しかし、彼が師から学んだことは、今日から見ると、さほど本質的とはいえないことがらに終始している。『源氏物語』の中の用語の特殊な読みかたが、それほど作品の真の理解と一体不可欠のものとは思えないし、長い時間を費やして歴代の天皇の名や年号の読みかたを暗誦《あんしょう》するなど、想像しただけでも気骨が折れる。しかし、貞徳は、少なくともその晩年に至るまで、そのような作業こそ真の学問だと信じて疑わなかった。また、そのころに稙通が伝授した形式一点ばりで生命力を失った二条流の和歌に対しても、ついに一片の疑いを抱くことがなかった。

貞徳は、稙通に教えられた歌の道を、唯一絶対の正統と信じて疑わなかった。ただ、彼は、たとえ自分がいかに和歌の腕を上げようとも、ついに名人上手と認められることがないだろうことを、子供心にも予見していた。なぜなら、歌の道は堂上の貴族だけに開かれた道であり、その生まれの高貴さだけがものをいう世界であり、したがって貞徳のようにいやしい武家の出が名声を得るなどということは、できない相談であった。しかも、その傾向は、徳川期に入ると、かえって強まる方向に向かっていたのだった。京都に住む公卿たちは、あらゆる権力を江戸柳営《りゅうえい》に取り上げられ、ただ一つ許された和歌の正統継承者としての地位にしがみついて満足するしかなくなってしまったからである。

貴族たちが和歌独占の方策として編み出したのは、『古今集』の奥義の継承、つまり古今伝授の秘儀であった。古今伝授が、いつから、どのようにして始まったかは明らかでない。ただ、それが非常な特権として脚光を浴びるようになるのは宗祇《そうぎ》（一四二一～一五〇二年）からのことである。宗祇が微賤《びせん》の出であったことを考えると、これは一つの皮肉と言わなければならない。

それ以後、徐々に高まってきたこの秘儀の価値が一つの頂点を経験するに至ったのは、細川幽斎のときである。一六〇〇年、丹後《たんご》で石田三成《いしだみつなり》の勢に攻められていた幽斎は、後陽成《ごようぜい》天皇の介入によって救われ、『古今集』の三秘儀を新たに書きしるした書を帝に献呈した。秘儀そのものは実に驚くべく内容空疎なものではあるが、この出来事は、はからずもそれに皇室の権威を付加するという役割を果たすことになった。

貞徳は、おそらく、いかようにしてでも古今伝授を受けたいと熱望したに違いない。しかし、彼がその書に近づきえたのは、右の事件の七年前に当たる一五九三年十一月に、幽斎によって秘本の表紙をちらっと見せてもらえたときだけだった。そのときの無念さは、彼の心に深く刻まれたらしい。

亡父に具して文禄《ぶんろく》二年十月十三日に玄旨《げんし》法印へ参聚楽御殿所に。奥の間にて一ノ箱を開き。御伝受の秘本　悉《ことごとく》　みよとて見せ給ふ。伝心抄と外題《げだい》のある本。大小四巻。青ヘウシ。皆三台亜槐と奥書　幷《ならびに》　御判あり。*5

実物を目前にしながら、貞徳は、ついに手ほどきをしてもらうことができなかったのである。古今伝授が貴族だけに許される特権になってしまう直前に、あともう少しのところで伝授を受けられる立場にいたのだから、貞徳の無念さはいかばかりだったことであろう。それだけではない。古今伝授を受けないかぎりは、どれほど歌の道をきわめようとも単なる地下《じげ》歌人にすぎず、和歌の上手と仰がれることのないのがわかっていたのであるから、貞徳の痛恨は推して知るべしと言えよう。

貞徳の父、永種が、十一か十二になったばかりのわが子を、仲違《なかたが》いをしている紹巴のもとへ連歌の修業に差し向けたのも、一つには和歌の道が閉ざされたという理由があったからであろう。紹巴は幸い、通常の謝礼を払えないはずの貞徳を、喜んで弟子のうちに加えてくれた。永種が異例の決断をした背後には、やはり紹巴のほうが連歌については自分より上という認識があったからだろうか、それとも紹巴に教えを乞《こ》いに来る貴族たちとわが子がまじわり、いくばくかの知遇を得ることができるようにと願ったからだろうか。いずれにしても、貞徳はまもなく頭角をあらわし、十九歳になるやならずで高名な連歌の宗《そう》匠《しょう》たちと一座に連なるようになるのである。

貞徳の時代には、和歌と連歌は、その題材においても用語においても、ほとんど差のない位置に並んでいた。しかし、稙通のような伝統主義者にとっては、なお残存するわずかな差こそが、和歌の尊厳にとっては非常に大きい意味を持つものであった。七百年も前の『古今集』の中で用いられた語彙《ごい》からごくわずかでも逸脱することは、彼にとっては許しがたい罪悪だった。貞徳も、この師のかたくなな態度をなんのためらいもなく受けいれていたらしい。晩年の貞徳は、ほんの少し指導を受けた和歌の師匠たちのことを非常に恩に着る反面で、長年にわたって連歌の手ほどきを紹巴にしてもらったのを、なにかうしろめたいことでもしたような口調で回想している。『戴恩記』には、稙通が紹巴のことを「彼《かの》法橋連歌は上手なれども、古歌の心に達せず」[*6]とけなしたことが記録されている。少年だった貞徳は、この批判にはまったく同感だったようである。後年の貞徳は「連歌への復帰」を試みたとされているが、事実は逆で、貞徳自身は常に自分の本心は連歌にはないと信じていたらしい形跡がある。連歌よりも彼が誇りとしていたのは、むしろ和歌の腕のほうであった。

今日、貞徳の和歌は三千首近くが保存されている。多くは死後に編まれた『逍遊愚抄《しょうゆうぐしょう》』に収められているもので、彼の生涯の六十年にわたって詠まれた歌である。しかし、もし題詞《だいし》がなければ、いつ詠まれたかを知ることはむずかしい。なぜなら、年とともに当然起こるべき歌風の変化といったものがまったく認められないからである。和歌の中には、彼が二十歳に達する以前のものもあるが、若さにまかせて既成の作歌術に挑戦しようとした痕跡《こんせき》はどこにも見当たらない。そこには、ただ二条流の無数の歌人が使ったのと厳密に同じ語彙、同じ表現が使用されているにすぎない。貞徳の伝記を書いた小高敏郎《おだかとしお》氏は、貞徳の文学を非常に高く評価した人だが、ひとり和歌については「皆平凡陳腐、千篇一律と言つてもよい」[*7]と書いている。

しかし、当の貞徳は、たとえこのような二条流和歌の制約のそとに立つ人からの批判を聞いても、おそらくいささかも動ずることがなかったことだろう。彼は、和歌の良し悪しを判定できるのは、敷島《しきしま》の道に完全に通じた人物以外にはないと深く信じていたからである。

彼の信念によると、和歌の価値とは、これまで先人に詠まれたことのない新しい感覚を詠んだり、たとえ用いる言葉は同じでもその組み合わせを変えることによって新しい表現を盛ったりすることにあるのではなかった。むしろ二条流の歌道において「歌病」とされているおびただしいタブーを犯さず、伝統に忠実であることのほうが重要であった。彼自身、無数のタブーに縛られながら作歌することを、いささかも苦痛とは考えていなかった。和歌の中にぜひとも盛り込まねばならない燃えるような情熱などといったものには、もともと縁がなかったのである。一首の和歌を詠むために、そこになければならない動機を、彼は、ことさらに必要とはしなかった。そして自分の歌が堂上の歌人に認められれば、それで十分に満足なのだった。もともと争いを好まない貞徳の性格は、和歌の道においても彼が人生に処すると同様、抵抗のない進路を彼に択《えら》ばせたのである。

一五九四年に稙通が没してからの貞徳は、細川幽斎について和歌の道にはげんだ。敷島の道に造詣《ぞうけい》の深い幽斎を、彼は心から敬愛したが、彼が幽斎に深く帰依したなによりの理由は、幽斎が古今伝授の継承者だったからである。

田辺《たなべ》城攻防戦において討死寸前であった幽斎は、後陽成帝に仕えていた彼の弟子が「幽斎討死せば本朝の神道奥儀、和歌の秘密、永く絶えて神国の掟も空《むなし》かるべき」[*8]と奔走した結果、無事救出された。城攻めにさえ優先すると考えられたほど権威のあった古今伝授の保持者としての幽斎を、貞徳が尊崇したのもいわば当然だったといえよう。幽斎は、しかも名高い大名である。これほどの高貴な人と親しく交わる機会を得た若い貞徳がどれだけ感激したか、世間話の好きだった幽斎の意を迎えようとどれだけ努力したかは容易に推察できるのである。

その貞徳には、一六〇三年になって一人の重要な友人ができた。彼よりは十二歳年下の林羅山（一五八三〜一六五七年）がその人である。羅山は、当時、京の有力な禅房であった建仁寺《けんにんじ》で程朱《ていしゅ》の学を修めていたが、同じ儒学を学ぶ若い友人や医師たちを中心とした聴衆のために『論語集注《ろんごしっちゅう》』の公開講座を開くことを企てた。彼らは貞徳に会って、同じ講席で『徒然草』を説いてほしいと乞うた。

公開講座というのは、先例のない破天荒な試みだった。先人によって個人から個人にと伝授されてきた学問を、いま伝統を破って大衆に公開しようというのである。貞徳は、はじめまったく気乗り薄だった。羅山の父と伯父が、公開の講座を権威あらせるためにぜひ貞徳の決心をと強く慫慂《しょうよう》したあげく、やっとのことに腰を上げたにすぎなかった。*9

貞徳の持って生まれた保守的な体質は、このときもまた、はじめのうちは彼の心を新しい試みに反発させる原動力になったが、その反発はやがて弟子たちの熱狂的な支持によって押し流されることになる。貴族、大名と優雅につきあうことのみに専念していた男が、突然、大衆の啓蒙家としての役割を演じている自分自身に気がつくわけである。小高敏郎氏は「羅山は新時代を一応穫ち取ったが、貞徳は時代に敗れたわけである」[*10]と指摘している。後世、貞徳は、新しい大衆文藝の指導者としてその名を記憶されるようになるのだが、もし彼が生前にそれを知っていたら、わが宿命にどれほど悲観したことだろう。

講席で、貞徳は「群衆のなかにて」『徒然草』と「百人一首」を論じた。彼自身、そのうちの前者については、古典に造詣の深かった貴族、中院通勝《なかのいんみちかつ》（一五五八～一六一〇年）に、後者については細川幽斎に、それぞれ親しく講義を受けてから、まださほど時間がたっていなかった。『徒然草』も「百人一首」も、やがては徳川期のあらゆる階層の人に親しまれ、必須の教養にまでなるのだが、貞徳がそれを学んだころには、それほども重要とはされていなかったのである。[*11]

『徒然草』についての貞徳の解説をまとめた『慰草《なぐさみぐさ》』は、主にこの公開講座のころに書かれたものであろう。同書が実際に刊行されるのは、貞徳の死の直前の一六五二年になってからである。ただし、この注釈書が徳川期の『徒然草』研究書の中で第一級の作品とされるに至ったのは、字句の解釈が伝統的なものであったからではなく、むしろ原本の各段に貞徳がすぐれた解説を加えたからだった。

「百人一首」のほうも、やはりその解釈は秘儀として宮廷に伝えられ、ときには天皇によって注釈が加えられさえしたものである。それが民衆のあいだにまで下りて来、現代に至るまでひろく日本人のあいだで愛され親しまれるようになった変化の原因を、われわれは貞徳の公開講座にまでさかのぼって指摘することができる。以後三百年もの長きにわたって広く日本民衆の教養に重要な影響を与える『徒然草』と「百人一首」を、貞徳が公開講座のテーマに選んだのは決して偶然ではなく、そこにはやはり貞徳一流の古典鑑賞眼が働いていたものと思われる。

　羅山、貞徳による革命的な公開講座に対して、貴族たちは、案の定はげしい反応を示した。貞徳に『徒然草』を講義した中院通勝は、秘伝が「いやしき群衆」に公開されたのを非常に憤った。そして、貞徳も、批判をはねつけるどころか、かえってひどく恥じ入ってしまった。

> 丸がごとき卑賤の者ならば、よびよせて打擲《ちょうちゃく》もすべきを、上臈《じょうろう》にておはするゆへ、打むかひては御色にもいださせ給はざりし、はづかしさよ。*12

「もし中院通勝どのが私のようにいやしい生まれの人間であったなら、秘伝を大衆に売り渡してしまった私を殴りもなさったことだろう。しかし、さすがに殿上人《てんじょうびと》だ、私に面と向かっては憤りを顔にさえお出しにならなかった」と、なんのことはない、自分を非難した師を逆にほめちぎっているのである。だが、このような遠慮とは無関係に、講席を開いてからというもの、貞徳の啓蒙家としての生涯は、彼の意志を離れて、もはや確立してしまったのであった。

さきにも述べたように、公開講座の企ては、もともと『論語集注』を講義しようとした儒者、林羅山の提案によって実現したものだった。それまで、源をたどれば平安朝にまでさかのぼる日本の儒学は、いつのまにか本来の目的を離れて秘伝と化し、清原、中原両家の私有財産に化していた。両家の当主は、その内容を門外不出とし、歌道その他日本の伝統藝能におけると同様、あるときには一子相伝により〝奥義〟を伝承するまでに至っていた。訓詁《くんこ》が重んじられるあまり、内容の自由な解釈への道は閉ざされ、原典に訓点をつけて日本式に読むことさえ禁じられたのだった。実際に中国から宋《そう》朝の儒学を将来した禅宗の僧たちでさえ、学問を寺院内に閉じこめるだけで、ついに密教的な相伝の殻を打ち破ることはできなかった。

儒学における新しい潮流の第一波は、一五九九年に藤原惺窩《ふじわらせいか》（一五六一～一六一九年。貞徳の父、永種は、惺窩の父の従兄弟《いとこ》に当たる）が、赤松広道《あかまつひろみち》の求めに応じて朱子の集注の和訓をしたことに始まる。現代から見れば、とりたてて問題とするに足らぬような試みが当時は大事件であり、ひいては今日、これが中世の秘儀儒学の終焉《しゅうえん》、そして徳川期儒学の新精神勃興《ぼっこう》の一つの接点と目されるに至ったのである。

羅山は、惺窩とは別に『論語集注』その他の朱子学関係儒書をひろく渉猟し、一六〇〇年以降は弟子にそれを教授していた。彼がはじめて惺窩に会ったのは一六〇四年のことである。しかし、講席を大衆にひらくことを熱心に提唱していた羅山と、勧誘されてもなお二の足を踏んでいた貞徳が、後年に至ると、羅山がかえって江戸儒学正統の祖となり、貞徳がそれとは逆に在野的文化の中心人物と目されるようになったのは、一つの皮肉と言わなければならない。もとはといえば、貞徳があれほど情熱の対象にしていた学問の秘儀を、彼がすすんで一般に公開するようになったのは、羅山の働きかけにほかならなかったからである。

貞徳が一六一九年、自らの居宅に塾を開いたのも、おそらく羅山の影響によるものだろう。京都三条衣棚《ころもだな》の自邸に置かれた私塾での教育は、彼が弟子たちに与えた和歌、連歌、俳諧についての講義内容とはかなり異なった内容のものであったらしい。私塾の生徒たちは数え年五、六歳から十二、三歳までの主として武家の子弟で、一六二八年に貞徳によって編まれた『貞徳文集』なる往来物は、そのさいに教科書として使用されたものと思われる。これは、実在ないしは架空の人物からの短い手紙の形で編集され、各種のテーマを網羅しながら、手紙の日付は一年を通じて配列されている。生徒たちが、行書や草書で書かれた手本を書写することによって、その内容もさることながら、手紙を正しい書式に従って書く技術を自然に学ぶよう配慮がなされていた。手本の内容は、歌道、茶道、医術、食事、占術その他と多岐にわたり、平易通俗な文体でそれぞれに解説を与えている。祭事についての叙述、長崎から届いた南蛮《なんばん》の葡萄酒《ぶどうしゅ》の樽《たる》をいかにして開けるかという知識なども入っているので、この『貞徳文集』は、今日では、徳川初期の日本人の生活を知るうえで貴重な文献になっている。おそらく徳川初期の最良の往来物と断じても差し支えないだろう。当時は、まだ『庭訓往来《ていきんおうらい》』のような古いものも子弟の教科書として用いられていたが、すでに年少子弟の理解力を超えるものになってしまっており、『貞徳文集』には比すべくもない。

貞徳は、このような庶民教育と若い弟子に歌道を指南することによって、かなり生活の安定を得ていたようである。年少子弟の教育に彼は終生情熱を抱いていたが、時がたつにつれてより大きい関心の的となり始めたのは詩歌《しいか》指南のほうであった。彼は依然として二条流の歌を作歌、添削することが自己の生涯の最大の使命だと考えていた。滑稽《こっけい》和歌（つまり狂歌）や滑稽連歌（俳諧）にも長年携わったが、それらはあくまでも本業ではないと思っていたらしい。狂歌がはじめて文学の一ジャンルとして認められたのは、建仁寺の僧だった雄長老《ゆうちょうろう》が、一五九五年、『詠百首狂歌』という狂歌集を出したときで、それいらい徳川期全般を通じて、軽くはあるが面白い表現法として人気を持続しつづけた。やがて貞徳も狂歌、俳諧の名人として仰がれるようになる。

ただ、貞徳自身は、自作の狂歌や俳諧がほめられても、ほとんど喜ぶ気色がなく、これらの作品を大切に取り扱う様子もなかった。自作の狂歌百首を公表（一六三六年）することはしたが、それを単なる慰み以上のものとは考えなかった。もっとも、貞徳の狂歌は、ほんもののウィットと称するに足る鋭さもひらめきもなく、そこには次元の低い言語遊戯か、あまり上等とはいえない本歌取りの技巧が披露されているにすぎない。

どう見ても軽妙とは言いがたい貞徳の洒落《しやれ》が狂歌向きでなかったのと同じように、俳諧のほうも彼の保守的で柔軟性のない性格にわざわいされていたきらいがある。それに、貞徳は、自分の俳諧を、決して現代的な意味での俳句――それ自体として文学的な鑑賞に値する句――として考えていなかった。彼は、むしろ、一つの発句《ほつく》に何句もの付句《つけく》を付ける技巧を誇りにしていたらしい様子がある。俳諧式目、つまり俳諧において守らねばならぬ約束を定めるのに成功しはしたが、それらの約束は、俳諧の連歌の一座に加わったときにどんな句を付けるべきかという問題に終始していた。

もし貞徳の弟子たちがあれほど積極的な動きを見せなかったら、師の貞徳は、終生ついに俳諧を単なる気まぐれの詠み捨てとして顧みなかったことだろう。その証拠に、松江《まつえ》重頼《しげより》（一六〇二～八〇年）と野々口立圃《ののぐちりゆうほ》（一五九五～一六六九年）の二人が発句と付句の撰《せん》集《しゆう》を出版したいと申し出たとき、貞徳は一言のもとにそれをはねつけたからである。「集」などというりっぱな名前が、俳諧ごときものの寄せ集めに用いられるべきでない、というのが彼の反対の理由だった。しかし、二人の弟子はがんばって、宗鑑《そうかん》の『犬《いぬ》つくば集』の子という意味で『犬子《えのこ》集』を出してもよいという師の許可をとりつけた。

重頼と立圃は、はじめのうち協力して全国から俳諧の秀作の収集につとめた。とくに荒《あら》木田守武《きだもりたけ》の影響を受けている伊勢の俳諧には注目した。だが、一六三一年から三三年までつづいた収集段階で二人は仲違いし、結局、重頼一人で『犬子集』を自費出版することになった。弟子の苦心によって百七十八人の作者の手になる発句千五百句と付句千句が集められたわけだが、自作の多くを取り上げられた貞徳は、この段階に至ってもなお師のお名前を使いたいという重頼の懇願を却《しりぞ》け続けた。そのため、『犬子集』のあとがきには、「さる老翁」が目を通したとあるだけで、貞徳の名前を遠慮している。貞徳がやっとのことに態度を改めたのは、この撰集が各地で評判になり、思いのほかの好評を博してからだった。貞徳は、こうして、自分の本来の意図に反して、貞門《ていもん》俳諧の祖と仰がれるようになるのである。

『犬子集』に収められた俳諧の特色を示すために、左に四句をあげてみよう。

1　霞《かすみ》さへまだらに立《たつ》やとらの年[*13]

Even the mist
Rises in spots
This Year of the Tiger.

新春に霞が立つというのは、すでに何度も詠まれてきた情景だが、それを寅《とら》の年に掛けて、まだらな斑点《はんてん》に見立てたのである（当時の日本人は、豹《ひょう》は虎《とら》の雌だと思っていた）。

2 ねぶらせて養《やしない》たてよ花のあめ*14

Let him lick them—
That's the way to bring him up :
The flower sweets.

子を儲《もう》けた人に贈った句で、掛詞《かけことば》や縁語《えんご》が大きな役割を演じている。いい意味においても悪い意味においても、貞徳の作風を示すものといえるだろう。「あめ」は飴《あめ》と雨を掛け、「花の雨」は謡曲《ようきょく》『熊野《ゆや》』の中の「草木は雨露の恵み、養ひ得ては花の父母たり」という一節を連想させる。それはまた、釈迦《しゃか》誕生のときに降ったという花の雨をもふまえている。この句をそっくりそのまま現代文に移すことはむずかしいが、強いて試みるとすれば「子に飴をねぶらせてすこやかに育てよ、雨が花を育てるように。そして釈迦にあやかってあなたの愛児の上にも花の雨が降るように」とでもいったところだろうか。

3 しほるゝは何かあんずの花の色*15

Do they droop because
Of some grief? The apricot
Blossoms' color.

この句を解くかぎは「あんず」で、それは杏《あんず》と「案ず」の掛詞になっている。「花の色」は、おそらく小野《おのの》小町《こまち》の有名な歌「花の色はうつりにけりないたづらに　我身世にふるながめせしまに」を下敷きにしているのだろう。洒落と故事が巧みに組み合わされている。

4 皆人のひる寐《ね》のたねや秋の月[*16]

Is it the reason
Why everyone is napping—
The autumn moon.

前の夜に、遅くまで起きて名月を賞《め》でたものだから、きょうはそれがみんなの昼寝の原因になった、という句の意である。

以上四つの句は、それぞれに貞徳の俳諧の特徴を代表している。いずれにもユーモアはあるが、そのユーモアの性格が句によってはっきりと異なっているのである。

たとえば、2の句においては、それは「ねぶらせて」という俳言《はいごん》である。このような平俗な用語は、それまでの日本の詩歌にはおよそ用いられなかったものだが、貞徳の俳諧に至って、かえって俳諧に必須なものになった。それまで使われなかったような言葉が使えるようになっただけでなく、さらに進んで、必要不可欠のものとされてしまったのである。

3の句の俳言「あんず」は滑稽でもなければ卑俗というわけでもない。ただ、それは漢語である。和歌や堂上連歌においては、純粋な大和《やまと》言葉でない言葉は用いられることがなかった。ここでは、その中国渡来の「あんず」が堂々と使用されているだけでなく、ややおかしみを持った洒落に利用されている。この句が俳諧なりとされるゆえんは、まさにそういう点にある。

右の四句は、貞徳の作品の中では傑作の部に入るものだが、だからといってそれが芭蕉や蕪村《ぶそん》の作品に比肩すべき深みを持つものでないのは言うまでもない。そこには、十七文字の中に閉じ込められた小宇宙もなければ、作者の内面的な体験がぎりぎりにまで煮つめられ、読者の胸をうつというていのものでもない。なによりも、貞徳の句には詩的緊張が欠けているのである。

たとえば1の句を見ていただきたい。「や」という切れ字は、この句を二つに分断してしまっている。だが、たとえ句の分断をあえてしようとも、もしそこに瞬間と永遠の両世界を対比させる努力があり、両世界が相拮抗《あいきっこう》しながら絶妙の均衡を保つようなものであれば話は別だが、貞徳の句にはそれがない。いや、貞徳の制作意図の中には、はじめからそんな配慮がなかったと言ったほうが正しいかもしれない。晩年に至って、俳諧が単なる手すさびの藝にとどまらないこと、そしてほかならぬ彼自身が新しい俳諧運動の旗手としてかつがれていることを、さすが乗り気でなかった彼も認めざるをえなくなったのだが、それでもなお、俳諧が人間感情の深奥に迫るものでありうることに、貞徳は思い至らなかったのである。

貞徳の和歌には、まだしも彼の真面目な心情が吐露されている。しかし、そこにおいても、彼の個性といったものは認められない。そもそも貞徳や貞徳の時代に生きた人々にとっては、詩歌は個人的な感情を盛り込むべき器ではなかったのである。貞徳自身が、まず人々の人気が和歌から離れて連歌に移り、やがてその連歌もむずかしくなって試みる人も少なくなったから俳諧がはやるようになったまでだ、と説明している。

人の心賤くなる故と心有人《こころある》は歎き悲しむ処に、不意に此比《このごろ》誹諧はやりて、都鄙《とひ》の老若心を慰むと見えたり……雑躰一つにあらずとて誹諧も和歌の一体也。賤き道とあなどり給ふべからず。末代には其徳和歌よりも広し。[*17]

貞徳の信仰の中では、太古に神によって創《つく》られた日本の詩歌は、時とともに和歌から連歌に、そして俳諧にと、その表現形式を変えたにすぎなかった。俳諧は、たまたま貞徳が生きていた時代の時流に合っていただけの話である。彼は、また、世間のほうにあらかじめそれを受けいれる素地がなければ、文学作品の鑑賞などということは行なわれないものだという意味のことも書いている。そういう貞徳の時代は、平和ではあっても軽佻《けいちょう》なご時世だった。だから、人々の目を文の道に向け、「三毒」から身を浄《きよ》めるためには、和歌よりも俳諧のほうが適していたのである。少なくとも、それが貞徳の信念だった。文学は、彼にとっては、人間を悪の道に踏み込ませないための方便にすぎなかった。

貞徳を中心とする俳諧の流派、いわゆる貞門は、十九世紀までその命脈を保ち、二百六十以上の俳書を世に出している。最初の二冊、『犬子集』と野々口立圃の編になる『俳諧発句帳』の愛読者は、初期の御伽草子《おとぎぞうし》の読者とほぼ重複していた。両者がいずれも好評で迎えられたことは、貞徳にとっては意外だったのだろう。俳諧撰集の出版をしぶっていた彼も、徐々に考えを改めるようになったらしい。

右二集から五年後の一六三八年には、彼は弟子の山本西武《やまもとさいむ》に『鷹筑波《たかつくば》』の出版を許している。そのあとがきを読むと、俳諧に対する貞徳の態度がいかに変化したかに一驚させられる。以前の逡巡《しゅんじゅん》は影をひそめ、一刻を惜しんで撰集の完成に力をいたすようにと書いているからである。かつては保存しておくことさえ不自然に思われた俳諧作品の多くが、いまでは「棄つるにかたき」ものとなった――と書いているくだりもある。さらに、俳諧をより権威あらしめるために、彼は『鷹筑波』の第五巻に秀吉、幽斎、千利休その他有名人の作品を収録させ、そのような偉人たちも俳諧をつくったことを誇示しようとしている。最初の撰集二冊からは目をそむけながら、貞徳は、ここに至って、逆に俳諧に過去の権威を付加しようと試みたのだった。

彼の和歌とは違って、貞徳の俳諧は、時がたつにつれて深味を増していった。ただ、彼の意図は、俳諧を詩的形式の一つとして世間に認知させたいという方向に、常に働いていた。一般には、貞徳は俳諧を連歌、ないしはそれを通じて和歌への単なる一里塚としか考えていなかったと評されているが、貞徳自身はその説を裏付けるようなことを書いているわけではない。はじめのうち、彼は俳諧を単なる気まぐれの詠み捨てだとして却《しりぞ》けていた。やがて、俳諧は連歌よりもう少し軽い気分で詠まれたもので、連歌とは違う味わいのものだと考えるようになった。そして、ついには、俳諧を完全に独立した目的と作法を持つ詩形式として、自らその推進役を買って出るようになったのである。

俳諧秘伝『天水抄《てんすいしょう》』は、一六四四年より以降に、貞徳の門人、鶏冠井令徳《かえでいりょうとく》（一五八九～一六七九年）により、貞徳の書から編集されたものだが、そこには右の貞徳の態度の変化のうち三番目のものが明瞭《めいりょう》に織り込まれている。この『天水抄』は、俳諧作法を書いたものの中ではもっとも広く読まれたようだが、一度も印刷されることはなかった。当時は、まだ中世風の秘伝授受の伝統が根強く残っていて、そのため秘伝書としての『天水抄』も写本だけで貞門の俳人のあいだに伝えられたらしい。あるいは、おそらく貞徳が門人からの授業料収入に衣食を依存しなければならないといういきさつがあり、弟子は弟子で授業料と引きかえに秘伝が門人だけの秘伝であることを望んだものと思われる。いずれにしても、貞門の門弟の多さから考えると、『天水抄』は写本であったにもかかわらず、貞徳を俳諧一門の祖として権威づけるのに役立ったようである。

この書の中で、貞徳は、俳諧固有の価値なるものをはっきりとうたいあげている。

又或人云。誹諧《はいかい》といふものは和哥にも有、大方《おおかた》連哥のやうに仕立て、少《すこしく》誹諧を加ふるが本なるべしと思ふてする者有。是は一向愚鈍少智の分別也。凡《およそ》此道に長じて天下にほまれ有し宗鑑、元理法師、伊勢の守武等が翫《もてあそび》し句躰、ひとつも連哥めかず、和哥の風情にもあらず、和哥連哥に取用ぬ詞のよろしきを見立て、誹諧の連歌といふひとつの道を立てると見え侍る。*18

俳諧はそれ自体固有のものだ、というのが貞徳の言わんとするところだが、この中で「和哥連哥に取用ぬ詞」というのが、とりもなおさず俳言である。日常使っている俗な言葉を使うからこそ俳諧はそれまでの和歌や連歌と違って簡単だし、庶民の生活に密着している。貞徳は、そう信じていた。もっと優雅な表現を使いたいと思う人々は、遠慮なく和歌や連歌を詠めばいい。そんな人たちにとっては、いやしい俳諧は無用だ、と考えていた。

しかし、俳諧を庶民的なものと規定する反面で、貞徳は俳諧を真面目な文藝形式として確立する道を模索する努力をも怠らなかった。そのためになによりも緊要なのは、和歌や連歌と同じように式目をきちんと定めることだった。俳諧の人気が高まるにつれて、それまでは何度も躊躇《ちゆうちよ》していた貞徳も、やっと重い腰を上げて、それにとりかかる決心をした。

ただ、貞徳が最初に定めた俳諧のルールは、きわめて気楽自在なものだった。それは俳諧撰集『油糟《あぶらかす》』（一六四三年刊）の巻末に和歌の形でつけた十ヵ条の式目で、俳諧とは連歌がより平俗に変容したものではあるが、やはり俳諧にも俳諧固有の約束や作法があるのだというのがその基調である。決して文学的な深みを追うものではなく、俳諧の連歌における付けかたの妙の重要性にその主眼が置かれている。たとえば、

鬼女虎狼《おにおんなとらおおかみ》の千句もの
面《おもて》にもすれど一座一句ぞ[*19]

鬼、女、虎、狼などといったおどろしい言葉は連歌には向かないとされているが千吟の連句の場合には初折、つまり第一ページになら用いてもよい。ただし千句のうちに一度だけしか使ってはならないというのである。このような明確、具体的な規則が、どれほど俳

諧を志す人々の役に立ったかは言うまでもないことだろう。

　貞徳に破門された野々口立圃が一六三六年に彼自身の俳諧式目を世に問うたのに刺激され、貞徳のほうも、やがてもっと詳細な規則の制定を決意したらしい。彼は山本西武の協力を得、貞徳のもとに「父を慕う子のように」集まってくる門弟たちの指導指針にと『久流留《くるる》』を書いた。この書が公刊されるのは、やっと一六五一年になってからだが、それまでにも貞門の人々のあいだで回覧され、式目の役を果たしていた。『久流留』は個々の言葉をあげ、具体的な注意を加えている。たとえば、

　いなづま　　月日不嫌《きらわず》つるといふ字には二句去也秋也*20

「いなづま」は「月」や「日」に即《つ》いてもかまわない。ただ「つる」という言葉は（たとえどんな意味に使われようとも）二句以内に来てはならない。秋の季語だ——というわけである。

「去り嫌う」は、連歌のころからあった約束だが、貞徳はそれを継承した形になった。「いなづま」を秋としたのも連歌の影響である。

　右は典型的な例だが、このような式目は、とりも直さず貞門が俳諧の内容よりその形式のほうを重視していた事実を代弁している。それにもかかわらず、貞徳が式目を確立しよ

うとした努力は、結果的には、俳諧に大きい飛躍への足場を与えた。貞徳が、もし俳諧を真面目な詩人たちが携わることのできる文藝形式にまで高めておいてくれなかったら、芭蕉以下の俳諧の名手たちも、ついにこれを取り上げることはなかったはずだからである。

俳諧式目制定者としての貞徳の最後の仕事は『御傘《ごさん》』の刊行（一六五一年）である。これは、長大かつ精緻《せいち》な俳諧式目の集大成で、俳諧に使用されうる言葉それぞれについて用法とニュアンスを集めている。『久流留』からさほど進歩したものではないが、俳諧に一つの決定的な権威を与え、俳諧を志す人々に向かって貞徳の俳諧観を披露した意味で注目すべきだろう。こうした努力のおかげで、貞門俳諧は、全国の津々浦々に至るまで、その支持者を持つに至るのである。

貞徳が日本文学に寄せたなによりも大きい功績は、俳諧を一般に認知された詩的形式にまで引き上げたことであった。山崎宗鑑や宗鑑の一統は、『犬つくば集』によって俗ながらも豊饒《ほうじょう》な一つの頂点をつくり得たが、その影響力はきわめて限られていた。十七世紀初期の詩人たちにとっては、俳諧は和歌や連歌と対立する概念であり、「口から出まかせの由なし事」[*21]にすぎなかった。

貞徳も、はじめはこのような先入主の例外ではなかったが、やがて徐々に俳諧独自の効用を認知するに至った。彼が俳言を重視したことは、俳諧の語彙を豊かにしたばかりでなく、俳言によってしか表現できない人間経験を広く俳諧の中にとり込むことに成功したのであった。古歌に盛られた春の花、秋の紅葉への愛着は、まだ依然として人々の心の中にあった。しかし、俳諧は、平和と繁栄の徳川期にあって、だれよりもその喜びの表現法を求めていた商人たちによって、熱愛されるに至るのである。貞徳が定めた式目は、ときには、俳諧の真に自由な表現を減殺するものとして、批判の対象にされてきた。だが、貞徳の式目による指導がなかったならば、俳諧は、あるいはナンセンス詩の域を出ることがなかったかもしれない。

長い人生を生き、やがて晩年に逢着《ほうちゃく》した松永貞徳は、それまで彼が好んで用いてきた言語遊戯の境を脱却し、ときには彼自身が定めた俳言の重要性をさえ無視している。彼の作品は晩年のこのような熟したものをも含めて今日では閑却されているが、こうした晩年の句は、明らかに次の世代の俳諧がたどるべき方向を提示したものであった。

貞徳は、詩人としては生涯ついに一流たりえなかった。彼の作品は現代人にほとんど読まれることなく、彼の名を知る人さえ寥々《りょうりょう》たるものである。しかし、日本のあらゆる詩形式の中でもっとも多くの人々に愛されている俳句をいやいやながらに確立した人物として、松永貞徳の名は、日本文学の歴史の中から消えることがないであろう。

注

＊1　小高敏郎・松村明校注『戴恩記　折たく柴の記　蘭東事始』九三ページ

＊2　同右四一ページ
＊3　同右四四ページ
＊4　小高敏郎『松永貞徳の研究』正編六五ページ。この章の記述は、小高氏の同書、およびその続編に負うことが大きい。
＊5　『貞徳翁乃記』四ページ
＊6　小高他『戴恩記　折たく柴の記　蘭東事始』四三ページ
＊7　小高『松永貞徳の研究』正編八一ページ
＊8　同右一〇八〜一〇九ページ
＊9　堀勇雄『林羅山』五〇〜五一ページ
＊10　小高『松永貞徳の研究』続編三六ページ
＊11　最初の『徒然草』研究書は、医師の秦宗巴（一五五〇?〜一六〇七年）による『寿命院抄』（一六〇四年刊）である。林羅山の『徒然草野槌』（一六二一年）がこれに続く。この羅山の著書は、貞徳の『慰草』よりさきに出版されたが、執筆は貞徳のほうがさきだった。重松信弘「徒然草研究史」参照。
＊12　小高他『戴恩記　折たく柴の記　蘭東事始』六〇ページ
＊13　阿部喜三男・麻生磯次校注『近世俳句俳文集』三六ページ
＊14　同右三七ページ
＊15　同右
＊16　同右

＊17　小高『松永貞徳の研究』続編一四〇～一四一ページ
＊18　同右一四四ページ
＊19　『貞門俳諧集』一巻一〇二ページ。また小高『松永貞徳の研究』正編二五三ページ。この和歌は、一六四三年にはじめて公刊されたが、明らかに一六三五年に書かれたもの。
＊20　小高『松永貞徳の研究』続編一七一ページ
＊21　小高『松永貞徳の研究』正編二五五ページ。これは烏丸光広の発言。

**参考文献**


阿部喜三男・麻生磯次校注『近世俳句俳文集』〈日本古典文学大系92〉岩波書店、一九六四年
岡田希雄「貞徳文集の時代に就いて」（『藝文』京都文学会、一九三〇年六月）
小高敏郎・松村明校注『戴恩記　折たく柴の記　蘭東事始』〈日本古典文学大系95〉岩波書店、一九六四年
小高敏郎『松永貞徳の研究』正・続編、至文堂、一九五三・五六年
重松信弘「徒然草研究史」（『国語と国文学』一九二七年六月）
堀勇雄『林羅山』〈人物叢書〉吉川弘文館、一九六四年
『貞徳翁乃記』〈続群書類従959〉続群書類従完成会、一九二七年
『貞門俳諧集』〈日本俳書大系6〉日本俳書大系刊行会、一九二八年

## 三　談林俳諧

松永貞徳《まつながていとく》が存命中は、俳諧《はいかい》の第一人者としての彼の権威を疑うものは、だれ一人いなかった。貞徳という人物を得たことによって、俳諧は、はじめて一流の教養を持った人々によって真剣に追求されるべき文藝としての地位を獲得し、それにふさわしい式目もはっきりと確立した。一六五三年に貞徳は死んだが、俳諧は、もはや食後の座興に弄《もてあそば》れる詠み捨ての句としてのかつての存在に逆行する危険はなくなっていた。

ただ、彼の死とともに門弟のあいだで起こった後継者をめぐる泥仕合は、貞門の権威を著しく失墜し、同門相食《あいは》む醜状は、以後の貞門の名声自体にさえ翳《かげ》りを落とすことになった。

門弟の中でも筆頭だった安原正章《やすはらまさあきら》（一六〇九〜七三年）は、一六五五年に師の名から一字を取って貞室《ていしつ》と号し、一門の指導者として振る舞おうとした。彼は、師の没後、その死を悼むため独力で千句の連吟集『貞徳終焉記《しゅうえんき》』を編んだ。冒頭の句は、

ふまじ猶《なお》師の影埋む松の雪[*1]

I shall not tread on it :
Still my master's shadow buries
The snow in the pines.

これは、もちろん、三尺下がって師の影を踏まず、からの連想で、そこには貞徳の偉大さに対して鞠躬如《きっきゅうじょ》たる門弟の姿勢が詠み込まれている。

貞室は、自らこそ貞徳の正統相続人なりと宣言するだけでは飽きたらず、一六六三年には匿名で『五条百句』を出版し、同門の俳人たちの欠点をあげつらった。立圃《りゅうほ》の句はあまりにも連歌《れんが》に近すぎ、重頼《しげより》には独自の作風がなく、令徳《りょうとく》と西武《さいむ》は時代遅れ、季吟《きぎん》は鈍感とされ、[*2]ひとり貞室だけがその才能の豊かさと貞徳の作風の相続者であるという理由で称揚されていた。貞室の投じたこの一石は、直ちに駁論《ばくろん》、再駁論の連鎖反応をひき起こし、貞門をいやがうえにも揺さぶる結果になった。しかも、論争の大部分は、俳諧の文藝的価値を遠く離れ、単なる門弟間の人身攻撃に終始したのだった。

師の死後に起こる門弟たちのいさかいは、偉大な存在を失った悲哀に誘発された怒りと言えなくもないが、また一面、経済的な事情にもよるものであった。亡き師の正統後継者の地位を手中にした門人には、俳諧の宗匠《そうしょう》、添削者としての人気と生活が保証される。一六九四年に芭蕉《ばしょう》が死んだあと蕉門《しょうもん》の俳人たちを巻き込んだ醜い抗争も、やはりこうした原因によるものだった。このような跡目争いは、せんじ詰めれば、仏教、とくに真言仏教の秘儀的な思想に負うものと言えるだろう。深奥な知識は絶対に秘伝でなければならず、それは師の手から、その知識の継承者にふさわしい徳を備えた弟子の手へひそかに授受されなければならぬと考えられていたからである。これを裏返せば、貞徳の門人たちがはげしく反目したという事実は、俳諧が、もはや連歌師たちがその主目的たる連歌張行《ちょうぎょう》のあげくに詠み散らす遊びごとでなくなっていたことを証明するものといえよう。このころの俳諧は、豊かな才能に恵まれたものだけがその秘伝を受け継ぎうるりっぱな詩形式としての地位を、ひろく認められるようになっていたのである。

貞室自身は、自らをもっとも完璧な貞徳の作風の継承者としている。しかし、彼の作品の中の優れたものは、貞徳の句に比べて、技巧の点でも着想の点でも秀でていると言わなければならない。たとえば、次に掲げる句は、俳諧研究の権威、潁原退蔵《えばらたいぞう》氏によって貞門特有の理知的な臭味ありとして却《しりぞ》けられたものだが、そこには明らかに単なる器用さを超えるものがうかがわれるのである。[＊3]

涼しさのかたまりなれやよはの月

A coagulation
Of coolness—is that what it is?
The moon at midnight.

句の面白さを古歌の知識の中に封じ込めたという意味で、より貞門的というべき句は、

歌いくさ文武二道の蛙《かわず》かな[*4]
In song and warfare
Both civil and martial arts,
The frog excels.

古来、蛙は歌よみであるとされ、また一方では蛙合戦は有名な「鳥獣戯画《ちょうじゅうぎが》」にも登場する。だから、徳川期の武家の理想であった文武両道の実践者に蛙をなぞらえたわけである。

しかし、貞室のもっとも知名度の高い作品であり、芭蕉によって非常に高く評価された一句は、右とはまったく異なる作風のものであった。

これは〳〵とばかり花の吉野《よしの》山[*5]

Look at that ! and that !
Is all I can say of the blossoms
At Yoshino Mountain.

吉野山を包む花の盛りを見て、詩人は口に出す言葉もなく、ただただ賛嘆に我を忘れる。句は自然で、貞門俳諧の特色とされる技巧から大きく前進している。自ら貞徳の真正相続人を主張した貞室によってさえ、貞門俳諧の限界は早くも突破されているのである。

門弟の中でも貞室ほどに正統を自認しない連中のあいだでは、貞徳の遺訓はもっと自由に無視されている。その一人、松江《まつえ》重頼（のちに維舟《いしゅう》）は、野々口《ののぐち》立圃と並ぶ貞徳の高弟だが、前章で述べたように『犬子《えのこ》集』編集について立圃と不和に陥り、のちには持ち前の短気にまかせて同門の俳人たちのほとんど全員と確執するに至った。貞室にくってかかって、彼の句のみかは、貞室が俗っぽい顔をしていることまでも攻撃の対象にしたほどだったので、当然のことに敵も多かった。[*6]やがて貞門から離れ、彼独自の別派をつくるようになったが、その作風には談林《だんりん》風の特徴のいくつかが認められる。

重頼は、まったく平気で、師たる貞徳が定めた俳諧の作法を破った。ときには五七五の中七文字に十三音節もの言葉を用いて、句がほとんど句の形をなさないような冒険も敢《あ》えてした。あるいは、左の句に見るように、ほとんど語戯に依存せず、着想の新鮮さを生かしている句もつくった。

順礼の棒計《ばかり》行《ゆく》夏野かな*7

Only the staffs
Of the pilgrims ate seen going
Through the summer fields.

夏草の茂る野を順礼の姿は見えず、ただ杖《つえ》の先だけが過ぎていくのを詠んだものだが、そこには貞門特有の縁語《えんご》掛詞《かけことば》は見当たらず、むしろ写生の清新さが強く押し出されている。また、つぎの句などからは、初期俳諧の滑稽《こっけい》とは異なるなにものかが感じとられる。

秋や今朝《けさ》一足に知るのごひえん*8

It's autumn—this morning
I knew it from the first step
On the wiped porch.

詩人は、拭《ふ》いたばかりの縁に一足を踏み出し、足の裏のひやりとした感じの中に秋立つ気配を感じとっている。いわゆるユーモアという言葉で表現されるものは、ほとんどそこには認められない。だが、季節の変化を瞬間のうちに悟った詩想の躍動――やがて彼に続く俳人たちによって重宝されるものが、この一句のうちには認められるのである。この句を和歌や連歌から区別しているのは身近かな心象と感覚の清新さであり、それは俳言《はいごん》その他の形式的な配慮ではない。

ほかの句においては、重頼は、俳諧従来の伝統に基づいて、言葉の遊びを多用しているが、また別の場合には、古典、とくに能から素材と表現を借用することも試みている。いわゆる「本歌取り」は、和歌では通例のことであり、連歌においては『源氏物語』をふまえることが喜ばれたが、これが談林俳諧になると、謡曲《ようきょく》がその役割を果たしたというのが、今日では通説になっている。談林風の創始者とされる西山宗因《にしやまそういん》が、謡曲は「俳諧の源氏物語」[*9]だと言っていることから、談林の俳人たちに対する能の影響が重視されるに至ったのだが、その実は、立圃、季吟、重頼など貞門も能に取材することが多く、「謡曲は談林」という常識は、やや単純化のきらいがあると言うべきだろう。

当時、俳諧の好みはきわめて流動的であり、よほどの強情者でもないかぎりは十年前の好みに固執などしないのが実情であった。たとえば謡曲の一節を借用するという新傾向が起こってそれが成功したと見てとるやいなや、同じ技巧はたちまちあらゆる俳諧師によって模倣された。流派、一門による制約はさほどなかったのである。重頼が能から趣向を借りて成功した例は——

やあしばらく花に対して鐘つく事[*10]

Hey there, wait a moment!
Before you strike the temple bell
At the cherry blossoms.

この句、まず一句中の二つの部分が、それぞれいずれも六音節から成っていることが注目される。このような破調は、のちに談林派の特色として知られるようになる。つぎに内容だが、謡曲『三井寺《みいでら》』からの借用が二ヵ所に使用されている。『三井寺』では、一人の狂女が鐘を撞《つ》こうとして三井寺の住職に「やあやあ暫らく、狂人の身にてなにとて鐘をば撞くぞ、急いで退《の》き候へ」と制せられる。このくだりが重頼の句の冒頭と末尾に使われ、さらにその中、七文字には『新古今集』にある能因《のういん》法師の「山里の春の夕暮きてみれば入相《いりあい》の鐘に花ぞ散りける」への連想がこめられている。この句に盛られた作者、重頼の表の句意は、花が散ってはならぬから鐘をつくのをしばしやめよという僧への呼びかけだが、その背景には入相の鐘のころに寺域にたたずみ、散りかける花を去りがてに眺める詩人とその友の情景が詠みこまれているのである。

松江重頼は彼自身の句によっても俳諧史の中に記録されるべき人物だが、それ以上に西山宗因（一六〇五〜八二年）を説得して俳諧の世界にひき入れたことによって記憶されている。

宗因は、もともと肥後《ひご》の武士であった。だが、もし主にたまたま八代《やつしろ》の城主、加藤正方《かとうまさかた》を得なかったなら、おそらく一介の武人として生涯を終わっていたことだろう。彼が十四歳のときいらい仕えた正方は連歌をよくし、宗因の詩的才能を発見したばかりでなく、すすんで彼に手ほどきまで与えた。一六二二年には、宗因は主のすすめで京に上り、当時の第一人者たる里村昌琢《さとむらしょうたく》の門に入って連歌を学んでいる。

その宗因がはじめて重頼に会ったのは一六二五年ごろのことらしい。二人の交遊は、やがて終生続くものとなる。京で学んでいるあいだも、宗因は正方から経済的な援助を受けた。これは一六三二年に加藤家が改易の悲運に遭い正方が浪人してからも継続されたが、翌年、主に寄生することをいさぎよしとしない宗因は京を去って熊本に下った。しかし、故郷での彼の生活は、長くは続かなかった。詩人として生きる以外に道がないことを悟った宗因は、まもなく京に戻り、連歌師として生計を立てるようになった正方に再び仕える生活を択《えら》んだ。

宗因は、やがて大坂に移るのだが、おそらくこれは一六四七年に正方が広島へ移されたためであろう。大坂で、彼は天満宮《てんまんぐう》連歌所宗匠の地位を得る。一六四八年の宗因によるこの大坂移住は、のちに談林俳諧を、商都ならでは育ちえなかったであろう活気と庶民的な大胆さでいろどる結果になる。しかし、当時の宗因は、まだまだ俳諧の一門を起こすまでには至らず、もっぱら連歌師の職にいそしむかたわら慰みに俳諧をいじっていたにすぎなかった。潁原氏は、この時期の宗因の句を、貞徳の下手な模倣にすぎなかったと評している。[*11]

そのような宗因も、まもなく徐々に詩人としての自己の個性を発揮するに至る。つぎの句は、早く詠まれたが一六五六年にはじめて発表されたもので、そこには彼らしい技巧が認められる。

ながむとて花にもいたし頸《くび》の骨[*12]

Thanks to my gazing
I got a pain from the blossoms
In the bone of my neck.

この句で、宗因は、『新古今集』中の西行《さいぎょう》の歌「ながむとて花にもいたくなれぬれば散る別れこそかなしかりけれ」の「いたく馴《な》れ」を逆手にとり、花を見上げる頸の痛さに置きかえている。宗因らしい、俗気あふれる笑いの一刻と言えるであろう。

俳諧に対する宗因の関心は、一六六〇年代には、それまでよりかなり深くなったが、それでもなお貞門の影響をさほど出るものではなかった。貞徳流の縁語や掛詞など「物付け」にくらべて、より微妙な連想に頼る付けかたはすでに出ているが、のちの談林風にくらべると、やはりどことなくぎこちなさが感じられる。ただ、そのあいだにも、彼が広く旅行したこともあって、宗因の名は諸国に知られるようになってきた。やがて彼は連歌宗匠の地位を息子に譲り、出家をする決心をする。しかし、その当時に書かれたもの──「遊ㇾ門受ㇾ業者恒数百人」*13（家を訪れて教えを乞《こ》うものが常に数百人）から見ると、宗因の名声はよほど確立したものであったことが察しられる。

黄檗《おうばく》宗の僧になった宗因は、本山のある長崎へ旅行するが、そのときの句は、

おらんだの文字か横たふ天つ鴈*14

Is that Dutch writing?
Across the heavens stretch
A line of wild geese.

横一列になって渡る雁にオランダの横文字を連想するというのは、長崎の句らしく面白いものである。

一六七三年には有名な俳諧撰集《せんしゅう》『西翁十百韻《さいおうとっぴゃくいん》』が出版されている。これは一六六三年から同書刊行の前年までの諸国行脚中の作品を集めたもので、従来はよく談林風の代表作とされてきた。実は、その評価は誤りで、むしろまだ貞門の影響を色濃くとどめているのだが、*15 この書のもっと大きな意義は、その刊行によって俳諧の名手としての宗因の名が確立し、そのため新風を興そうと野心を抱いていた俳諧師が、多く宗因のまわりに集まったことにあると言うべきだろう。このころから井原西鶴《いはらさいかく》や岡西惟中《おかにしいちゅう》（一六三九～一七一一年）のような若い俳人で、宗因などよりもっと自由奔放な句をつくっていた人々が彼に師事するようになったのである。門弟の精力的な創作と熱心な支持によって心ならずも新流派の指導者になったという点では、宗因は松永貞徳の立場に一脈通じるものがあったと言えるだろう。

西鶴が宗因の門弟になったのは十四歳か十五歳のときで、西鶴の作品の中ではもっとも古い左の句は一六六六年、西鶴が二十四歳のときに上梓《じょうし》された撰集の中に収録されている。

心こゝになきかなかぬか時鳥《ほととぎす》*16

Is my mind elsewhere ?

Or has it simply not sung
Hototogisu.

この一句は『大学』の「心爰《ここ》ニ在ラザレバ視《み》レドモ見エズ、聴ケドモ聞エズ」をふまえている。ほととぎすの鳴く声を聞かなかったのは、自分の心がここになかったからだろうか、あるいは真実ほととぎすが鳴かなかったからだろうか――という問いかけである。句の着想そのものは貞門俳諧からどれほども進歩してはいないが、二組の頭韻の巧みな利用の中に後年の彼の、より完成された句に認められる闊達《かったつ》さが感じられる。

一六七三年、つまり『西翁十百韻』が編まれたと同じ年に、西鶴は友人とともに『生玉《いくたま》万句《まんく》』を出版した。ここには二百人以上の俳家による句が収められているが、それらに共通の特色は、伝統に真っ向から挑戦したことで、以後その作風の奇矯奔放のゆえに「阿蘭《おらん》陀《だ》流」と呼ばれるようになる。まえがきの中に、西鶴は当時行なわれていた俳諧に思いのたけの軽蔑《けいべつ》をこめて「いつきくも老のくりごと益なし」[*17]と書いている。

『生玉万句』は、こまごました式目にとらわれて清新さを失うに至った在来の俳諧に対する痛烈な反逆であった。それは、俗語をなんの気兼ねもなく取り入れた表現の斬新《ざんしん》さにより、また単なる語戯に陥らずに前の句を「心付け」で承《う》け、その呼応の呼吸と気合いにもっぱら意を用いる新趣向によって、貞門俳諧の権威に果たし状を突きつけるていのものであった。ただ、西鶴の発句《ほっく》にはよいものがまったくないわけではないが、いずれもさほど才能のひらめきを感じさせるものはない。むしろ彼の天才は余人の追随を許さない大矢数《おおやかず》（連吟）において遺憾なく発揮された。

西鶴のものすごい連吟の才は、驚嘆すべき規模のものであった。一六七五年には、彼は千句をおよそ一時間に百句の割で吟じた。三十五秒に一句の割合で句をつくり、自らそれを書きとめたのである。[*18] 一六七七年の大矢数では、その記録を一昼夜千六百句までのばした。さらに一六八〇年には二人の競争者の挑戦を受けて立ち、生玉社頭で一日に四千句の矢数俳諧を興行した。的に向かってつぎつぎに矢を射込む弓の名手のすばやさで、一六八四年の住吉《すみよし》大社社頭の大矢数ではついに一昼夜二万三千五百句という空前の事業をなしとげた。記録係も写すひまがなく、数えるのがやっとだったという。[*19]

四千句連吟の翌年、一六八一年に出版された『大矢数』のあとがきの中で、西鶴は、わずか百句やそこらの句に何ヵ月も何年も費やすことの愚をあげつらっている。彼が理想としたものは、即興にまかせてつぎつぎに口をついて出る俳諧だった。一つ一つの句は、言葉も言いまわしも、ほぼ話し言葉のままで差し支えない。古典への連想などはなくてもいい。とにかくスピードが第一なのだから、凝りに凝った掛詞や洒落《しゃれ》などよりも、わかりやすい悪乗りのほうがよい、というのが彼の主張だった。当然のことに、彼の句の多くは藝術的な価値を持つものではない。しかし、後世にまで記憶されるような句をつくることは、もともと西鶴の意図したところではなかった。奔流のように流れ出す彼の才能と技巧は、むしろ瞬時に消え去るべく最初から予定されたものであった。十七世紀末の文学者の大多数と同様に、西鶴もまた自己の作品を、立っては消える波に象徴される「浮世」の海に浮かべたままにしておきたかったのである。

西鶴は、談林俳諧の統帥者としての宗因に深い敬意を払っていたが、宗因のほうは俳諧の伝統に対して、西鶴よりはるかに慎重な態度で臨んでいた。宗因がはじめて俳諧に新風を興したのは一六七四年、すなわち『西翁十百韻』刊行の翌年のことである。この年、宗因が編んだ独吟百韻『蚊柱《かばしら》』には、貞門の鈍重さを脱した自由な付け方の新傾向がはっきりと見てとられる。[*20] しかし、新風第一作ともいうべきこの俳諧集は、上梓とほとんど同時に貞門の正統を代弁する『渋団《しぶうちわ》』によって「俳諧といふも和歌の一体ならずや」[*21]とする立場からの攻撃を受けるはめに陥った。そして、貞門の俳人と、やがて談林風と呼ばれるに至る一派とのあいだに交わされたこの批判の第一弾は、やがて日本の文学史でも比類ないほどの大論難合戦に発展していくのである。

もっとも、論難とは言っても、その大部分は自派の弁護の域を出ず、その論点も、文藝上の評価よりは道義を問題にする場合のほうが多かった。たとえば『蚊柱』への批判も、それが初心者をまどわしやすい俳諧であること、また俗語を用いることは風俗紊乱《びんらん》の恐れがあることがその根拠であった。だが、次元の低い批判、それに対する再批判の泥仕合は、このあとも長々と続き、一六八〇年代に入って談林派の勝利によってやっと終熄《しゅうそく》を迎えるのである。

泥仕合ではあったが、よく注意すると、そのあいだにも、ときどき文学の評価の態度について一つの立場を示すものが散見される。自著への批判に反駁して宗因が一六七四年に書いたつぎの一節なども、その一つと言えるだろう。

抑《そもそも》俳諧の道、虚を先として実を後とす。和歌の寓言、連歌の狂言也。連歌を本として連歌を忘るべしと、古賢の庭訓《ていきん》なるよし。予道に遊ぶ事既年あり、聞道《きくならく》もろこしの何某五十にして四十九年の古賢の非を知《しる》と。いはんや七十に及て他の見るほどの自の非を知まじや。非を好に理あるをしれば也。但世に賢愚貧福あり、律義不律義、上戸下戸、武家の町風、法師の腕だて、赤烏帽子、角頭巾、伊達の薄着、六方の意気をの〳〵其器にしたがふ。其心にあらざればしらず。古風常風中昔、上手は上手下手は下手、いづれを是と弁《わきまえ》ず、すいた事してあそぶにはしかじ。夢幻の戯言《けげん》也。*22

流儀がどうであろうと構わない。自分の心の赴くままに書いて、自分が楽しみさえすればそれでいいのだ。すべては夢まぼろしの間の戯《ざ》れ言《ごと》にしかすぎない。……宗因が主張したこのような態度は、あるいは現代人の目にはあまりにも軽薄とうつるかもしれない。もちろん、そこには貞門一流の繁雑な式目への反逆の意がこめられていたことは事実である。しかし、俳諧を「夢幻の戯言」と定義づけた宗因の俳諧観は、そもそもその発生期において俳諧が連歌興行後の一座の余興と考えられていた地点からどれほども前進していないのである。宗因には、老齢（右の一文を書いたときの宗因は六十九歳だった）に達してなお、若い俳諧師たちによって新作風の指導者と仰がれることに対する内心の面映《おもは》ゆさもあったに違いない。事実、宗因は、そんな気持ちを友人に宛てた手紙の中に書いている。

六十に余りはいかいをせば、若き作者と争ひて詞の先をかけんも大人げなし。又ふる口とて人々に侮られんも口をしかるべし。*23

「六十を越してまで俳諧をやっているようでは、若い連中といさかいをしたり、角突き合わせるのが関の山だ。古くさい表現を使っていると見とがめられ、軽蔑されるのもくやしいかぎり」――と、きわめて消極的な態度なのである。

宗因は、生涯ついに俳諧を自分の生業として真剣に扱うことがなかった。せいぜい余興だ、という態度であった。しかし、実はほかならぬその宗因が、われ知らずのうちに俳諧を詠み捨ての詩から写生と人間感情の描写に耐えうるものにと引き上げていたのだった。たとえば、一六七四年に彼が高野《こうや》山の奥の院を訪れたときのつぎの句からは、おかしみに主眼を置く宗因の俳諧観とは関係なく、きわめて真面目な調子が読みとれるのである。

露の世や万事の分別奥の院[*24]
This world of dew !
The solution to all problems—
Oku no In.

明くる一六七五年は、宗因にとっても彼の門弟たちにとっても、非常に意義深い年になった。同年の春、江戸に下った宗因が、田代松意《たしろしょうい》はじめ八、九人の俳席に招かれたのがそれである。当時の松意たちは、仏教語で僧のための学寮を指す「檀林《だんりん》」から、自らの結社の名をすでに「談林」と名づけていた。もともとこの命名は、だれかが「我等如きの俳諧談林とこそ申すべけれ」[*25]と発案したことから会の名となったもので、宗因は彼らからつとに師と仰がれていたのだった。そして、その席で千句巻頭の発句を所望された宗因が与えた句は、

さればこゝに談林の木あり梅花[*26]
I have discovered here

There is a Danrin tree—
The plum blossoms.

季題は梅花、早春である。それはまた宗因の号である梅翁《ばいおう》にも通じる。梅は古来、歌人や文人と密接な連想を持ってきた花でもある。そして、これに続けて俳席の主《あるじ》が付けた句は、

世俗眠りをさますうぐひす
The uguisu will arouse
The vulger world from slumber.

発句の梅に対して付句《つけく》の鶯《うぐいす》が付合せになっている。だが、その底にある意味は、宗因が自らを俳諧の新生流派の指導者と認めたことに対して、それを承《う》けた門弟たちが、世間の停滞を破って、俳諧を長年の眠りから呼びさまそうではないかと、ときの声をあげているのである。[*27]

宗因が江戸滞在中に催した江戸俳諧『談林十百《とっぴゃく》韻』は、一六七五年に田代松意の手で刊行された。「談林」の語はにわかに注目をあつめ、まもなく江戸に呼応する形で大坂談

林も生まれた。日ならずして宗因は、もっとも活動的な若い俳人たちから新しい文藝運動の指導者と目されるようになる。門弟たちは、彼の年齢にもほとんど注意を払わないかのようでさえあった。貞門俳諧の牙城《がじょう》であり、もっとも保守的であった京都さえもが、一六七八年に宗因が京へ行ってからは、その流れを変えたらしい気配が認められる。そのとき、宗因が京に住む菅野谷高政《すがのやたかまさ》に贈った発句は、

末茂れ守武流の惣本寺《そうほんじ》 *28

May it flourish forever,
The great central temple of
Moritake's style.

惣本寺は、高政が自らの結社を称していた名である。談林派の他の俳人の場合もそうだが、高政も自分の流儀を貞門俳諧への単なる反動とは認めず、もっと高級な荒木田守武《あらきだもりたけ》の古典俳諧の流れを汲《く》むものと自負していた。『談林十百韻』のあとがきにも、「此連衆などおよばずながら、守武宗鑑《そうかん》の旨趣を守らんとほつす。……世上の俳諧その付道具はふるびにたれど、守武宗鑑已後の異体なれば、号て末体といふ」*29と、談林風の自負が書きしるされている。談林派が宗鑑の平俗よりも守武の衒《てら》いを帯びた俳諧にひかれたのは、考えてみ

れば不思議な話だが、実はこれは貞徳が宗鑑を高く評価していたのに対し、わざと談林の俳人たちがその裏を行ったためなのである。

高政は、談林派の中でも型破りという点ではぬきん出ていた人物で、彼の作は冒瀆《ぼうとく》、卑《ひ》猥《わい》のそしりを受けることが多かった。西鶴の阿蘭陀流に対して伴伝連《ばてれん》社を称し、好んで人の意表に出てはそれを得意としていた。その典型的なものが、

白い雨軒のかど屋に玉なして
White rain
On the eaves of the corner house
Forms into beads.
風に音ある犬の小便[*30]
There is a sound in the wind :
A dog urinating.

その用語は、文法的に口語風であるばかりでなく、言葉の配列に至っては勝手気ままに差し変えられている。「角屋《かどや》の軒」と言わずに「軒の角屋」としたのなど、その一例だろう。このような傾向は、談林俳諧の後期に至ってますます顕著になり、わざわざ句をひね

りまわして意味をぼかし、ときには謎のような効果をあげるほどにさえなった。右の付句にある「犬の小便」も、前の句の「玉なして」という雨や露に使い古された形容を逆手に取って、人を驚かす一種のショック効果を狙《ねら》ったものと言うべきであろう。

高政の俳風は、談林派の中でもとりわけ猛烈な批判攻撃の対象になった。高政の『中庸《つれの》姿《すがた》』が一六七九年に出ると、すぐその年のうちに貞門の中島随流《なかじまずいりゅう》が『俳諧破《は》邪顕正《じやけんしょう》』を出し、高政を「俳諧の切支丹《きりしたん》」なりときめつけた。この書の中で随流は「是誹諧《これはいかい》のきりしたんと云物也（中略）かれらは此国神道の外道也、必《かならず》日本をほろぼすべし。惣別《そうべつ》宗因といふゑせ入道第一紅毛《おらんだ》流の張本也」[*31]と、口をきわめて談林を罵《ののし》っている。

もちろん、宗因自身は、こうした批判に値するような異端、あるいは俳諧伝統の破壊者などではなかった。彼の俳論は今日ほとんど保存されていず、わずかなものが『大坂独吟集』に収められているだけだが、それを見ると、宗因が俳諧の中でもっとも珍重したのは、付合《つけあ》いの斬新さ、意外性であった。たとえば、彼は左の付句を、その意表をついた発想のゆえに佳句《かく》だとしている。

鳥辺野《とりべの》の煙はたえぬ葬礼場

At Toribeno
The smoke never ceases

Over the funeral pyres.
鳶《とび》もからすもくさめはせぬか[*32]
Doesn't it make the kites and crows
Sneeze ?

鳥辺野は、平安時代いらい都の住人の墳墓の地だった。その中の鳥の縁で付句には鳶が詠まれる。ただそれだけではなく、鳥が茶毘《だび》の煙を吸ってくさめをする。宗因は、その発想の意外性を喜んだものと思われる。

あるいは、左の一対の句は、『古今集』の古歌を巧みにもじったものとして、やはり宗因の激賞を受けたものであった。

むぐら生《はえ》あれたる宿の台所
The kitchen
Of a desolate hut where
The goose-grass grows.
つれなきかゝをよびとせしまに[*33]
While I call in vain

本歌は、『古今集』にある僧正遍昭《そうじようへんじよう》の「わがやどは道もなきまであれにけり　つれなき人をまつとせしまに」である。恋人の訪問が間遠になったので、庭にむぐらが生え、ひろう道さえおぼつかなくなったという情景なのだが、右の俳諧ではそれをひねって、腹を減らした男がどこへ行ったかつれない妻を待ちわびているうちにむぐらが生えた、と置き換えたわけである。

この例でも明らかなように、宗因はあえて破壊を試みたのでもなんでもなく、むしろ貞徳も推賞したであろう機知のひらめきを真率に評価したのであった。あまりにも放逸に走る高政流の俳諧は、宗因も斥《しりぞ》けたところで、いたずらに伝統の式目を打破することは、目新しさの追求に熱中するあまり俳諧の規矩《きく》を忘れた放埒《ほうらつ》にすぎぬと、彼も考えていたのだった。宗因は、俳諧が一座をくつろげるための戯れであることを何度も指摘している。しかし、もともと連歌師としての修業を積んだ彼の心中には、言葉と形式に対する深い尊崇の念があり、それは過激なまでの放逸に走った談林の徒の主張とは相容《あいい》れないものであった。一六八〇年ごろには談林風は貞門を打ち破って俳諧の主流を占めるに至ったが、一門を率いた宗因はかえって自派の現状に幻滅し、徐々に俳諧を捨てて連歌の世界に戻るようになった。老齢のため、門弟の行きすぎを防ぎえない無力感もあったに違いない。[*34] 宗因の死は一六八二年、七十七歳だった。

作品を通覧してみると、宗因の俳諧は決して現代人に感銘を与えるほど文学的価値に富んだものではない。むしろ貞徳が俳諧という新興の詩形式に対してさまざまな制約を付加しようとしたことに対して、宗因（あるいは、その点においては宗因よりも彼の門弟）が俳諧のかつての原動力であった自由を復活し、その文学的価値への可能性を高めたという貢献が注目されるべきであろう。宗因の作品そのものは、必ずしも優れたものではなかった。ただ、彼の晩年の作の中には、もし宗因がやがて来るべき松尾芭蕉（一六四四～九四年）の時代に生きていたなら、真に藝術の香高い作品を創造しえたに違いないと思わせるものがある。その一例をあげれば、

菜の花や一本《ひともと》咲きし松のもと*35

The rape-seed blossoms—
A single stalk has flowered
Under the pine tree.

松の沈鬱《ちんうつ》な緑を背景に、ただ一本の菜の花のあざやかな黄が体現している春のおとずれ——それは人間の頭の中で考えられたものではなく、鋭い自然観察が行なわれたことを示

唆している。宗因のこの句の中には、より高度の俳諧へと飛躍する気配が読みとられるのである。

談林風俳諧の最盛期は、ごく短いものだった。一六七五年から八五年まで、たかだか十年くらいのものにすぎない。まもなく一門は、過度の放縦、卑俗へと走りつつ空中分解をとげてしまう。しかし、それでもなお談林俳諧は、それなりの重要な役割を果たしたと言うべきだろう。芭蕉はのちに「上に宗因なくむば、我〳〵の俳諧今以て貞徳が涎《よだれ》をねぶるべし。宗因は此道の中興開山也」[*36]と言っている。その芭蕉は、貞門と談林の双方に俳諧を学び、それぞれに得るところがあった。彼は貞徳からは技巧と彫琢《ちょうたく》の重要さを学び、宗因からは形式にとらわれない自由と一瞬の情景を描写する術を学んだのである。俳諧がその黄金時代へと進むためには、その両者が必要なのであった。

注
＊1　森川昭・島居清「俳諧人口の拡大」（井本農一・西山松之助編『人間開眼』）一一四ページ
＊2　同右
＊3　潁原退蔵『俳句評釈』上巻二八ページ
＊4　同右二七ページ
＊5　同右。芭蕉の評は『笈の小文』の中。杉浦正一郎・宮本三郎校注『芭蕉文集』六〇ページ

＊6　麻生磯次『俳趣味の発達』一五七ページ
＊7　潁原『俳句評釈』上巻二五ページ
＊8　同右二五～二六ページ
＊9　同右三六ページ
＊10　同右二四～二五ページ
＊11　潁原退蔵『俳諧史の研究』一八七ページ
＊12　潁原『俳句評釈』上巻三三ページ
＊13　「西翁隠士為僧序」。潁原『俳諧史の研究』一九四ページから。
＊14　同右一九七ページ
＊15　同右二〇九ページ
＊16　潁原『俳句評釈』上巻四四ページ
＊17　潁原『俳諧史の研究』二六九ページから。
＊18　森川他「俳諧人口の拡大」一二四ページ
＊19　神保五弥「西鶴の人間探究」（井本他『人間開眼』）二六四～二六六ページ
＊20　潁原『俳諧史の研究』二一〇ページ
＊21　同右二一一ページ。俳諧論戦については同書三三～一三二ページに詳説されている。
＊22　同右六四～六五ページから。
＊23　同右二一四ページ
＊24　同右二二〇ページ

＊25　同右二三一ページ
＊26　同右
＊27　同右二二一〜二二二ページ
＊28　森川他「俳諧人口の拡大」一二六ページ。守武流の復興については同書一二一〜一二二ページ
＊29　麻生『俳趣味の発達』一六四ページ
＊30　同右一七五ページ
＊31　同右一七六ページ
＊32　同右一八二ページ
＊33　同右
＊34　潁原『俳諧史の研究』二三二ページ
＊35　潁原『俳句評釈』上巻四二ページ
＊36　潁原『俳諧史の研究』一七一ページ

参考文献

麻生磯次『俳趣味の発達』東京堂、一九四三年
井本農一・西山松之助編『人間開眼』〈日本文学の歴史7〉角川書店、一九六七年
潁原退蔵『俳諧史の研究』星野書店、一九四八年
潁原退蔵『俳句評釈』上・下巻〈角川文庫〉角川書店、一九五二・五三年

杉浦正一郎・宮本三郎校注『芭蕉文集』〈日本古典文学大系46〉岩波書店、一九五九年
野間光辰「宗因」（伊地知鉄男他編『俳諧大辞典』明治書院、一九五七年）

# 四　蕉風への移行

それぞれ自説を振りかざしての貞門《ていもん》と談林《だんりん》の論難合戦は、一六八〇年ごろには、その頂点に達した。双方がそのために出版した論争書のたぐいは、今日それを読んでみても、みっともないものばかりである。それは、当時の心ある俳人たちにとっても同様だったものと思われる。貞徳《ていとく》、宗因《そういん》いずれの派であれ、少なくとも俳諧《はいかい》に一つの藝術的な理想を抱いていた人たちにとっては、両者のあいだの不毛の論争は耐えがたいものだったに違いない。ただ、このような下品な泥仕合は、双方がようやく泥のなすり合いに疲れるころになって、思いもかけぬ重要な副産物を産むことになった。江戸でも大坂でも、それまで不毛きわまる揚足取り合戦にあきたらずにいた俳人たちのあいだで、俳諧の新しい理想への模索が始まったからである。

貞徳も宗因も、終生ついに俳諧を文学の中の明確な一ジャンルとして確立することがなかった。二人にとって、俳諧は一座の気分をくつろげる余興ではあり得ても、決して深奥な詩的情緒を盛るに足るものではなかった。西鶴《さいかく》は、談林俳諧の自由奔放を極限にまで拡大した人ではあったけれど、その彼もものすごい作句能力を天下に誇示しただけで、俳諧そのものの藝術性や美しさを教えてくれはしなかった。だから、この時期に当たって、もし少数の俳人が出現して、貞門、談林の別なくそのころの俳人が陥っていた軽薄の淵《ふち》から俳諧を救い出さなかったなら、俳諧はおそらく永遠にその藝術的生命を閉じていたことだろう。少なくとも宗鑑《そうかん》や守武《もりたけ》の死後のあの沈滞期に戻っていたはずである。

一六八一年は、その意味で一つの重要な意義を持っているといえよう。この年は、談林風をもっとも濃厚に反映している西鶴の『大矢数《おおやかず》』が出版された年なのだが、それと同時に池西言水《いけにしごんすい》（一六五〇〜一七二二年）の撰集《せんしゅう》『東日記《あずまにっき》』の上梓《じょうし》を見た年でもある。そしてその中には、芭蕉《ばしょう》のつぎの発句《ほっく》が収められていた。

枯枝に烏《からす》のとまりたるや秋の暮

On the withered branch
A crow has alighted—
Nightfall in autumn.

この句は、中七の字余りから見ても、明らかに談林風の影響を受けている。しかし、それとともに、これ以前の俳諧にはなかったなにものかをも持っているのである。一言すれば、それは一つの世界の創造である。単なる言語遊戯以上のものである。

のちに蕉風の開眼と目されるようになった古池の句の初案が出たのもこのころだが、俳諧の転機は決して芭蕉という一個人がなしとげたものではなかった。さきに「少数の俳人」と一括したが、もと貞門の人であった伊藤信徳《いとうしんとく》（一六三四〜九八年）や池西言水、あるいは談林系の上島鬼貫《うえじまおにつら》（一六六一〜一七三八年）、小西来山《こにしらいざん》（一六五四〜一七一六年）、椎本才麿《しいのもとさいまろ》（一六五六〜一七三八年）などは、当時しきりに創作活動を続け、それぞれの立場で蕉風の形成に貢献したのであった。彼らのうちの何人かは、芭蕉とはほんのかいなでの交わりを結んだか、あるいは彼に会ったこともない人たちだが、彼らの作品のうちの最高のものは、芭蕉だけが占める特別の高みに肉迫しえたと言っても過言ではない。このようにして見ると、芭蕉その人も、必ずしもまったく他の俳人たちから孤絶してひとり俳諧の極致に到達したのではなく、徐々に彼と同じ俳諧観に達しつつあった少数のグループの中にあって、そのぬきんでた一人であったと言うことができるようである。

芭蕉の、いわば露払いをつとめた形のこのような作家たちは、今日ではごく少数の作品によって記憶されているだけで、そのような句は一概に「芭蕉の境に迫る」という評を与えられている。しかし、もし彼らのうちの一人が、もう十年遅く生まれていたなら、もし別の一人が衣食の糧を俳諧に求める必要のない恵まれた境遇にいたなら、あるいはもしまた別の一人が制約の多い俳諧についてもう少し自由な態度をとることができていたなら、その一人は、単に露払いの地位にとどまることなく、芭蕉に対する強力な競争者にさえなりえていたことだろう。結果的には、彼らは文学史に不朽の名声をとどめることはなかったのだが、実はもっと大切なことは、彼らの一人一人が同時に、やがて芭蕉に到達する同じ道を同じ方向に歩いていたという事実だろう。その道は、芭蕉を得ることによって、ようやく本格的な俳諧の誕生を見るに至る。短い表現の中に、単なる警句的な機知のひらめき以上のものを蔵した俳諧、偉大な詩人の心に宿った詩想を一つの凝縮として表現しうる俳諧の世界が、芭蕉の出現によってひらけるのである。

移行期の俳人の中での最年長、伊藤信徳は、はじめ貞門の俳諧を学んだ。のちに談林に移ったのだが、その動機は左掲の一句を見てもほぼ推察されることだろう。それは、俳諧の中で、おそらくもっとも音節数の多い句である。

和《やわ》ラカなるやうにして弱からず水仙は花の若衆《わかしゅ》たらん[*1]

The narcissus that seems gentle
Without being weak
Is the handsome hero of flowers.

信徳がこの句をはじめて世に問うたのは一六八四年のことだが、漢詩の影響、水仙というそれまで日本の詩歌《しいか》にあまり出ない花の使用などから見て、もっと早い作ではないかと思われる。水仙は女性的なようであってそうではない……言うなれば若衆の美しさだ、という句意だが、驚くべき字余りである。だが、信徳が意図したものは、決して単に伝統に楯《たて》ついてみるのではなく、俳諧という詩形の許容性をぎりぎりの極限まで試してみることにあったのだろう。その底に流れているものは、滑稽《こっけい》よりもむしろ鋭い感受性の一瞬であり、それは真の意味で信徳が水仙と対面したことを物語っている。

信徳は京の富商で、商用で諸国をよく旅行した。一六七七年、江戸に下ったときに芭蕉や山口素堂《やまぐちそどう》（一六四二～一七一六年）と会い『江戸三吟』を巻いた。かなり談林風の色濃い連句だが、四年後の一六八一年には、信徳はのちに「蕉風の先駆」[*2]と呼ばれるようになる『七百五十韻』を編んでいる。彼と芭蕉との交遊はその後も長く続き、若い芭蕉は年長の信徳に影響されるところもあったらしい。信徳の秀句の中の一つは、

富士に傍《そう》て三月七日八日かな[*3]

Following by Fuji—
It was the seventh day or
The eighth of April.

一六八五年に公けにされたこの句には「旅行」という前書きがついている。旧暦三月のはじめごろ、春の富士の裾《すそ》に沿うてのんびりと旅してゆくさまが「七日八日《なぬかようか》」という語感の中に巧みに封じ込められている。「三日四日《みっかよっか》」なら、のんびりした感じはたちまち消えてしまうところだろう。言葉を択《えら》びながら掛詞《かけことば》や縁語《えんご》の遊戯に陥らないところは、芭蕉の作を彷彿《ほうふつ》させるものがある。[*4] あるいは、

名月よ今宵《こよい》生るゝ子もあらん[*5]

The harvest moon !
Tonight there must also be
Children being born.

信徳晩年のこの作は、すでに年老いたわが身にひきくらべて、今宵生まれる満月のようにすこやかな子もあろうかという思念を含蓄しているばかりでなく、実は、その子さえ満月の欠けていくのと同様にやがて人生の終焉《しゅうえん》を迎えるこそあわれよ、という詠嘆がこめられている。[*6] これだけの短く素直な表現に、これだけの人間感情がうたい込まれているとは、ほとんど信じられぬくらいだが、幼な子と無欠に達していまや欠けなんとする月の取

り合わせにこそ詩人としての信徳の真の意図があるのであり、老いて月を眺める寂莫《せきばく》の情緒もそこからにじみ出てくるのである。

池西言水も、信徳と同様にまず貞門に学び、ついで談林に移った人である。彼はまだ世に知られていなかったころの芭蕉と交わり、彼の作品を自撰《じせん》の『江戸新道《しんみち》』（一六七八年）、『江戸蛇之鮓《じゃのすし》』（一六七九年）、『東日記』（一六八一年）などの中で紹介し、芭蕉が世に知られる一つのきっかけをつくった。一六七八年、談林の絶頂期に、言水は左のような句を作っている。

うの花も白し夜半《よなか》の天河《あまのがわ》＊7

The verbenas blossoms too
Are white : in the middle of the night
The milky way.

季節は夏。夜の闇《やみ》に卯《う》の花の白さが浮き出ている。白さはやがて来る秋の夜、天の川が中天にかかるころを思わせる。ある俳諧研究の権威は「そのころ言水がすでにかうした句境をもつてゐたことは注意しなければならぬ」＊8と書いている。言水は、たしかに、蕉風の確立に一臂《いっぴ》の力を貸したのではなかっただろうか。あるいはまた、彼には、芭蕉独自の境の入口をのぞいたとも言えるつぎの作がある。

鯉《こい》はねて水静也郭公《ほととぎす》＊9

A carp leaps up
And now the water is still :
A nightingale.

芭蕉の有名な古池の句とあまりにも情景が似ているので、つい比べてみたくなる作である。言水の句は制作の年月がわからないが、どうやら芭蕉のより先の句であるらしい。言水の自注によると「この里のさびわたるにはほとゝぎすもやと待わびしに、さはなく里魚のはぬる音をきく。いやましに淋し。はたして時鳥なりけり」という。句は、こうした言水の体験をみごとに十七字の中に描きえている。そこには漢詩の影響も認められる。だが、やはり古池の句の絶対無二の響きに比べると、一歩劣るところがあるのを認めないわけにはいかない。

言水は、京や江戸の市井《しせい》の情景に取材した句をよく作っている。たとえばつぎの句などには、彼からはるかに時をへだてて二十世紀の日本に生きた永井荷風《ながいかふう》や吉井勇《よしいいさむ》の作を連想させるような現代性がある。

碁は妾《しょう》に崩されてきくちどりかな[*10]

The chess pieces swept up
By my mistress, I hear outside
The plovers crying.

場所は京都、千鳥鳴く加茂《かも》川のほとりである。勝負がつき、女性が碁石を拾い集める。それに続くしばしの静寂。と、千鳥の音が聞こえる……。

しかし、言水の作のうちでもっとも有名なのは、むしろ蕉風からは縁の遠いつぎの句である。それは一六九〇年の撰集に収められたもので、

凩《こがらし》の果はありけり海の音[*11]

The winter wind
Had a destination, I see:
The roar of the sea.

野を分け、峰を越えて吹いてくる木枯しは、どこへ行くのか――と追う詩人の心は、風

がやがて冬の海の白い波頭に合流する情景を捕らえる。深みというよりは工夫の勝った作品である。しかし、すでに何人かの評者が指摘したように、ある俳諧が人に好まれるかどうかは、多分に工夫のあるなしにかかっているのである。

芭蕉の先駆者のうちでもっとも才能に恵まれていたのは、おそらく小西来山だろう。感受性、独創性にすぐれてはいたが、生活の糧を得るため俳諧の点者《てんじゃ》として生活しなければならないのが重荷だったようである。[*12] 彼は、一六六〇年、六歳にして談林風俳諧を学び、たちまちに腕を上げて、十七歳のときにはすでに宗匠《そうしょう》として認められるようになっていた。大坂談林の一人として活躍したが、やがて句風は徐々に芭蕉に非常によく似た感覚のものへと変化していった。[*13] 口語さえも駆使した自由な用語を見ると、放逸の方向に進んだ談林俳諧が、来山を得てようやく詩と呼ばれるにふさわしいけじめを持つに至ったことが看取される。

青し〳〵わか菜は青し雪の原[*14]

Green, dazzling green
The young shoots are so green :
Snow-covered fields.

荒涼とした雪の野の中に春を告げる若菜を見つけた喜びが「青し」の繰り返しによってみごとな表現を与えられている。わずか十七文字、その一つ一つがのっぴきならぬほど重い意味を持っていなければならぬ俳諧において、同じ言葉を三度繰り返すなど、まず普通には考えられないことである。だが、この場合、来山は、そのうちの九文字までをリフレインに使って、しかもそこに寸毫《すんごう》のわざとらしさも感じさせない。

あるいは、つぎの句のように、もっと芭蕉の域に近いものもある。

白魚やさながらうごく水の色*15

The whitebait—
Just like the color of water
Itself moving.

春雨でふくれた川の水の中に、すき通った白魚が、まるで水そのもののように動く。別の句集で「水の魂《たま》」となっているのは、それを春の水の精とも見たのだろう。ごく自然に芭蕉の「明《あけ》ぼのやしら魚しろきこと一寸」が連想される。来山と芭蕉と、どちらがどちらから発想のきっかけを得たのだろうか。来山の句はほとんどが制作の年月が不詳のため、いずれとも決めることはできないが……。

見かへれば寒し日暮の山ざくら[*16]

When I look behind me
How cold they look—the twilight
Mountain cherry blossoms.

旅人は、暮れがたの春景色の中を、花に背を向けて歩いている。これが日暮れでなかったなら、花の色も彼の心を浮き立たせたことだろう。だが、いまは旅の寂寥《せきりょう》が身にしむばかりである。

言葉の感じも句そのものの情景も、ここまで来ると、もうはるかに談林からはへだたってしまっている。句のつくられた時期をあとのほうに持ってきて、ひとときのような色彩は失ったかわりに内面的な悲劇性への感性を持つようになった俳諧の世界の中に、この句を置いてみたい誘惑に駆られる。しかし、ここでもまた制作年代が不明のため、歴史的な位置づけはできない。あるいは来山の天分が、まだおおかたの談林俳人たちが言葉を弄《もてあそ》んでいた時期に、早くもこれだけの詩的昂揚《こうよう》を可能にしたものであろうか。

ときには詞書《ことばがき》がその句のつくられた背景や年代を語ってくれるときもある。「大坂も大坂まん中に住《すみ》て」と断りのついたつぎの句は洒脱《しゃだつ》な気分にあふれている。

お奉行《ぶぎよう》の名さへおぼえずとし暮ぬ[*17]

The year has ended
Without my learning even the name
Of the magistrate.

典型的な大坂の市井人の生活である。お店の勘定か、廓《くるわ》への往還か、心を奪われるのはそんなことで、将軍の権威を代表して君臨しているはずのお奉行の名さえ覚えぬうちに一年が過ぎてゆく。

あるいは、これとはまったく異なる句風の作には「浄春童子　早春世をさりしに」と詞書がある。これは一七一二年、来山五十八歳の作であることがはっきりしている。

春の夢気の違はぬがうらめしい[*18]

A spring dream—
I am not out of my mind
But how bitter I am.

「春の夢」は人生を意味する隠喩《いんゆ》としてよく使われる表現だが、ここでは、その春に来山が息子の夭折《ようせつ》に遭っただけに、特別な意味をこめて使われている。そして「うらめしい」と口語調で締めくくったことは、詩なら必ず使われる改まった語法には見られない、心をゆさぶる哀切の情をこの句に付与している。ふざけた形で口語調が使われた例は少なくないが、それを真面目な、藝術的な意図で使用したのは、少なくとも二十世紀に至るまでは、来山と鬼貫がたった二人の例外であろう。[19]

来山は、また、幾度か古歌の引用を試みている。しかし、それは本歌をもじってみたり、単に古典の知識を披露する意図からではない。彼は、先行の歌人の体験に自分のそれを重ね合わせて表現に深みを加えている。その意味で、来山は、俳諧においてはごくまれにしか行なわれなかった手法の実践者と言うことができる。

幾秋かなぐさめかねつ母ひとり[20]

How many autumns
Did she spend unconsoled?
My mother, alone

来山は九歳にして父を失い、母の手一つで育てられた。右の句の「なぐさめかねつ」は、

『古今集』中の「わが心なぐさめかねつさらしなや　をばすて山にてる月をみて」への連想から来ている。それはさらに『大和《やまと》物語』『今昔《こんじやく》物語』いらいの有名な姨捨《おばすて》説話をふまえている。来山の心中には、いったん母を背負って姨捨山へ行きながら戻ってきた古伝承に自らを合一させようという願いが動いているのだろう。

また別の場合には、過去をふまえる来山の句には、蕪村《ぶそん》のそれを思い出させるような響きがある。

ほのかなる鶯《うぐいす》きゝつ羅生門《らしようもん》＊21

I hear the faint cries
Of an uguisu by
Rashōmon.

早春に聞く、ほのぼのとした鶯の音。都の南にある古い、人かげもない羅生門のあたりに、かすかに春色が動く。

句の冒頭に置かれた主題に、それに添えて一つのイメージを置くことによって生命を与える。来山は、そうした技巧にとくに秀でていた。左はその一例。

春雨や火燵《こたつ》のそとへ足を出し[*22]

The spring rain—
I move my legs outside
The foot warmer.

しとしとと降り続ける春雨を倦怠《けんたい》の中に聞きながら、来山はついこたつのそばを離れられないでいる。だが、自分でもそれと気づかぬうちに彼の足は、こたつのそとに滑り出ている。知らぬまに忍び寄る春の気配が、こたつというイメージを中心に、かちりと固定されている。また、あるいは、

春雨や降《ふる》ともしらず牛の目に[*23]

The spring rain—
Reflected in the ox's eyes
Unaware it falls.

しとしとと降る雨の情感が、雨を雨とも感じずに鈍く開いた牛の目にうつり、詩人の心は春の憂いのなかに沈んでゆく。

来山の俳諧は、彼がそのころ流行していた前句《まえく》付けと雑俳《ざつぱい》の点者だったこともあって、彼の生前にはそのよさをあまり知られずじまいだった。また作品が玉石混淆《こんこう》でもあったので、一七七八年まで広く紹介されることもなかった。しかし、その秀句から見るかぎり、来山は、やはり俳諧作家中の第一流の一人と言うべきだろう。

芭蕉の先駆者の中で、その作が来山の水準に迫るあと一人は上島《うえじま》鬼貫である（上島をカミジマと読む人もいる）。[*24] 武家の出だった鬼貫は、若いころ何人かの大名に仕えたが、のちに俳諧を生涯の業とするようになった。彼の生地である摂津伊丹《せっついたみ》は、松井宗旦《まついそうたん》によって談林の一派が創《はじ》められた土地で、鬼貫は幼いときにその洗礼を受け、十二歳では松江重頼《まつえしげより》に、さらに十五歳では宗匠の宗因に俳諧を学んだ。[*25] しかし、自伝風の作品『独言《ひとりごと》』の中で鬼貫自身は、こうした初期の自作にあまりにも談林風の字余りや字足らずが多く、言葉やイメージの遊戯に走りすぎていたことを反省している。和歌や連歌《れんが》を深く学ぶにつれて、鬼貫は、貞門と談林の双方がともに言語の技巧や新奇な使用のみを追っていることに徐々に疑惑を抱き始めた。

一六八一年は、西鶴の『大矢数』、言水の『東日記』などが出て、俳諧史上の一転機になった年だが、鬼貫は、この年に、俳諧は「まこと」の表出なりという信念を抱くようになった。「まこと」は、やがて彼にとって個々の俳諧の藝術性を判定する基準となり、一六八五年にはついに「まことの外に俳諧なし」[*26]と断ずるまでになった。

「まこと」によって鬼貫が具体的になにを意味していたかは必ずしも明確ではないが、とにかく俳諧のこの理想は、以後繰り返し繰り返し彼の口をついて出るようになる。「まこと」は、まずなによりも貞門、談林の技巧過多に対置される簡潔であり、それはまた初期俳諧の皮相性を却《しりぞ》ける純真さである。あるいは、それは、言葉を月並みな道具として使わず、目にうつる対象の真の姿を発見しようとする真摯《しんし》な努力でもある。あるときには、彼は「まこと」の素直さを、母の胸に抱かれた幼な子が花にほほえみ月を指さすあどけなさにたとえている。[*27] 鬼貫は、幼な子の目で自然を見なければならぬと言い、表面的な教養は、他人をあざむく悪《あ》しきものとして批判した。あらゆる先入主を排し、真に自己の素直な感受性に戻って花や月に幼児のごとき天真爛漫《らんまん》で対さなければならないとした。

その鬼貫は、あるとき一人の禅僧に「まこと」の姿とはなにかと問われ、即答を与えている。

庭前に白く咲《さい》たる椿《つばき》かな[*28]

In the front of the garden
It has whitely blossomed—
The camellia.

句は明らかに禅的な現実の把握である。それはまた「柳は緑、花は紅」という表現によっても代表されうる。椿は白い。鬼貫が言わなければならないのは、それだけである。椿を比喩《ひゆ》や隠喩に使ったり、季節を点描する小道具として扱うようなことはしないのである。この句には、たしかに「まこと」がある。それが初期俳諧の技巧性への反動であるにせよ、純粋な意味で人間にかかわりあいを持つに至る新しい俳諧の黎明《れいめい》であるにせよ、この句に「まこと」が存在するという事実には疑いをさしはさむことができない。ただ、句は、不思議なほど淡すぎるのである。

鬼貫が実際にどれほど禅の影響を受けていたかは明瞭《めいりよう》ではないが、[*29] 禅を深く知る人にとっては、右にあげたような欠点は、必ずしも欠点としてうつらないかもしれない。しかし、その是否《ぜひ》にかかわらず、前掲の鬼貫の句は、やはり、きわめて平浅《へいせん》と言うほかない。

ごく自然に心眼にうつることを、なんの粉飾や技巧を付加することなしにそのまま表現することを、鬼貫は理想とした。だが、単に椿を見て、それをそのまま句にしたのでは、藝術として十分とは言いがたい。作者は対象の心髄を看取しなければならないのだ。一片の椿の花弁に封じ込められた無限の宇宙を認め、それを表現しなければならない。ひび割れた壁の上に咲いた花を見てテニソンが歌った「花よ、汝《な》が造り主さえ知るを得ば、神と人をも知らましものを」にある、宇宙の真実を直観したいという願望を思い出さずにはいられない。

鬼貫は、被造物の一つ一つがそれ自身の本性を持ち、詩人の使命はそれを理解し、その一つ一つを見分けることにあると信じていた。彼は「鶯はうぐひす、蛙《かわず》は蛙と聞ゆるこそおのれおのれが歌なるべけれ。うぐひすに蛙の声なく、かはづにうぐひすの囀《さえずり》なきこそまことには侍れ」[*30]とも書いている。鶯と蛙（いまの河鹿《かじか》）は、古く『古今集』の序に「花になくうぐひす、みづにすむかはづのこゑをきけば、いきとしいけるもの、いづれかうたをよまざりける」とあり、それいらい美しい声の例として多用されてきたものだが、鬼貫によれば、同じ美しい声でも、それぞれの本性に従って詠み分けられなければならないのである。

粉飾を拒否した鬼貫は、平明な、そのためにときには卑賤《ひせん》にすぎると思われるような言葉を使ったが、同じ言葉の繰り返しや、その他の俳諧の禁忌にはそれほど神経質ではなかった。わかりやすい彼の句は、おかげで非常な人気を博したが、それは決して彼が大衆の好みに迎合しようとしたからではない。彼は、むしろ自分の句に非常にきびしい態度で臨んだ人で、複雑な言葉の遊びを披露しようとすればできたのだが、それを故意に押さえて平明を志したようである。いったんは談林の道に入った鬼貫のことだから、技巧を駆使しようと思えば可能だったはずだし、またそのほうがらくでもあったことだろう。しかし、彼の作中の秀句は、きわめてわかりやすい表現を使いながら、時とその場の情景の特別な味わいをりっぱに捕え、対象の心髄を正しく貫いているように思われる。

花散《ちり》て又しづかなり園城寺《おんじようじ》 ＊31
The blossoms scatter
And it is tranquil again :
Onjōji.

桜が満開であったころ、園城寺の境内には花見客が満ちていたものだった。だが、それが散ってしまったいま、人影は絶え、寺にはもとの静寂が戻っている。園城寺は、琵琶湖畔の三井寺《みいでら》のことである。

ゆく水や竹に蟬《せみ》なく相国寺《しようこくじ》 ＊32
The flowing water !
Cicadas cry in the bamboos
At Shōkokuji.

場所は京。禅の名刹《めいさつ》。夏の静けさが適確に再現されている。以上二句は、ともに寺の境内の寂莫を歌ったものだが、鬼貫は、ときには人がそれと気づかぬほどの微妙な風景にも心を動かされている。

軒うらに去年《こぞ》の蚊うごく桃の花*33

Behind the eaves
Last year's mosquitoes stir
In the peach blossoms.

曙《あけぼの》や麦の葉末の春の霜*34

At break of day
The spring frost at the tips
Of the wheat leaves.

夕暮は鮎《あゆ》の腹見る川瀬かな*35

At the close of day
You see sweetfish bellies
In the river shallows.

句の調子はいずれも直截《ちょくせつ》で、ほとんど説明の必要もない。そして、その調子の純粋さのゆえに成功した例である。たとえば鮎の句においては、イメージは完璧《かんぺき》に融合して一体になっている。夏のたそがれ、ものみな色を失って、白と黒だけが弁別される世界の中に沈んでいこうとしている。そんなとき、ひるがえる鮎の白い腹がきらりと光る。瀬は浅く、深まりゆく闇の中で、明澄《めいちょう》な水の中に一瞬の躍動がある。

しかし、鬼貫の平明さは、ときにはあまりにも余韻に欠けるため、平板に陥るきらいがなくもなかった。

冬は又《また》夏がましじやといひにけり*36

In winter, on the other hand,
People generally say,
"I prefer the summer."

たしかにちょっとおかしみはある。夏のあいだは冬がどんなに住みいいかと言っていたのに、冬になればそれが逆転している。人間の忘れっぽさが微笑を誘う。しかし、それは軽い皮肉の域をさほど出ていない。

鬼貫の作の中でもっとも有名なのはつぎの句だろう。

行水《ぎょうずい》の捨《すて》どころなきむしのこゑ*37

Nowhere to throw
The water from my bath—
The cries of insects.

庭一面にすだく虫の音に気をかねて、行水の水の捨て場がない。加賀《かが》の千代女《ちよじょ》の、これも有名な「朝顔に釣瓶《つるべ》とられてもらひ水」と同様に、自然に対してやさしい作者の心に胸をうつものがある。だが、作者には、いくらか自分のやさしさを誇示しようとしているらしい意図が感じられないでもない。のちにある川柳《せんりゅう》作者は、鬼貫の感傷を皮肉っている。

鬼貫は夜中盥《たらい》を持ち歩き[*38]

Onitsura
Walked around all night
A pail in his hand.

いずれにしても、鬼貫とて、最後には水をどこかに捨てるほかなかったことだろう。

鬼貫は、究極的には、詩人として失敗だった。なぜなら、十七文字を用いて真に詩と呼ばれるべきものを創造するためには、「まこと」だけでは十分でないことに気づかなかったからである。どんな詩にも技巧がなければならない。そして技巧を使う詩人は、ときには作為に陥り、ついには過度の人工に堕する危険をどうしても避けることができない。だが、作品が藝術なき無技巧になりはてないためには、詩人は、その危険を冒さなければならないのである。鬼貫の句に真情の響きがあることは否定できない。しかし、そのような句は、ときにはそれを読む人々をなんとなく不安にさせてしまうのである。たとえば、彼が一子を失ったときの句を、さきにあげた小西来山の作と比較してみたい。

此《この》秋は膝《ひざ》に子のない月見哉《かな》[*39]

This autumn
I'll be looking at the moon
With no child on my knee.

子に先立たれた親の悲哀を歌うのに、両者とも雅語《がご》を避け、口語調の表現を使っている。しかし、鬼貫の句には、来山の悲痛な叫びがない。率直な表現ではあるけれど、単に感傷の域にとどまるものと言わねばならない。

ただ、詩人としての鬼貫の評価がどうであれ、俳諧の進化に当たって鬼貫が果たした重要な役割は、無視するわけにはいかない。たしかに「まこと」だけでは十分でない。だが、その「まこと」がなければ、俳諧は単なる知的遊戯に終始し、一瞬のユーモアや直観の表現以上のものではありえなかったことだろう。鬼貫が主張した「まこと」は、一六八一年ごろには、すでに何人もの俳諧の作者たちがそれまでの俳諧に対して抱き始めていた不満を、一口で集約したものだった。彼の思想は、やがて来山はじめ同門の何人かによって吸収された。そして彼らは、鬼貫より以上に「まこと」を偉大な俳諧の一つの要素とすることに成功したのだった。

貞門、談林から蕉風への俳諧の移行は、徳川期の文学全般がより成熟したものへと移行する胎動の中の一部分だったと言うべきだろう。散文では、一六八二年に西鶴の『好色《こうしょく》一代男《いちだいおとこ》』が出ている。演劇では同八三年に近松《ちかまつ》の『世継曾我《よつぎそが》』が初演され、俳諧が経験したのと同様の進歩が行なわれたことが認められる。「まこと」がもしリアリズムを意味するものであり、人生をありのままに描写することを指すのなら、鬼貫がとなえた「まこと」は、こうした新しい文学の新しい要素を形容する言葉として決して不適当なものではない。そして、この意味での「まこと」は、言水、来山、鬼貫といった移行期俳諧の主人公たちの作品を、それ以前の俳諧以上に説得力のある、感動的なものへと押し上げたのだった。彼らに先行する作者たちは、俳諧の極意は言葉を巧みにひねくりまわすことだと信じていたのに対して、移行期の人々は和歌や連歌がかつて持っていた真情、つまり「まこと」の感情を十七文字の中に盛ることに成功し、それと同時に俳諧の伝統である庶民的な性格はそのままに保存、継承したのである。彼らは単なる知識の衒《てら》いや「戯言《けげん》」に満足せず、もっと深いものを求め、そうすることによって新しい文学への可能性を開いた。やがて芭蕉が登場し、彼らの努力も実を結ぶに至るのである。

注

＊1　阿部喜三男・麻生磯次校注『近世俳句俳文集』六四ページ
＊2　同右六三ページ
＊3　同右
＊4　潁原退蔵『俳句評釈』上巻五九ページ
＊5　阿部他『近世俳句俳文集』六四ページ
＊6　潁原『俳句評釈』上巻六〇ページ
＊7　阿部他『近世俳句俳文集』七一ページ
＊8　潁原『俳句評釈』上巻七二ページ
＊9　阿部他『近世俳句俳文集』七二ページ
＊10　潁原『俳句評釈』上巻七一ページ
＊11　同右七五ページ
＊12　松尾靖秋『近世俳人』五三ページ
＊13　同右五五ページ

＊14　阿部他『近世俳句俳文集』六七ページ
＊15　同右
＊16　同右六八ページ
＊17　同右七一ページ
＊18　同右六九ページ
＊19　潁原『俳句評釈』上巻六七ページ
＊20　阿部他『近世俳句俳文集』七〇ページ
＊21　潁原『俳句評釈』上巻六三ページ
＊22　阿部他『近世俳句俳文集』六八ページ
＊23　同右
＊24　金子武雄『近世俳文』一〇ページ
＊25　麻生磯次『俳趣味の発達』一八九〜一九〇ページ
＊26　松尾『近世俳人』四八ページに引用。
＊27　麻生『俳趣味の発達』一九一ページ
＊28　阿部他『近世俳句俳文集』七六ページ
＊29　麻生『俳趣味の発達』三一七〜三一八ページ
＊30　同右三一七ページ
＊31　阿部他『近世俳句俳文集』七七ページ
＊32　同右

＊33　同右
＊34　同右七六ページ
＊35　同右七七ページ
＊36　同右七八ページ
＊37　同右
＊38　潁原『俳句評釈』上巻八五ページ
＊39　阿部他『近世俳句俳文集』七九ページ

参考文献

麻生磯次『俳趣味の発達』東京堂、一九四三年
阿部喜三男・麻生磯次校注『近世俳句俳文集』〈日本古典文学大系92〉岩波書店、一九六四年
潁原退蔵『俳句評釈』上・下巻〈角川文庫〉角川書店、一九五二・五三年
金子武雄『近世俳文』〈文庫〉学燈社、一九五二年
松尾靖秋『近世俳人』桜楓社、一九六三年

# 五　松尾芭蕉

十七世紀の中葉まで、日本文学史に残る作家たちの人となりは、きわめて少数の例外を除けば、その人自身の著作によってうかがうほかなかった。紫式部、西行《さいぎょう》、世阿弥《ぜあみ》などについては、同時代の人が残した記録はないでもないが、微々たるものである。伝記的事実がまったく知られていない人物も多い。いくらか知られている場合にも、そうしたデータが当人の詩歌《しいか》、散文からうかがいうる人物像とはなんの関連も持たないように見えるものが少なくない。それが十七世紀に入ると、写本や刊本が激増した結果、何人かについては、それ以前には期待もできなかったほどの正確度で、さまざまの記述が現代に残されるようになった。松尾芭蕉《まつおばしょう》（一六四四～九四年）の場合は、その好例と言うべきであろう。

芭蕉は、生前すでにして偶像であった。旅するさきざきで多くの人々の注目と関心をあつめた点でも、彼に比肩する人はいない。また、芭蕉自身も、その日記や書簡の中で自らを語っている。百六十五通以上の手紙が彼の人生を跡づける証拠となり、ときには一日一日の正確さでその行動を再現することさえも可能である。とくに晩年に至ると、情報量は急増する。伝記文学は、日本ではついに年代記の域を出ることはなかったが、芭蕉への尊崇の念あつきあまりに、彼の手になるものはその断簡零墨《れいぼく》に至るまで秘蔵され、彼の言葉はそのはしばしまで弟子たちによって記録、刊行された。蕉門《しょうもん》の人々は、師の言行を競って記述することによって、自らこそ師の最愛の遺訓継承者たることを誇示しようとしたのであった。

芭蕉に関する豊富な伝記的事実は、現代の学者をして、芭蕉の義兄の身元調査や蕉門末端の弟子の家業調査にまで没頭させる結果になった。ごく瑣末《さまつ》な事実を糾明するために、今日までにどれほどの労力が、虫に食われた社寺蔵書の研究に費やされたことであろう。[*1]

しかし、それほどの芭蕉学の展開にもかかわらず、彼の生涯にはまだまだ疑問点が多く、芭蕉の真の人となりは、いまだにその解明が着手された段階にとどまっている。彼の句の解釈も同様で、背景が不明なため完全に意味をつかみかねる句も多く、ときには試釈以上のことを書けない場合もある。

一例は、芭蕉出家の事実の有無であろう。長いあいだの定説によると、芭蕉は生涯を通じて僧籍に入ったことはなかったが、藝術に対して峻厳《しゅんげん》な態度を持するあまりついに妻《さい》妾《しょう》を娶《めと》らなかったとされていた。ところが、十八世紀に至って芭蕉の孫弟子が、先師が若年に寿貞《じゆてい》という妾を蓄え、七人の子までもなしたと書いていたことが、のちに沼波瓊音《ぬなみけいおん》（一八七七〜一九二七年）によって発見された。新発見の喜びのあまり、彼は「芭蕉様ようこそ妾を持つて下すつた」[*2]とまで書いている。

日本人の多くは、芭蕉を謹厳な俳聖《はいせい》としてよりは、人間的な弱さを備えた人物と見るほうを好んだのだが、沼波氏もその例外ではなかった。やがて彼の発見の誤謬《ごびゆう》を指摘する学者が現われたが、[*3]芭蕉蓄妾説はしばらく何人かの研究者を刺激し、意味が不分明な芭蕉の句の中に愛人や子供と別れるときの彼の心中を読みとったと称する説がもてはやされたことさえあった。

芭蕉の一生が、詩神の祭壇に自らを捧《ささ》げる高僧のそれであったか、あるいは事実そのころの俳人大多数の例に洩《も》れず、妻子をかかえた世帯持ちのそれであったかが、芭蕉の理解に当たって重要なかぎであることは言うまでもない。ただ、もし後者が事実であれば、なぜ芭蕉がこうまで努力して自己の家庭生活を隠そうとしたのかという点の説明がつかない。あるいは儒教的な節度の意識がそこに働いていて、結婚生活を道の探究者にふさわしからぬ弱点と考え、自らその事実をさらすのを避けたのであろうか。わざとらしい沈黙は、かえって独身説への否定的証拠とも解釈できる。いずれにしても、そうした事実に対する好奇心がかき立てられるのは、われわれが芭蕉に対して特別な親近感を抱いているからであろう。芭蕉については、われわれは、知れば知るほどもっと深く知りたくなるのである。

芭蕉の出生地である伊賀上野《いがうえの》の起源は、一五八五年、城下町としてのそれにまでさかのぼることができる。一六〇八年に宇和島《うわじま》の藤堂高虎《とうどうたかとら》が伊賀、伊勢の二国を合わせた新所領に移封されていらい、上野はこの地方の政治、経済の中心になった。[*4] 芭蕉の父、松尾与左衛門（一六五六年没）は、近くの柘植《つげ》から上野に移住してきた下級武士であった。武士といっても、彼の場合は苗字《みようじ》を持てるかわり、いったん緩急あるときは戦闘要員として働くことが求められる階級にすぎず、俸禄《ほうろく》はなかった。手習いを教えながら、一家の生計をなんとか支えていたらしい。[*5] 芭蕉の母（一六八三年没）が宇和島の産か、あるいは主家《しゆか》とともに伊賀に移ってからの出生かはわからない。彼女も武家の出で、家格の点では芭蕉の父より少し上だったとされている。

芭蕉は次男だった。兄の半左衛門（一七〇一年没）は藤堂家に仕えたが、終生軽輩《けいはい》を出なかった。姉妹は土地の下級武家に嫁《か》している。そして芭蕉の生涯を決めたのは、若年の彼が藤堂家一門の嗣子《しし》であった蟬吟《せんぎん》・藤堂良忠《よしただ》と知り合う幸運に恵まれたことであった。

蟬吟との交遊がいつ始まったかは明らかでない。子供のころだったともいうし、芭蕉がすでに俳諧《はいかい》において頭角をあらわすようになってからだとする説もある。とにかく、蟬吟を友に持ち、その保護を受けたことは芭蕉に幸いし、彼は貞門《ていもん》の優れた俳人であり学者でもあった北村季吟《きたむらきぎん》（一六二四～一七〇五年）から俳諧の手ほどきを受けることになった。

今日知られている芭蕉最初の句は、一六六二年、彼が十八歳のときのものである。

春や来し年や行きけん小晦日《こつごもり》

Has the spring come
Or has the old year departed ?
The night before New Year's Eve.

春は来たのだろうか、それとも旧年が去っただけなのだろうかと、とまどってみせるこの句、その詞も詩想もともに『古今集』に出ている。[*6] 明らかに貞門一流の技巧性が感じられる。名句とは言えないが、すでに数年の俳諧修業の気配がうかがえる句である。

芭蕉は、このころ、彼最初の俳号、宗房を名乗り始めている。伊賀には当時百人近い俳家がいたが、京都はじめ俳諧の中心地で刊行される撰集《せんしゅう》に定期的に投句できる者はごくわずかであったのに、芭蕉と蟬吟はその少数の中に入っていた。一六六四年に出た松江重《まつえしげ》頼《より》編の『佐夜中山集《さよのなかやま》』[*7]には芭蕉の二句と蟬吟の一句が収録されている。二人にとって、これは自作が上梓《じょうし》された最初だったが、芭蕉の一句は、

姥桜咲くや老後の思ひ出《いで》

Old-lady cherry blossoms—
Have they flowered ? A final
Keepsake for old age.

これもまた貞門俳諧の系統で、詞は謡曲《ようきょく》『実盛《さねもり》』から来ている。姥桜《うばざくら》は葉の出ないうちに咲く花で、その「葉なし」を姥の「歯なし」に掛けている。当時の俳諧の流行に合わせ、いささかの衒《てら》いをこめつつ謡曲から借用している。後年の境にははるかに遠いものを感じさせる。

一六六五年の貞徳《ていとく》の十三回忌には、蟬吟は自ら追善《ついぜん》の百韻俳諧を催し、季吟もそれに一座している。芭蕉ほかの伊賀俳壇の人々もそれぞれに句を出しているが、蟬吟の発句《ほっく》は、

野は雪に隠れど枯ぬ紫苑《しおん》かな
The fields under snow
Have withered, but unwithered
Are the asters.

この一句、つぼは「紫苑」を「師恩」にきかせた語戯である。

何者の追随も許さなかった後年の芭蕉を知っているわれわれは、彼の句風の中に松永貞徳《まつながていとく》が残した遺産をつい軽視しがちである。たしかに、この蟬吟の句に見られる貞門の影響は、後年の芭蕉が到達した境地とはくらぶべくもない。だが、季吟のような学識豊かな貞徳直門の先達が教えた一語一語への慎重な配慮は、芭蕉の心に消しがたい痕跡《こんせき》を残したに違いない。俳諧が単なる座興ではなく、和歌や連歌《れんが》と同じく永劫《えいごう》に残すに値するものという覚悟も、芭蕉は、やはりこのころに学んだものと思われる。

若いころのこのような教養は、後年になってもなおその余韻をとどめている。一六八九年の旅を叙した名作『奥《おく》の細道《ほそみち》』にさえ、われわれは左の句を見る。

象潟《きさがた》や雨に西施《せいし》がねぶの花

Kisagata—
In the rain Seishi sleeping,
Mimosa blossoms.

貞門の影響を直接に受けていたころの芭蕉の句にくらべると、右の句ははるかに秀でている。ねぶを合歓《ねむ》に掛けたのは貞徳的だし、ねむたさを、いつも憂愁に閉ざされていた美女の西施につないだのも同様である。このような語戯、連想が芭蕉の句境の大きい特色だと言うのではない。ただ、この句が例示しているような貞門俳諧の素地が芭蕉にはあった、ということなのである。

蟬吟は、一六六六年に二十四歳で世を去った。これは、芭蕉にとっては二重の痛手であった。友であり俳諧の道を行く同行を失ったばかりではなく、武士としての出世を約束してくれる保護者を同時に失ったからである。それから二十年以上もたった一六八八年の春の一日、蟬吟の墓所に詣《もう》でた芭蕉は、つぎの名句を残している。

さまざまの事おもひ出す桜哉

How many many
Memories they bring to mind—
The cherry blossoms.

蟬吟の死によって、藤堂家の家中ではもはや栄達の望みを絶たれた芭蕉だが、それでもしばらくは上野にとどまっていたらしい。一六六七年から一六七二年までの句を見ると、そうしたあいだにもますます俳諧に打ち込んでいった彼の精進がうかがえる。京へときどき遊んだのも、このころと思われる。当時の小唄《こうた》、俗諺《ぞくげん》、流行語などをとりいれた処女句集『貝《かい》おほひ』（一六七二年）には、都での遊楽を喜んだ気配がうかがえる。『貝おほひ』

は、伊賀俳人の句三十番の発句合《ほっくあわせ》に芭蕉の判詞《はんし》と釈を加え、彼が自費出版したものである。刊行に必要な資金を芭蕉がどこから得たかは不明だが、俳諧を職とし点者《てんじゃ》として生きるためにはまず一書を上梓する必要ありと認めたからではないだろうか。

一六七二年、二十八歳の芭蕉は、人生の開運をかけるべく江戸へ向かった。なぜ江戸を択《えら》んだかはわからない。俳人間の競争がはるかにはげしい京大坂にくらべ、比較的若い江戸に自立の可能性を感じたのであろうか。一六七八年には神田上水の水道工事に関係して職を得たが、仕官の手がかりよりは生計の足しにという気持ちからだったらしい。そうするうちにも、江戸に新しく、また保護者の一人とてもない障害を越えて、彼は徐々に俳諧師としての地歩を固めていった。

当時の江戸俳壇は、大別して二派に分かれていた。江戸談林《だんりん》の創始者、田代松意《たしろしょうい》に代表される江戸生え抜きの一派と、上方《かみがた》から移ってきた集団がそれで、芭蕉は後者に属していた。彼は風虎《ふうこ》の俳号で知られる磐城平《いわきだいら》の領主、内藤義泰《ないとうよしやす》（一六一九～八五年）の屋敷に出入りし、その息子の露沾《ろせん》（一六五五～一七三三年）とも交わった。内藤父子は季吟、重頼、宗因《そういん》らと交遊があり、よく俳人たちを自邸に招いていた。一六七五年、西山《にしやま》宗因が江戸に招待されたときは、芭蕉もその歓迎百韻興行に一座した。彼が桃青《とうせい》の号を用いたのはこれが最初で、この号は後年の彼が芭蕉の名で広く知られるようになってからも公式のものとして用いられ続けた。[*8]

西山宗因の江戸訪問は、談林俳諧の項でも述べたように、江戸談林の形成に当たっては決定的な意味を持つものだったが、同時に芭蕉をはじめとして松意以下の生粋江戸俳壇からはずれた人々にとっても重要な転機を画した。翌一六七六年、芭蕉が友の山口素堂《やまぐちそどう》と行なった連句両吟は、二人がすでに談林の新風下にあったことを物語っている。

梅の風俳諧国《こく》に盛んなり　　素堂

A plum-scented wind
In the land of haikai
Blows triumphant.

梅は「梅翁《ばいおう》」で知られる宗因であり、一句は談林派の伸張を宣言するものであった。これに応じた芭蕉の句は、

こちとうづれも此時の春[*9]

Even for the likes of us
This is the spring of the age.

　この年の夏、芭蕉はいったん郷里の伊賀へ帰り、甥《おい》と思われる桃印《とういん》なる少年を同道して江戸に戻っている。嗣子にするつもりであったらしい。明くる七七年の冬、風虎は、俳人の顔合わせとしては最大の「六百番誹諧発句合《はいかいほっくあわせ》」を催している。季吟、重頼、任口《にんく》法師ら上方から招かれた者も判者《はんじゃ》として連なり、京大坂と江戸の俳家が一座する大規模なものだった。芭蕉は二十句を出している。よき俳友を多く得たのもこのときで、翌年には信徳《しんとく》、才麿《さいまろ》、言水《ごんすい》らと交わり、自家に招いている。そして、彼らの手になる撰集にようやく芭蕉の句が登場し始める。

　芭蕉が宗匠《そうしょう》として一家をなすようになったのは一六七七年ごろからである。最初の弟子の中には、のちに蕉門の偉傑となった杉山杉風《すぎやまさんぷう》（一六四七～一七三二年）、宝井其角《たからいきかく》（一六六一～一七〇七年）、服部嵐雪《はっとりらんせつ》（一六五四～一七〇七年）らが含まれている。彼らは単に授業料と引き換えに指導を受ける弟子にとどまらず、長く蕉門を支える真の意味での門弟だった。富商だった杉風は、その後も繰り返し貧窮の芭蕉に援助を惜しまなかった。芭蕉の一門は、年を追って隆盛し、最初の何倍にもなったが、こうした草創の弟子たちは師から特別の愛をもって報われた。

　一六八〇年の芭蕉は『桃青門弟独吟廿歌仙《とうせいもんていどくぎんにじっかせん》』を出したが、門弟たちは大撰集中に自句少数を収めてもらうという通例の参加ではなく、それぞれ三十六番の自句合を入れる機会を与えられた。これで見ても、わが一門に寄せる芭蕉の自信のほどがうかがわれる。同年には、其角と杉風は、それぞれ自らの撰集も出している。この年わずか三十六歳の芭蕉は、京と江戸で公刊された彼自身の句によって、また弟子の句によって、早くも当時の俳諧宗匠中の第一流に数えられるに至った。

ただ、こうした成功は、必ずしも経済的な余裕にはつながらなかった。通常の宗匠と違って、芭蕉は弟子の句の添削にはあまり身を入れなかったようである。おそらくその過程で、どうしても弟子にへつらう態度をとらねばならないことを、知っていたからであろう。自己の手蹟《しゅせき》を売るのと弟子からの進物が、彼の唯一の収入源であった。一六八〇年から八二年にかけての句には、急に貧苦の呻吟《しんぎん》がその数を増す[*10]。ただ、この傾向は、当時の芭蕉が漢詩文への傾倒を深めていたためかもしれない。世俗の虚栄を捨てた清貧の境は、中国文学の伝統の中では重要な要素の一つであった。

江戸を出て、わざわざ不便な深川《ふかがわ》に居を移したのも一六八〇年のことである。大川に臨む深川は、よく浸水の被害を受けたが、都塵《とじん》からのへだたりが彼の心に訴えたのだろう。本質的に市井《しせい》の風であった談林俳諧に背を向け、談林の俳人たちが長じていた機知一瞬のひらめきや俗社会への皮肉な目を超えた、なにかもっと深いものを模索し始めた気配が察しられる。といっても、まったく世を避けて山寺に住むこともまた、彼のとるところではなかった。友との交わりは不可欠であった。弟子からの収入への依存という点からも、連句を巻くときの相手が必要という点からも、同好の士からの完全な孤立はできない相談だった。こうして芭蕉は、談林風を却《しりぞ》けながらも、その影響を受け続けた。そして、人間社会の絶えざる流転に向けられる談林俳人の鋭い目は、彼らが蕉風《しょうふう》に残した最大の遺産となった。それは、また、世俗の生活から完全に遊離する危険から芭蕉を救ったのである。

深川に移った翌八一年には、門弟の李下《りか》が、師の寓居《ぐうきょ》のうらぶれを救うようすがにもと、一株の芭蕉を贈った。実を結ばない芭蕉の木は、わずかな風にも裂ける葉のゆえに、繊細な詩歌《しいか》の心を象徴するものとしても珍重されていた。深川の湿った土壌に育てられて、木は順調に生い茂り、やがて訪れる人々が師の閑居を芭蕉庵《あん》と呼び始めると、まもなく（おそらく一六八二年ごろから）師自身が自らを芭蕉と呼ぶようになった。十年後に、彼は芭蕉の木に侘《わび》しさを託した日々を好随筆『芭蕉を移す詞』の中で回想している。一六八一年ごろの左の句は、当時の芭蕉庵の情景をよく写している。

芭蕉野分《のわき》して盥《たらい》に雨を聞夜《きくよ》哉

Bashō tree in the storm—
A night spent listening to
Rain in a basin.

上五の字余りは、芭蕉がなお談林風の影響下にあったことを物語っている。しかし、たらいに落ちる雨だれを聞く侘しさは、単なる秋の雨夜の情景ではなく、彼の寓居のさまを捕らえたものである。

また、同じ年には、彼の最初の傑作が出ている。

かれ朶《えだ》に烏《からす》のとまりけり秋の暮

On the withered branch
A crow has alighted—
Nightfall in autumn.

中七の句形は、ここにも談林の影響の及ぶことを示し、また研究家たちは、この句が漢詩に用いられる「寒鴉枯木」を俳句に言い換えたものと指摘している。だが、そうした説明だけでは、この句の不思議な魅力を説明するものとして不十分であろう。一句は、言葉を省きながらもなお全世界を描くことのできた芭蕉の力量を証明する最良の一例とされるべきである。

枯枝に下りた烏は瞬間の観察であり詩中の「いま」であり、それは静寂のうちに迫りくる秋の夜のとばりへ向かって等号を引かれている。枯枝と烏は、助け合って互いにその心象を明確にしているが、照応は単なる修飾のためにあるのではない。一致して、時の中にありながら時を超えた瞬間を創造するための照応なのである。

下五の「秋の暮」は、秋の終わりかたを意味するとも解釈されるが、芭蕉は意図的に日と季節の終焉《しゅうえん》の別をあいまいにしたに違いない。句の景は一幅の墨絵にも似ている。ものみなが晩秋の日の暮れかたの昏冥《こんめい》の中に色を失いつつあるとき、一羽の鳥の黒い姿が、葉の散りはてた枯木の枝にたたずむ。名作の墨絵のように、そこにはどんな色も表現できない色が再現されている。秋の暮れの枯寂、そして枯枝の上にある鳥の憂いに満ちた凝集の強さが、一瞬でありながら永遠に消えることのない情景を構成する。一句が意味するものの重さは、当時たちまち人々の認識するところとなり、一六八一年刊の『ほの〴〵立《だて》』の序に当風三句の中の一つとして示されている。[*11]

このころ、芭蕉は庵《いおり》の近くに住む僧・仏頂《ぶっちょう》について禅を学び始めた。ただ、芭蕉の句における禅の影響の範囲を正確に計るのはむずかしい。枯枝に一羽の鳥がとまった日常の景の中に普遍の瞬間を見た芭蕉のひらめきは、言うまでもなく禅的と見ることができるだろうが、この句は仏頂に学ぶ以前のものであったらしい。芭蕉の新句風を生んだものは、むしろ多くの伏流の合流ではなかったかと思われるのである。

表層的な談林俳諧への不満、あるいは俳諧に対してより深い奥行きを与えようとした信徳や鬼貫《おにつら》からの間接的影響、杜甫《とほ》や李白《りはく》そして荘子《そうし》への深まりゆく傾斜、また同様に彼の胸中に高まりつつあった西行、宗祇《そうぎ》など僧侶《そうりょ》歌人への傾倒などが、一つの流れの中に注ぎこんだのであろう。禅を学び始めたのも、こうしたものに触発されてではなかっただろうか。

一六八三年、蕉門最初の撰集である其角の『虚栗《みなしぐり》』の跋《ばつ》では、集中の句が、その風体《ふうてい》においては「李杜《りと》が心酒を嘗《なめ》て、寒山が法粥《ほうしゆく》を啜《すす》る」ものであり、侘《わび》と風雅においては「西行の山家《やまが》をたづね」、また「白氏が歌を仮名にやつし」たものとして自薦している。[*12] このような美点の一つ一つは、とりもなおさず芭蕉が自らの理想としていた風体であった。ただ、俳諧は、こうして和漢の先達の詩味や寒山の禅味に迫るものではあったが、同時に俳諧独自の境地、すなわち日常生活のきわめて凡庸卑俗な世界への展望も、あわせ持っていたのである。

一六八二年末の江戸大火は、深川にまで及んで芭蕉庵をも類焼し、彼は六ヵ月のあいだ甲斐《かい》に逃れて高山麋塒《たかやまびじ》をたよった。新庵がほぼ旧芭蕉庵の位置に成ったのは、その年の暮れのことである。再建のための浄財を集めてくれたのは、素堂らの親友だった。

芭蕉の母が没したのは、そのころ、一六八三年陰暦六月である。郷里の上野からの悲報を受けた芭蕉は、すぐにも母を弔うための帰郷を考えたのかもしれないが、実際に江戸を発《た》ったのは翌八四年の陰暦八月だった。なぜそんなに延引したかはわからない。母が死んだいまでは、いざ旅立ちとなっても、生家を訪ねたいという気持ちにはそれほど切なるものはなかったらしい。なによりも心にあったのは、自己の作風をいっきょに変革することであり、そのために旅を一つの転機にせんものと期したようである。一六八四年が、たまたま干支《えと》が六十年ぶりに入れかわる甲子の年であったことも、新生を志すよすがとなったものと思われる。

この年の野ざらしの旅は、芭蕉の生涯を区切る五紀行の嚆矢《こうし》となった。しかし、その最初の旅行の、しかも首途の吟において、彼は野に行き倒れる覚悟に心をふるわせている。旅は気楽な遊覧とはほど遠く、肉体も心も途上に朽ちるかもしれぬ苦難の巡礼行を、彼は予感していた。

このような心構えは、とりもなおさず旅に出た先人の心でもあった。過去に何人の歌人が旅に倒れたかを、芭蕉はよく承知していた。交通機関のある現代とは違って、かつての長い徒歩旅行は、はるかにきびしいものであった。それにくらべると、芭蕉のころには、東海道の旅などは比較的容易なものになっていた。人馬の往来が絶えるわけでもなく、宿駅には宿泊施設はもとより遊興の便さえあった。芭蕉は、しかし、自己の中に漂泊の詩人を見、われとわが身にさすらいの役を振り当てたのである。それは気どりではなく、むしろ旅というものの精髄を心ゆくばかり味わおうとの心からだった。しかも、芭蕉にとって旅の滋味とは、いい宿に泊まってうまい料理を食うことではなく、家郷をはなれた一人旅が意味する疲れやつらさ、ときには危険の中にさえ存在するものであった。

一六八四年から八五年まで九ヵ月のあいだ、江戸を出て伊勢、伊賀、大和《やまと》、山城《やましろ》をへめぐり、近江《おうみ》から尾張《おわり》に至ったこのときの旅行は、その要点だけを記した短い紀行文にまとめられている。おそらく江戸に立ち帰ったあとで書いたものだろうが、刊本として世に出たのは一六九八年、芭蕉の死後だった。今日では「野ざらし紀行」と「甲子吟行《かっしぎんこう》」のいずれかが題として用いられている場合が多いが、芭蕉がどちらを望んだかはわからない。「野ざらし」のいわれは、その冒頭の句によっている。

千里に旅立て、路粮《みちかて》をつゝまず、三更月下無何入《むかにいる》†1といひけむ、むかしの人の杖にすがり†2て、貞享甲子《じょうきょうきのえね》秋八月、江上の破屋をいづる程、風の声そゞろ寒げなり。

野ざらしを心に風のしむ身かな
　Bones exposed in a field—
At the thought, how the wind
　Bites into my flesh.

秋十《と》とせ却而《かえって》江戸を指《さ》ス故郷
Autumn — this makes ten years ;
Now I really mean Edo

When I speak of 'home.'
†1 無我無心の境に入る　†2 古人の心をわが杖のよるべとして

文の部は、旅立ちの不安をこめながら、旅人に対して抱く芭蕉独特の心象と漢文学への強い志向を物語っている。書き出しは、『荘子』の「千里ヲ適《ゆ》ク者ハ三月糧《かて》ヲ聚《あつ》ム」をふまえたものであり、三更月下云々は宋《そう》の禅僧、広聞（一一八九～一二六三年）の偈《げ》によるものである。そして、すがる杖は芭蕉の杖でありながら、西行、宗祇への連想を示唆するものであろう。こうして、紀行冒頭部は、往時の禅僧のひそみにならって離俗の境へ旅立とうとする芭蕉、『荘子』に言う「無何有之郷」に向かおうとする芭蕉の姿を、間接的な表現ながらも浮き彫りにしている。[*13]

続いて二句が掲げられている。野ざらしの句では、芭蕉は路傍に行き倒れて白骨をさらすわが身を思って戦慄《せんりつ》する。つぎの句では、前句の感情を殺しながら、すでに十年を暮らした江戸を郷里とも思う気持ちが述べられている。江戸を発って生地へ赴く旅だというのに、第一句に盛られた不安は尾を引きながら、住み慣れた庵を去る心もとない気持ちの中に流れ込んでいく。

『野ざらし紀行』には、句と文のあいだに一種の釣り合いの欠如が指摘される。芭蕉がこのような形式のものに、まだ不慣れであったからであろう。最重点が置かれているのは彼が旅中で得た発句で、文の部分は序詞にすぎないような場合もある。調子がときどき変わるため、まとまりが弱く、単に道中の見聞を寄せ集めたという印象を与える。俳諧の連歌における芭蕉の素養が、知らずしらずのうちに彼をこのような形に導いたのであろう。連歌の場合には、二句以上には付合《つけあ》いの心が持続してはならないことになっていたからである。句と文の釣り合いが完成し、真に連歌的な手法を活《い》かした構成が出来上がるのは五番目、そして最後の紀行文である『奥の細道』を待たねばならなかった。

その書き出しにおいてすでに明らかだった漢詩文の影響は、『野ざらし紀行』を一貫して流れ、ときにはまるで漢文からの翻訳かと錯覚させる個所《かしょ》もある。材料そのものが唐宋《とうそう》詩文から採られたものや、故事に合わせて整えられたものも見られる。富士川のほとりに捨子を見る有名な一節は、その好例と言うべきだろう。

富士川の辺《ほとり》を行《ゆく》に、三ッばかりなる捨子の哀げに泣《なく》あり。此《この》川の早瀬にかけて、浮世の波をしのぐにたえず、露ばかりの命まつ間と捨置《すておき》けむ。小萩がもとの秋の風、こよひやちるらん、あすやしほれんと、袂《たもと》より喰物《くひもの》なげてとをるに、

猿をきく人すて子にあきのかぜいかに

What would poets who grieved

To hear monkeys feel about this child
In the autumn wind ?

空虚をかきむしる「猿嘯哀」は、唐詩などによく使われる材料である。だが、芭蕉が言いたいのは、どれほど悲痛な猿のなき声でも、貧しさゆえに子を捨てねばならなかった人の親の苦痛にはくらべるべくもない、ということであるらしい。しかし、現代人は、芭蕉がなぜ食べものを投げ与えただけで通り過ぎてしまったかを不可解に思うことだろう。路傍にそのまま見捨てておけば、やがて死ぬに違いない捨子を、芭蕉はなぜ救おうとしなかったのだろうか。

ある学者によると、右のくだりは完全な文学的虚構であって、旅という「ささやかな危機」に身を置く気持ちを強調せんがために漢詩から借用したのだという。また、別の説によると、芭蕉の時代には捨子は日常茶飯事だったので、彼が現代人が感じるようなはげしい反応をその子に対して示さなかったのも当然であるという。この説をとる人は、芭蕉の旅は藝術に身を捧《ささ》げるための旅だったのであるから、その目的遂行のためには障害になる捨子の世話などという俗っぽい仕事は無視したのだとも言っている。*14 捨子がいたのが虚構かどうかはさておき、漢詩からの借用が、状況に深みと普遍性を与える意図をもってなされたことは、ゆるがしがたい事実であろう。

野ざらしの旅の句の中には、もっと明瞭《めいりよう》に漢詩の影響が見てとれるものがある。たとえば、

馬に寝て残夢月《つき》遠しちやのけぶり
I dozed on my horse—
Half in dreams, the moon distant ;
Smoke of breakfast tea.

句意は理解しやすい。馬上でうとうととしていた芭蕉が目をさます。半覚半醒のうちながら、彼の目は白みはじめた東の空に有明の月を見ている。路傍の家々からは、朝の茶を煮る煙が立ち上る。句に先行する詞書《ことばがき》は、こうなっている。

二十日《はつか》余りの月かすかに見えて、山の根ぎはいとくらきに、馬上にむちをたれて、数里いまだ鶏鳴ならず。杜牧《とぼく》が早行の残夢、小夜《さよ》の中山に至りてたちまち驚く。

句も文も、その発想を得ているのは、晩唐の詩人、杜牧（八〇三～八五二年）による五言律詩「早行」中の、つぎのような一節である。

垂鞭信馬行　鞭を垂れ馬に信《まか》せて行く
数里未鶏鳴　数里　未だ鶏鳴ならず
林下帯残夢　林下　残夢を帯び
葉飛時忽驚　葉飛んで時に忽ち驚く

馬も鶏鳴も残夢も、芭蕉はそのまま杜牧から借用している。[*15] だが、それは剽窃《ひょうせつ》ではない。彼の経験は借りものではなく、ただ、同じ状況を唐の大詩人と共有したという自覚が、芭蕉の心をごく自然に喜びで満たしているのである。

しかも、この句は下五「ちやのけぶり」によって焦点が定まり、独特の俳味を与えられている。民家から立ち上る朝餉《あさげ》の煙は、単に芭蕉の現実の体験であるばかりでなく、きわめて日常生活に密着したものであるだけに、先の五・七のやや新鮮味に欠ける表現に生命を吹き込んでいる。漢詩文を扱う芭蕉の態度はさまざまに変化するが、多くの場合、彼は自己の経験を唐宋詩人のそれに連関させることによって、より豊かなものにしようと努力している。そのような態度は、かえって彼の体験の真実性を濃くし、漢詩への連想は彼の句に深みを与える効果を上げている。

野ざらし紀行の目的が帰郷にあったのなら、母の一周忌に間に合わぬまでも、芭蕉はもっと急いで伊賀へ向かったはずである。ところが、そのような気配はいっこうに見うけられない。俳諧の道に志していったん故郷を捨てた芭蕉の心中には、家族との縁を永遠に絶つ出家遁世《とんせい》にも似た気持ちがあったのだろうか。再び生地を踏むのをためらう感情も、なくはなかったものと思われる。しかし、実際に伊賀上野に着いたときの彼の感動には、非常に真率なものが看取される。

長月の初《はじめ》故郷に帰りて、北堂の萱草《けんそう》も霜枯果て、今は跡だになし。何事もむかしに替りて、はらからの鬢《びん》白く、眉皺寄て、只《ただ》命有てとのみ云て言葉はなきに、このかみの守り袋をほどきて、「母の白髪おがめよ、浦島の子が玉手箱、なんぢが眉もや、老たり」と、しばらくなきて、

手にとらば消《きえ》んなみだぞあつき秋の霜
Taken in my hands it would melt,
The tears are so warm—
This autumn frost.

母の部屋をめぐる草も霜枯れに枯れ、兄は「お互いにまだ生きて」と言ったきり絶句す

る。ややあって彼が開いてくれた形見の袋には母の白い遺髪。芭蕉は、それを手にとって、しばし嗚咽《おえつ》する。

文がなければ、句の意味は十分には汲《く》みとりにくい。和歌や俳句は、その詩形の短さのゆえに意味するものがあいまいになりやすい。日本の詩歌に前詞をつけ、歌や句の成立時の事情を説明しなければならないのは、そのためである。詞や題は、こうして歌や句と一体不可分のものとなったが、同時に『万葉集』においてすでに単なる和歌の前置きを超えた、散文としての価値を持ち始めていた。この伝統をみごとに生かしたのが芭蕉である。

紀行文は、日本文学の中では早くから確立されていたジャンルだが、芭蕉は旅の記述を巧みに用いて、発句という高度に省略された詩が言い残したことを補っている。ごく短い前書きでさえ、『野ざらし紀行』中の左の例のように、句全体の解釈にかかわってくるものが少なくない。

道のべの木槿《むくげ》は馬にくはれ鳧《けり》

Mallow flower
By the side of the road—
Devoured by my horse.

異本によっては、序を「眼前《がんぜん》」としたものと「馬上吟」としたものがある。いずれも句の情景を明らかにしてくれる。

芭蕉は、馬の背にゆられている。と、突然に馬が首を下げて食いとったのは、道ばたの生け垣に咲く一輪のむくげの花である。花がまさに食われようとする瞬間に、芭蕉の心はその美しさに気づいてときめく。どこかであった情景の紹介でもなければ、架空の出来事でもなく、一瞬の属目《しょくもく》の吟である。むくげを食ったのが芭蕉自身の乗る馬であったことが、この句の効果を無限に強めている。Ｂ・Ｈ・チェンバレンの訳によると、

The mallow flower by the road
Was eaten by a passing horse.

となっているが、これでは原句が「正風幽玄の実」とされる理由を理解することは、ほとんど不可能であろう。句そのものは、単なる叙景以上には出ていない。馬上に芭蕉の存在がなかったならば、そして突然に頭を下げた馬の動きにはっとする心の動き、食われようとするむくげを瞬間に認めてその美を認識する視線がなかったならば、尋常の句にすぎなかったことと思われるのである。

しかし、きわめてさりげない、飾り気のないこの句の風体は、徳川期の日本人にとって

も、やはりなぞを含んだものだったに違いない。ある研究者は、一句の句意は、花がひっそりと野に咲かずに道のべを扨んだために破滅を招いたのを諷《ふう》することにあると解釈した。また、白居易《はくきょい》の「槿花《きんか》一日自ら栄を為《な》す」の連想から、むくげの花の生命のはかなさを観ずる観照の句と見る人もいた。しかし、すべての秀句がそうであるように、この句も芭蕉がそう感じたことが大切なのであって、教訓でもなければ、まして警世の句でもない。

『野ざらし紀行』の調子が、芭蕉の大垣《おおがき》着と同時に大きく変わることは、すでに何度も指摘されている。故郷の上野からさらに大和、山城、近江、美濃《みの》と歩いた芭蕉は、大垣で前からの約束に従って門弟、谷木因《たにぼくいん》（一六四六～一七二五年）の家に止宿する。紀行文中の記述は、

武蔵野出《いで》し時、野ざらしを心におもひて旅立ければ、

死にもせぬ旅ねの果《はて》よあきのくれ

I haven't died, after all,
And this is where my travels led—
The end of autumn.

江戸を出たときの、路傍に白骨をさらす暗い予感は、ここに至ってようやく晴れる。大垣以降の紀行には、目立って快活な調子が混入し始める。

芭蕉と木因は、相携えて桑名《くわな》から尾張へと歩く。尾張着は一六八四年陰暦十月のことである。蕉風を代表する七部集の一番目に数えられる『冬の日』五歌仙の唱和が成ったのは、そのときであった。「冬の日」の由来は、集中第五の歌仙「霜月の巻」の芭蕉の脇句《わきく》によっている。発句は山本《やまもと》荷兮《かけい》のもので、

霜月や鸛《こう》の彳々《つくつく》ならびゐて

The eleventh moon—
Storks listlessly
Standing in a row.

これに付けた芭蕉は、

冬の朝日のあはれなりけり

How touching the morning sun
Of a winter's day.

『冬の日』は、蕉風確立の基とされている。師と一座して歌仙を巻いた四人の高弟が、いずれも名古屋地方の富商であったことは、尾張一帯における芭蕉の影響力の強さを物語っている[*16]。彼は生涯、尾張俳壇とは特別の関係を持ち続けた。

わずか一年半前の『虚栗』にくらべて、『冬の日』は長足の進歩と言うべきであろう。至るところに漢詩文調が響きをとどめる『虚栗』の重々しさは、『冬の日』にあってははるかに消化されている。和漢古典への連想は、なお重要ではあるが、基調となっているのは明らかに俳諧の心である。

この年の暮れに再び伊賀上野に帰った芭蕉は、郷里で正月を迎えるのだが、尾張を去る前に友人と熱田《あつた》に遊んだ彼は、つぎの句を出している。

海くれて鴨の声ほのかに白し

The sea darkens :
The voices of the wild ducks
Are faintly white.

五・五・七の句形は、明らかに破調である。もし芭蕉が欲しさえすれば、中五と下七を取り換えても、句の意味自体はさほど変わることもなかったことであろう。だが、「鴨の声」を強く響かせるためには、どうしても破調が必要だったのである。談林俳諧によくあった、単なる見せびらかしのための規則無視ではなく、完全に自然な表現が、それ自体の調子を得た好例である。暮れゆく冬の海の暗さを背景に、ほの白い微光が鴨の声の印象を支えている。絶妙の効果であり、同時に読む者を感動させずにはおかない一句である。聴覚と視覚との微妙な連関は、たとえば左の有名な句における五官中の感覚の転換を思い起こさせる。

菊の香や奈良には古き仏達
The scent of asters—
In Nara all the ancient
Statues of Buddha.

これは晩年（一六九四年）の句である。古都の印象は、古雅にして高貴な菊の香と、金《きん》箔《ぱく》のところどころが剝《は》げかかり、ほこりをかぶった仏像にこめられている。嗅《きゆう》覚《かく》から視覚への転移、そして二つの感覚の融合が、過去の中に生きる古い都をあざやかに蘇《よみがえ》らせるのである。

鴨の句中にも登場する「白」は、芭蕉が繰り返し用いる色で、多くの場合は、彼はそこに神秘な意味をこめている。たとえば、一六八九年のつぎの句では、白は、とくにきわ立った効果を上げている。

石山のいしより白し秋のかぜ

Whiter, whiter
Than the stones of Stone Mountain—
This autumn wind.

感覚が転移されることによって、眼前の光景に対する詩的体験は、より高度なものへと押し上げられる。秋風のひやりとした冷たさが、石の肌の冷たさを呼び起こす。京から近江を歩いた野ざらしの旅は、一六八五年陰暦四月の江戸帰着によって終わりを告げる。紀行最後の句は、

なつ衣いまだ虱《しらみ》をとりつくさず

My summer clothes—
I still haven't quite finished

このほがらかさは、巻頭の句の沈鬱《ちんうつ》な予感とはまったく異質のもので、それは、つつがなく終わった旅へのささやかな自祝であろう。どこかの安宿に泊まったときに拾ってきたに違いないシラミによって象徴される旅の心もとなさやいぶせさは、無事の帰庵によって、ようやく過去のものになったのである。

『野ざらし紀行』は、たしかに成功であった。旅先の風光は、芭蕉の心を動かして十指に余る生涯の名句を残した。それを中心に、彼はさらに紀行文学という大切な伝統にも重要な貢献をしたのだった。伊賀上野では知友と旧交をあたためる機会を得た。以後の芭蕉は、それまでのようには故郷を疎遠にすることはなかった。

芭蕉はまた、行く先々で弟子の輪をひろげた。たとえば、近江では三上千那《みかみせんな》（一六五一～一七二三年）や江左尚白《こうさしょうはく》（一六五〇～一七二二年）を得ている。やがて近江蕉門の中心になる二人であった。一六八五年に京に着いたときの芭蕉には一人の門弟もいなかった。だが、まもなく向井去来《むかいきょらい》（一六五一～一七〇四年）が入門し、もっとも近い弟子の一人になる。旅は、芭蕉自身の句風に新生面をひらいたものであったが、同時に蕉風の伝播《でんぱ》という意味においても重要な意義を持つものだった。『野ざらし紀行』は、旅行の記述が不十分かつ統一を欠くため、一個の文学作品としてはいくらか不満を残すものではあるが、芭蕉が紀行文学の極意を体得するための第一歩としては不可欠なものであった。

一六八五年に江戸に戻ってからの芭蕉とその弟子は、『冬の日』でいったん到達しえた藝術的完成をさらに深めるための努力を始めた。翌八六年の陰暦正月には、其角はじめ十六人の門弟とともに、『冬の日』の調子を承《う》けた『初懐紙《はつかいし》』百韻を催している。芭蕉の作中もっとも有名な句が成ったのは、その年の春のことであった。

古池や蛙飛《かわずとび》こむ水のをと

The ancient pond—
A frog jumps in,
The sound of water.

この句については、各務支考《かがみしこう》が『葛《くず》の松原《まつばら》』（一六九二年）の中に有名な裏話を書いている。

芭蕉庵の叟《おきな》……春を武江の北に閉給へば、雨静にして鳩の声ふかく、風やはらかにして花の落る叓《こと》おそし。弥生も名残おしき比にやありけむ。蛙の水に落る音しば〳〵ならねば、言外の風情この筋にうかびて、蛙飛こむ水の音といへる七五は得給へけり。晋子が傍に侍りて、山吹といふ五文字をかふむらしめむかと、をよづけ侍るに、唯古池とはさだまりぬ。

まず「蛙飛こむ水のをと」だけが出来、そのときかたわらにいた其角が「山吹や」という上五を冠した。しかし、芭蕉はそれをとらずに「古池や」とした、というのである。[*17] また、右の記述が正しければ、この句は一六八二年に成ったが、八六年まであたためられていたことになる。だが、これはにわかには信じがたい。なぜなら、発表と同時に、一句はたちまち傑作としての名声を確立したからである。

この句だけにとどまらないが、芭蕉の名句の多くは、永遠なるものと瞬間的なものを同時にからめとっている。この場合、古池はその永遠なるものであるが、人間が永遠を知覚するためには、それをかき乱す一瞬がなければならない。蛙の跳躍、その一瞬の合図となった「水のをと」は、俳諧における「今」である。しかし、「今」が感知された瞬間に、古池は再びもとの永遠に戻っている。

同様の効果は『奥の細道』に収められた一六八九年のつぎの句にも認められる。

閑《しずか》さや岩にしみ入蟬《いるせみ》の声

How still it is !
Stinging into the stones
The locusts' trill.

主題は「閑さ」である。しかし、それを知るためには音がなければならない。山寺の静寂は、絶え間ない蟬の音によって乱されているが、ふと鳴きやんだ一瞬には、岩にしみ入るばかりの静かさである。芭蕉は、この寺――山形の立石寺《りっしゃくじ》――を、「清閑の地」と人々にすすめられて訪れたのだが、真の清閑を知りえたのは、「今」を乱す蟬の鳴き声によってだった。

永遠なるものと瞬間的なものを対比させることによって、芭蕉は、このあとも繰り返し十七文字の中に宇宙を創造することに成功している。しかも、それは、句を鑑賞する人が、俳諧のこの二要素の間に横たわる空間を埋めるという創造的行為をなしえたときに、はじめて達成される効果である。

蛙の句に冠した其角の「山吹や」は、決して悪くはなかった。池のほとりには実際に山吹があったのかもしれないし、蛙と山吹の取り合わせは古歌もよく用いるところである。*18 蛙が飛びこむ池のほとりに咲きこぼれる山吹は、視覚的にもあざやかである。だが、そこには「古池」の永遠はなかった。池のイメージを用いるところまでは思い至っても、もしそれが単なる小さい池や庭の池なら、やはり一瞬の跳躍の緊張は失われてしまったことであろう。池が古い池であってはじめて、つまり永遠に不変なるものの象徴であってはじめて、蛙の持つ瞬間的なる生命が生きてくる。芭蕉が求めたのは、まさにそのことへの理解であった。

芭蕉の信念の中では、どんな小さな花や虫でも、それを正しく見ることさえできれば、造化《ぞうか》の妙を感知しうるはずのものだった。北宋の学者、程明道から借りた「物皆自得《ものみなじとく》」と序のついた左の一句も、彼のこのような信念を物語るものであろう。

花にあそぶ虻《あぶ》なくらひそ友雀

Don't eat the horsefly
Playing in the blossoms,
My friend, the sparrow.

一茶を思わせる、このさりげない句は、だれひとり目を向けるものもいない虻にさえ生存の権利を認める思想によって、しっかりと裏打ちされている。同じ一六八七年の別の句にも、これと似た思想が認められる。

よくみれば薺《なずな》花さく垣ねかな

When I look carefully
Purseweed flowers are blooming
Right beneath my fence.

なずなのような花に目をとめる人は少ない。だが、芭蕉は、それを見つめてみたときに、ささやかな花の存在の理由を発見している。あるいはまた、一羽のひばりの中にその存在の真髄を感得した句もある。

原中《はらなか》や物にもつかず鳴雲雀《なくひばり》

In the midst of the fields,
Not clinging to anything at all,
A singing skylark.

なにものにもとらわれぬひばりの自由な飛翔《ひしょう》を見た芭蕉は、そこにひばりの本質を感得している。右の三句は、のちに土芳《とほう》が師の言葉として披露している「松の事は松に習へ、竹の事は竹に習へ[*19]」を、芭蕉自らが実践したものと言えるだろう。

一六八六年には、七部集の第二、『春の日』が山本荷兮（一六四八～一七一六年）によって上梓されているが、そのほかは芭蕉にとっては比較的出来事の少ない年であった。『春の日』に収められた芭蕉の作は、古池の句を含めわずかに三句だが、蕉門の句格がさらに向上したことを証明する撰集である。

一六八七年には、芭蕉は再び旅心に誘われた。はじめは鹿島《かしま》神社に月を見るための短い旅で、陰暦八月の十四日に深川を出て、二十五日ころには帰庵している。旅の記は『鹿島紀行』にまとめられている。はじめに短い文があって、句がそれに続いている。芭蕉自身や同行した河合曾良《かわいそら》（一六四九～一七一〇年）をはじめ門弟の句だが、とりたてて非凡なものは見当たらない。

芭蕉は、名月を鹿島に見ようと思い立って、ほとんどなんの準備もなしにふらりと出立したらしい。謡曲には月を賞《め》でんとして旅に出る設定が多いが、彼もそのひそみに倣ったのであろうか。それだけに文も至って軽いものである。はっきりと漢詩文の痕跡を見せていた『野ざらし紀行』とは違って、ほとんど純粋に和風であり、仮名がきわめて多い。ときどき漢籍に言及した個所もないではないが、いずれも和文訳を介する間接的な連想にとどまっている。文章はさらりとしていて、芭蕉の俳文独特の省略を多用した難解な文脈は、あまり用いられていない。「ふねをあがれば、馬にものらず、ほそはぎのちからをためさんと、かちよりぞゆく」という気やすさが文章にも反映している。

もっとも面白い個所は、芭蕉自身を描写している左の一節であろう。

いまひとりは僧にもあらず、俗にもあらず、鳥鼠《ちようそ》の間に名をかうぶりの云々

† 曾良を同道した芭蕉自身のこと

鳥でもなくネズミでもない蝙蝠《こうもり》……芭蕉は僧でないながらも僧形し、頭を丸め、墨染《すみぞめ》の衣を着ていた。当時の儒者や歌人に共通の風俗であり、それは文人や藝人がたとえ真実は僧でなくても僧名を用い僧衣《そうえ》を着た中世いらいの伝統を継ぐものであった。

このころのものとされる自詠に、左の一句がある。

髪はえて容顔蒼し五月雨《さつきあめ》

My hair has grown back
And my countenance is pale :
Rainy month of June.

じめじめと雨の降る季節、不精をしてのばした髪、そとへ出ないことも手伝って顔が青白く見えているのである。

しかし、ふだんの彼は「かうぶり」の風体、つまり墨染をまとっていた。

鹿島詣は不首尾だった。せっかくの名月の夜に「ひるよりあめしきりにふりて、月見るべくもあらず……はる〴〵と月みにきたるかひなきこそほゐなきわざなれ」という無念な結果に終わったからである。そのかわり、鹿島神社の近くの寺にいた旧知の仏頂と会う機会を得た。明けがたに押しかけていった寺で、たたき起こされて驚く旧友を見て、芭蕉の心はなごんだ。月を見ることはできなかったが、仏頂に会っただけでも鹿島まで来たかいはあったものと思われる。

鹿島から戻ってわずか二ヵ月後の一六八七年陰暦十月二十五日に、芭蕉は再び旅に出ている。こんどは、はるかに野心的な旅であった。同月の十一日には、其角邸において門人たちがはなむけの宴を張り、句餞別《くせんべつ》をしている。野ざらしの旅に立つときの悲痛な覚悟とはうって変わって、こんどは必要なものはすべて弟子が整えてくれたのである。「三月《さんげつ》の糧を集《あつむる》に力を入れず」という状態だったのは、門弟の心づくしがあったからだった。この宴で芭蕉が出した発句も、一六八四年の白骨の予感を抱きながら江戸の破屋《はおく》を出たときの気分には、くらぶべくもない。

旅人と我名《わが》よばれん初しぐれ

"Traveller"—is that
The name I am to be called?
The first winter rain.

旅そのものも順調だった。紀行の文も、彼の快活な気持ちを映している。伊勢、尾張をへてふるさとの上野に戻り、さらに吉野、奈良をたどって須磨《すま》に至ったが、行くさきざきで新旧の門人に迎えられた。このときの旅の記は、通例『笈《おい》の小文《こぶみ》』として知られているが、弟子の川井《かわい》乙州《おとくに》による初版は旅から二十二年後、芭蕉の死から数えても十五年後の一七〇九年であった。芭蕉がいつ脱稿したかは明らかではないが、研究家たちは暫定的に一六九〇年か九一年としている。[*20] したがって、文中に見られる芭蕉の藝術観は、旅の数年後の彼の思想であるのかもしれない。

『笈の小文』は、左の名高い一節が書き出しになっている。

百骸《ひやくがい》九竅《きゆうきよう》の中に物有《ものあり》、かりに名付て風羅坊《ふうらぼう》といふ。誠にうすもののかぜに破れやすからん事をいふにやあらむ。かれ狂句を好《このむ》こと久し。終《つい》に生涯のはかりごととなす。ある時は倦て放擲せん事をおもひ、ある時はすゝむで人にかたむ事をほこり、是非胸中にたゝかふて、是が為に身安からず。しばらく身を立む事をねがへども、これが為にさ《障》へられ、暫ク学《まなん》で愚を暁《さとら》ン事をおもへども、是が為に破られ、つゐに無能無藝にして、只此《この》一筋に繋《つなが》る。

西行の和歌における、宗祇の連歌における、雪舟の絵における、利休が茶における、其《その》貫道する物は一なり。しかも風雅におけるもの、造化にしたがひて四時《しいじ》を友とす。見る処、花にあらずといふ事なし、おもふ所、月にあらずといふ事なし。像《かたち》花にあらざる時は夷狄《いてき》にひとし。心《こころ》花にあらざる時は鳥獣に類ス。夷狄を出《いで》、鳥獣を離れて、造化にしたがひ造化にかへれとなり。


人体の中に霊が宿り、かりにそれを風羅坊（芭蕉の別号）という。俳諧を生涯の業と定めたものの、ときには倦《う》み疲れ、ときには人より上手な句をと気負い立つあまり心が落ち着かない。仕官や学問も考えてはみたが、結局は俳諧ひとすじになってしまった。西行と言い、宗祇、雪舟、利休と言い、いずれも藝に優れた人々は共通のものによって貫かれている。藝術、とくに俳諧に携る者は、四季を友とし、見るものすべて花月の美でないものはない。すべからく鳥獣夷狄の心を去り、天地自然への帰一を旨とすべきである。——といった大意になるだろうか、俳諧を生涯の業とした覚悟を述べるとともに、藝術の先達にならって造化への随順をもって風雅（狭義には俳諧）の道とせよと説いている。

和歌と連歌でさえ相《あい》いれぬものと考えられていた当時の常識から見ると、西行、宗祇らに対して芭蕉が抱いていた共感は、実に驚くべきものである。しかも、あげられている四人は、藝術の分野こそ違え、現代人が芭蕉を語るときには連想せずにいられない各界の最高峰を、みごとに選《え》り抜いている。芭蕉は、口に出しては自分もその一人だとは言っていないが、言外に意を含めているのは疑うべくもない。いささか滑稽《こっけい》の意をこめて風羅坊と自称したのも、自らを西行や宗祇と同格に置きたかったからであろう。芭蕉は、その人となりは謙虚だったが、自己の藝術に関するかぎりは絶大な自信を持っていたのであった。『笈の小文』の中では、また右の引用のすぐあとに、紀行文について、つぎのような見解が披瀝《ひれき》されている。

抑《そもそも》、道の日記といふものは、紀氏・長明・阿仏《あぶつ》の尼の、文をふるひ情を尽してより、余《よ》は皆俤《おもかげ》似かよひて、其糟粕《そうはく》を改る事あたはず。まして浅智短才の筆に及《およぶ》べくもあらず。其日は雨降《ふり》、昼より晴て、そこに松有《あり》、かしこに何と云《いう》川流れたりなどいふ事、たれ〳〵もいふべく覚《おぼえ》侍れども、黄奇蘇新《こうきそしん》のたぐひにあらずば云事なかれ。されども其《その》所々の風景心に残り、山館野亭のくるしき愁も、且《かつ》はなしの種となり、風雪の便りともおもひなして、わすれぬ所々、跡や先やと書集侍るぞ、猶酔ル者の猛語《もうご》にひとしく、いねる人の譫言《うわごと》するたぐひに見なして、人又亡聴《ぼうちょう》せよ。

紀行文は貫之《つらゆき》、長明《ちょうめい》や阿仏尼《あぶつに》（『十六夜日記《いざよいにっき》』）いらい、ほとんど進歩していない。旅中雑事は、よほど新奇なことでもないかぎり、書くまでもないことである。私は、それにもかかわらず、旅の苦しさや風雪の便りを書きとめてみた。どうか酒飲みの妄言、眠る者のうわごとくらいに思って読み捨てていただきたい。

そう韜晦《とうかい》しながらも、芭蕉は『笈の小文』の中に詩文渾然《こんぜん》の完成を期した。ただ、現存する刊本の中には、一部に未完成のような痕跡があり、芭蕉が十分に彫琢《ちょうたく》を加える前に筆を置いたのではないかと想像している学者もいる。[*21] 収められた句も、その数の多さを考えると、質において劣るとの評もある。しかし、厳密な考証はともかく、通読してみると、『笈の小文』は非常に魅力ある作品であり、他の紀行文の多くに共通する暗さを補ってあまりある明朗さを備えている。句も、『奥の細道』には比肩できないが、名句なきにしもあらずである。同行した門弟の坪井杜国《つぼいとこく》へのあたたかい思いやりも、『笈の小文』独特の味わいをつくる役目を果たしている。

杜国については、『野ざらし紀行』の末尾にも、「贈杜国子」と題した句があった。

白《しら》げしにはねもぐ蝶のかたみかな

For the white poppy
The butterfly tears off its wings

As a memento.

この句は、杜国が空米《くうまい》売買の罪を得、御領分追放になるのを送ったものである。重罪を受けた弟子をないがしろにしなかったばかりか、自らを白げしにまといつく蝶にたとえ、羽をもぎ残すほどの惜別の情を託したのであった。一日か二日でしぼむ白げしは、一六九〇年に三十歳の若さで師に先立った杜国をたとえるには、うってつけのものだったのであろう。

『笈の小文』の芭蕉は、わざわざ杜国流謫《るたく》の地、伊良古崎《いらこざき》（現在の伊良湖岬《いらござき》）にまで足をのばしている。ときは弥生《やよい》、杜国は、そこから微行して師に従い、吉野の花を訪《おとな》うことになる。名も万菊丸と童子ふうに変えた愛する弟子を同道した吉野への旅は、芭蕉の紀行中もっとも愉快なものであった。それから数年後の一六九一年、芭蕉はそのときの旅を夢に見、いまは亡き杜国を思って涙を流している。『嵯峨《さが》日記』のそのくだりは、

ある時はたはぶれ、ある時は悲しび、其志我心裏に染《しみ》て、忘るゝ事なければなるべし。
覚《さめ》て又袂をしぼる。

『笈の小文』の中の秀句を、つぎにあげてみたい。

草臥《くたびれ》て宿かる比《ころ》や藤の花

Worn out by my travels,
I rent a room at the inn—
Just then, wisteria blossoms.

くたびれて宿にたどりついたときに目に入ったものを単純に句にしたのではない。紫にしだれる藤をとくに指定したのは、そこに自らの心情をこめたからである。

ほろ〳〵と山吹ちるか滝の音

With a soft flutter
How the yellow roses drop—
The roar of the falls.

ほろほろという、やわらかい語の音が効果的である。しどけなく散る山吹の花と、とどろく滝の音の対比。「閑《しずか》さや」の句でもそうだったが、芭蕉は、ときどき語の音を利用して特殊な効果を出す実験をしている。同句では、「岩にしみ入《いる》」の中七をはじめ、一句の中にイの音が七度も登場するのである。
やはり『笈の小文』の中の左の句は、また異なった語の音を用いて特別な効果を出そうとしている。

ほとゝぎす消行方《きえゆくかた》や島一つ

There in the direction
Where the cuckoo disappeared—
An island, just one.

句に動きがある。遠くへ飛び去るほととぎすを追っていった視線が、その姿の消えたところで島の影を認める。語の配置された順序、そして音の静かな下り調子が、その動きをみごとに再現している。
伊良古崎でさびしく暮していた杜国に再会したときの句は、技巧上の変遷を示している点で面白い。まず、その最終的な形をはじめに引用する。

鷹《たか》一つ見付《つけ》てうれしいらこ崎

A solitary hawk—

How happy I was to find it
At Irako Point.

さびしい浜辺に立った芭蕉は、漠々たる海と空に対している。と、遠くに一羽の放れ鷹。伊良古崎は、万葉や西行のころから鷹で有名な土地がらだった。たまたまその地で鷹を見た芭蕉の喜びがある。だが、山本健吉《やまもとけんきち》氏の指摘のように、その喜びには流刑の杜国を鷹のイメージに重ね合わせた切なさがこめられているのであろう。[*22] 愛する弟子への感情は、この句に先行する初案二句には、もっと端的に表現されている。

いらこ崎似る物もなし鷹の声

Irako Point—
Nothing even resembles
The voice of the hawk.

また、左の句には、「杜国が不幸を伊良古崎にたづねて、鷹のこゑを折ふし聞て」と、詞書がついている。

夢よりも現《うつつ》の鷹ぞ頼母《たのも》しき*23
Even more than the dream
The hawk of reality
Reassures me.

夢は、やがて後年の『嵯峨日記』の夢を予感している。現実に杜国に会うことは、彼を夢に見るよりはるかに喜ばしいことだったのである。

右に掲げた三句を対比してみると、芭蕉が本質的には同じ材料を用いながらも、徐々に深みと雄大さを増していき、最後に「鷹一つ」という絶対の句を探し当て、虚空無限のひろがりの中にただ一つの飛翔点を固定しえたことがわかる。追放の悲哀は、鷹の影の若々しさと力を得てやわらげられ、同時に伊良古崎まで来て鷹を見ることのできた芭蕉の喜びがうかがえる。それにくらべると、「似る物もなし鷹の声」は平板に過ぎるし、第二句は気はずかしいほど単純といえる。

まず一句を得ると、それに洗練を加え、ときには基本的な変更さえ加える。そのような努力は、芭蕉作句の本質的な作業である。彼は多くの即興句を作っている。だが、それらは、旅の先々でもてなしを受けたり名園に案内されたりしたとき、乞《こ》われるままに与えた頌《しょう》や讃《さん》と同様、ときどきの即興に出したものにすぎず、そのほとんどが苦心推敲《すいこう》のすえになった句に見られる藝術性を欠いている。

『笈の小文』に続く『更科《さらしな》紀行』（一六八八年）の中では、芭蕉は、創作にはげむ自分の姿を、おかしみをこめながら描写している。

芭蕉が追い込み宿の一隅で、昼のうちに「むすび捨《す》てたる発句」を前に、目を閉じ頭をたたきながら、しきりに呻吟している。それを見た旅僧が、旅の気づつなさに苦しんでいるのと勘違いして慰めようとひざを乗り出し、阿弥陀《あみだ》のありがたさをしきりに説いて聞かせる。おかげで芭蕉は気が散って、かえって詩想をまとめることができなくなる……という場面である。

同じような経験は、彼の名句と言われているものの成案を得るまでには何度となく繰り返されたことであろう。中には四つも五つも、はっきり異なる素案の残っているものがある。そして、こうした飽くことのない彫琢こそ、芭蕉の発句の数の少なさを説明する理由であろう。生涯に彼が残した句は、千句をわずかに出るばかりだが、手軽な俳人なら、それくらいは一週間もあれば十分だったはずだからである。

『笈の小文』の末尾では、芭蕉は須磨へ行き、『源氏物語』や謡曲『松風《まつかぜ》』などのゆかりの地を訪ねている。須磨から京へ戻り、芭蕉と杜国はそこで別れた。杜国は、そこから流刑の地の伊良古へ、芭蕉は岐阜を経て尾張へ向かった。有名な鵜飼《うかい》の句を得たのは、そのときのことである。

おもしろうてやがてかなしき鵜舟哉

Delightful, and yet
Presently how saddening,
The cormorant boats.

岐阜長良川《ながらがわ》の鵜舟《うぶね》は、古来同地の名物だった。燃えさかる松明《たいまつ》に惹《ひ》き寄せられる鮎《あゆ》を呑《の》んで上ってくる鵜、それを見守る人々の興奮、やがてしのびよる悲哀の感情。「おもしろくて」と言わず、わざと会話体の「おもしろうて」を使ったことが、見物人のわき立つような感興を端的にとらえ、それに痛々しさをこめた「かなしき」という音を続けることによって、鵜飼を見る芭蕉の気持ちの上昇と下降が写されている。

一六八八年陰暦八月には、『古今集』いらい「姨捨《おばすて》山に照る月」で知られる更科を見んものと、越智越人《おちえつじん》（一六五六～一七四〇年頃）を供に、美濃から信州に向かっている。このときの『更科紀行』は、鹿島詣と同じく、文を先頭に置き、後半にさまざまの発句をまとめている。

『更科紀行』は、一七〇四年まで出版されず、その後も比較的注目されることがなかった。すでにあげた芭蕉苦吟の挿話を別にすれば、主なテーマは更科伝説、古くからあった姨捨てのそれである。山深く打ち捨てられた老婆への連想と名月は、芭蕉に左の句をつくらせている。

俤《おもかげ》や姨《おば》ひとりなく月の友

I can see her now—
The old woman, weeping alone,
The moon her companion.

こうして芭蕉は、ほぼ一年を留守にしていた江戸に帰着した。陰暦九月十三日の句は、長旅から帰った芭蕉の疲労を物語っている。

木曾の痩《やせ》もまだなをらぬに後《のち》の月

Still not recovered
From my thinness of Kiso—
The late moon-viewing.

この疲労を考えると、それからわずか数ヵ月後の一六八九年の春、生涯最大の旅を『奥の細道』に志した芭蕉の気持ちには、よりいっそうの驚きを感じずにはいられない。芭蕉自身は、やせるほどつらかった旅のあと間もなくの出立を「道祖神のまねきにあひて取《とる》もの手につかず」としか説明していない。近年の研究によると、芭蕉は一六八九年（元禄二年）を西行五百回忌と信じ、この偉大な先人の足跡を弔う決意をしたものとされている。[*24]事実、『奥の細道』には、西行への追憶が繰り返し記《しる》されている。謡曲の『江口《えぐち》』あるいは『西行桜《さいぎょうざくら》』そのままに、自らをワキと観じた芭蕉は、歌枕《うたまくら》をたずね、行く先々で西行の霊に対してその物語を聞き、鎮魂のよすがにせんと思ったのかもしれない。旅に先立って、彼が精進をはじめとして精神的な準備に入ったことも知られている。[*25]

しかし、芭蕉をしてこの旅を決意させた主たる目的が、古人が歌心を寄せた土地土地を巡礼することによって自己の藝術の脱皮をはかることにあったのは明らかである。その姿勢は「古人の跡をもとめず古人の求めたるところをもとめよ」という彼の言葉（許六離別《きょりくりべつ》詞）によっても裏づけられている。古人が歌に詠んだ山河に対面することによって土地の霊気を吸飲すれば、おのずから詩藻も豊かになると信じたのである。現代の旅人とは違って、未踏の山顚《さんてん》をきわめたり自然の驚異を満喫したりということには、芭蕉はまったく関心がなかった。どれほど景色が美しくとも、過去に歌人が心を動かされたものでなければ、目をひかれることがない。そこには歌の心がなかったからである。

たとえば、越後《えちご》から越中《えっちゅう》に至る九日間の道程を、芭蕉は「暑湿の労に神《しん》をなやまし、病おこりて事をしるさず」と、病気を理由に記述を端折ってしまっている。だが、同行した曾良の日記には、どこにも師の病気のことは言及されていない。古歌の跡まれな地を無視した理由は、明らかに藝術上のそれだったのである。

一九四三年に発掘、公刊された曾良の日記は、それまでの芭蕉崇拝に重大な一石を投ずることになった。文学的には価値のあるものではなかったが、『奥の細道』旅中の事情に関するかぎりは、曾良日記の記入には信憑性《しんぴょう》があり、その真実を疑うことはむずかしかった。曾良の真率な記述を信ずれば、芭蕉は詩文の美を重んずるあまりフィクションをまじえていたことになる。「俳聖」の信者にとっては、芭蕉を疑うなどというのは夢にも考えられぬ所業だった。『奥の細道』が、実は旅の忠実な描写ではなく、芭蕉は藝術のためには躊躇《ちゅうちょ》なく〝詩的特権《ライセンス》〟を行使して事実を犠牲にしたことを人々が納得するまでには、長い年月が必要であった。

『奥の細道』は、決して長い紀行文ではない。しかし、定稿を得るまでの芭蕉は、一六九〇年秋から一六九四年夏までの四年を推敲に費やした。この傑作を完成するまでには、それほど心血を注ぐ必要があったのである。

「奥の細道」は、言うまでもなく、みちのくへの旅なのだが、同時にそこには詩心の深奥への遍歴の意がこめられている。現在の旅に永遠の詩歌の探求を兼ねたこの表題そのものが、すでにして芭蕉の提唱した不易流行の理念を示唆するものと言えるだろう。

　先行する四紀行文の中にも、それぞれに美しい個所はあったが、句と文が完全に融合し、それぞれに均衡を保ちながらもみごとな相互補完を演じるのには『奥の細道』を待たねばならなかった。しかも、収められている発句は名吟ぞろいであり、現代の名句集にも必ず収録されるものが、つぎからつぎに織り込まれている。

　もちろん、今日われわれが『奥の細道』の定稿の中に見る句は、必ずしも芭蕉が旅中に得たものと同一ではない。すでに引例したように、彼は納得のいくまで自作に改案を加えているからである。散文の部分も、同様に、旅の途次に書きとめたものに十分な洗練が加えられねばならなかった。

　『奥の細道』には、多くの学者による綿密精緻《せいち》な分析があるが、その一つによれば、全編は一見あたかも素直に旅程を追うように見えながらも、実は一巻の連句に似た形式を備え、個々の断章が前句《まえく》と付句《つけく》のように付合《つけあ》いの味で相助けながら渾然たる一巻を成しているという。[*26] 芭蕉は、訪ねた土地の順序を入れ換え、雨の日を晴れに転じ、曾良の日記の中には登場しない人物を創作したりしている。すべては、連句の運びの心法《しんぽう》によって一巻を統一するためのものだったのであろう。ときどきは、旅中の体験をまったくとばしているときもあるが、これも同種の題材を繰り返さないための配慮にほかならない。ありのままの事実は、芭蕉にはほとんど無縁のものだった。事実の潤色においては、ためらうことがなかった。彼が虚構を用いたこと、あるいはもっとはっきり言って嘘《うそ》をついたことは、芭蕉崇拝者にとっては大きなショックだった。だが、それはかえって、芭蕉が優れた文学のためにどれほど献身していたかの証拠にほかならないのである。

『奥の細道』は、芭蕉美学の集大成であり、そこには貞門俳諧の技巧と彫琢や談林の自由から、彼自身の後年の清雅幽玄の句風、あるいは漢詩文の影響を受けた重厚から俗談平話の簡浄に至るまで、芭蕉の美学を形成したあらゆる要素が融合されている。多様性は決して寄せ集めの感を与えず、驚嘆すべき統一で貫かれている。

冒頭部は、李白の「春夜宴桃李園序」に触発された有名な一節で書き出される。

月日は百代《はくたい》の過客にして、行かふ年も又旅人也。舟の上に生涯をうかべ、馬の口とらえて老をむかふる物は、日々旅にして旅を栖《すみか》とす。古人も多く旅に死せるあり。

『野ざらし紀行』に旅立つときの芭蕉には、路傍に死んで白骨をさらす覚悟があった。それは、あるいは文学的な慣用表現だったかもしれない。だが、それから五年の歳月をへて、いまや四十五歳になった芭蕉は、明らかに旅に死んだ和漢の先達をより身近かに感じ、さらにはその列に加わることを喜びとしていたらしいのである。

芭蕉は、まず北行して平泉《ひらいずみ》に至った。五百年前に、藤原氏三代が一睡の栄耀《えいよう》を謳《うた》った地である。それから西に折れて日本海岸に出、海岸沿いに敦賀《つるが》までたどって、最後は大垣から伊勢を望んでいる。ときどきは舟行したり馬で行ったりもしたが、ほとんどは徒歩旅行だった。行く先々では必ず地元俳人に歓迎され、談林や貞門の人からももてなしを受けている。ほとんどの場合は、彼が旅に得た一句を発句として、その地の人々と歌仙を巻いている。今日では、芭蕉足跡の至るところに句碑が建てられ、芭蕉と一座した地方俳人の子孫は俳聖の真蹟《しんせき》を秘蔵し、彼が訪れた寺々では僧が観光客に『奥の細道』の一節を誦《しょう》し聞かせる。それほどまでにこの作が敬愛されているのは、文学的に優れた作品であるばかりでなく、まったく異なった環境の中に生きる現代の日本人にも、『奥の細道』がきわめて親しみの持てる作品として感じられているからであろう。

全編は基本的には散文が主体になっており、まず道中の出来事や景観が述べられ、続いて一句あるいは二句以上の句が、それについての感動なり様子なりをまとめるという構成が多用されている。句は、ほとんどが芭蕉のものだが、曾良の数句と象潟《きさがた》で出会った美濃の商人、低耳《ていじ》の一句を収めている。

散文の部分は、俳文としての傑作で、俳諧と同様、省略と余情の多い文になっている。韻律の制約がないため、多くの場合、句よりもくつろいだものだが、故意にぼかしたり完結を避けているため、必ずしもわかりやすいとは言えない。数百の注釈書が出た今日でも、『奥の細道』は、なお難解な文学に属する。どんな場合にも、芭蕉の言わんとすることに唯一の正しい解釈を与えることは誤りであろう。俳文における芭蕉は、俳諧において以上にわざと明確な表現を回避し、暗示の多いぼかしを用いている。西洋文学では、散文のあいまいさは、ふつう避けるべきものとされている。だが、日本の風景画家が画題を雲霧のかげにぼかすのと同様、芭蕉のあいまいさも批判されるべき対象ではないのである。

『奥の細道』編中の最高峰は、冒頭部と松島《まつしま》、平泉、象潟の三ヵ所とされている。つなぎの部分には、少なくとも一読したかぎりでは平板で起伏に乏しいと感じられる個所もなくはないが、それは必ずしも芭蕉の失敗を意味しない。意識的にか無意識的にか連句作法に従った芭蕉は、感情をこめた部分と部分のあいだに、さりげない「承《う》け」の部をはさんでいるからである。たとえば、有名な神社に詣でた感激が付きすぎないようにと苦慮した芭蕉は、室《むろ》の八島《やしま》と日光という二つの聖地の順序に虚構の記述を用いている。その年の陰暦三月は二十九日までしかなかったのに仮構の三月三十日を設け、正直清質な宿のあるじ仏五左衛門《ほとけござえもん》を導入することによって神地と神地が重複するのを避けている。[*27] 比較的平凡な部分は、調子の高い個所を引き立たせるためにも不可欠だったのである。

『奥の細道』の重要な場面は、周到に用意されている。連句的な意味だけでなく、劇的な構成としてもそうである。五百年前に塩釜明神に神灯を寄進した和泉三郎忠衡《いずみのさぶろうただひら》へのやや常套《じょうとう》的な賛辞が、松島の風光に感動する抒情《じょじょう》的な一節を引き出す。

抑《そもそも》ことふりにたれど、松島は扶桑第一の好風にして、凡《およそ》洞庭・西湖を恥ず。東南より海を入て、江の中三里、浙江の潮をたゝふ。島々の数を尽して、欹《そばだつ》ものは天を指《ゆびさし》、ふすものは波に匍匐《はらばう》。あるは二重にかさなり三重に畳みて、左にわかれ右につらなる。負《おえ》るあり抱《いだけ》るあり、児孫愛すがごとし。松の緑こまやかに、枝葉汐風に吹たはめて、屈曲をのづからためたるがごとし。其気《け》色《しき》窅然《ようぜん》として美人の顔《かんばせ》を粧ふ。ちはや振《ぶる》神のむかし、大山ずみのなせるわざにや。造化の天工、いずれの人か筆をふるひ詞《ことば》を尽さむ。

この一節に続いて、同じように松島をほめる名吟が、当然予想されるところである。だが、曾良の、さほど秀句とも思えぬ一句が見られるだけである。芭蕉自身は「予は口をとぢて眠らんとしていねられず」と、口をつぐんでいる。このとき句なきは句にまさる、というわけであろう。

同じような現象は、ほかにも一再ならず起こっている。自然の美にうたれた芭蕉は、表現を失ってしまうのである。『野ざらし紀行』中の有名な富士の句も、富士の美しさを見た感慨ではなく、霧ゆえに見えぬ山をかえって「おもしろき」と嘆じている。

自然に対して、芭蕉は、きわめて繊細な感受性をもって反応した。ただし、その自然というのは、あくまでも日本的な自然であって、壮大な景観の中に展開するそれではなく、ごく規模の小さい庭の中の自然、花をつけた一本の木、あるいはときには自然とも言えぬほど小さい花だった。なにか大きい景色に感動するときの芭蕉は、そこに必ず人事的な興味を認めていた。たとえば、平泉で古戦場が一面の草原になっているのを見た芭蕉は、杜甫の「国破山河在」の五言律詩を思い出し、「笠打敷て、時のうつるまで泪《なみだ》を落し侍りぬ」との感動に続けて、

夏草や兵《つわもの》どもが夢の跡

The summer grasses—
For many brave warriors
The aftermath of dreams.

かつてつわものどもの刀槍《とうそう》がきらめいた「昔」は、茫々《ぼうぼう》の夏草が風にそよぐ「今」に流転のさまを見せている。その哀切をとらえたこの名吟は、単にその意味するものだけではなく、句の中に配置された音によって一句に特別な強さを付与している。上五は母音がすべてアかウである。中七は、やはりアとウの繰り返しの中にオの音が連続して四つ、はさまっている。そして下五は「夢」という軽みを持った語に続いてオーアーオで句が締めくくられている。ためしに中の「兵どもが」を「兵隊たちが」とでもしてみれば、たちどこ

ろに原句の音の効果に思い至ることであろう。
『奥の細道』中のもっとも感動的な一節は、芭蕉が杜甫の「春望」の詩を否定しているくだりであろう。右の引用句の少し前に、芭蕉は多賀城《たがじよう》趾《し》を訪れ、はるか七六二年、奈良時代に建てられた城修復の碑を見ている。碑文は詩歌からはほど遠い、単なる修造の記録にすぎないのだが、その古さが芭蕉を深く感動させる。彼自身の筆によると、その感動の理由はこうである。

むかしよりよみ置《おけ》る歌枕、おほく語《かた》り伝ふといへども、山崩《くずれ》川流て道あらたまり、石は埋て土にかくれ、木は老て若木にかはれば、時移り代《よ》変じて、其跡たしかならぬ事のみを、爰《ここ》に至りて疑なき千歳の記念《かたみ》、今眼前に古人の心を閲《けみ》す。行脚の一徳、存命の悦び、羇旅《きりよ》の労をわすれて泪も落るばかり也。

この一節は、きわめて大きい意義を持っている。「国破レテ山河ハ在リ」と吟じた杜甫は間違っていた。山河もまた国とともに滅びる宿命を担ったものである。……それが芭蕉の言いたいことであった。だが、山が崩れ、川の流れが改まっても、詩歌だけは変わらない。詩歌に詠まれた歌枕は、その土地の自然よりも長生きをする。奈良時代の古碑を見た芭蕉は、「書かれた言葉」の永遠性への確信を新たにした。詩歌への芭蕉の崇拝は、宗教的なものだった。西行はじめ古歌人に対して彼が感じた紐帯《ちゆうたい》は、そのような信仰の表現にほかならなかった。

『奥の細道』には芭蕉の誠実さが一貫した印象をとどめているため、その卓絶の技巧のほうは、えてして見逃されやすい。しかし、芭蕉は、この一編中において、主題と情調との渾然たる凝集をなしとげている。それが、推敲に推敲を重ねた洗練と芭蕉の藝術観によるものであるのは言うまでもない。

江戸を出立するときの芭蕉が、見送りの人々に残した留別吟《りゆうべつぎん》はこうであった。

行春や鳥啼魚の目は泪

Spring is passing by!
Birds cry, in the eyes of fish
Behold the tears.

一見、行く春を惜しむ句である。芭蕉の旅立ちは三月二十七日、春があと三日で終わらんとするときだった。しかし、句の前後を見ると、それは友を残して長途の行脚に旅立つ離別の句である。魚の目の泪は、イメージとしては超現実的なものだが、句が名詞止めになっているために芭蕉の感情表現が強められている。句は、まさに俳諧である。しかも、芭蕉でなければないような、軽みを持ちながらも哀切の余情を響かせている俳諧である。

これに対して『奥の細道』の結びの一句は、

蛤《はまぐり》のふたみにわかれ行秋《ゆく》ぞ

Parting for Futami
Dividing like clam and shells,
We go with the Fall.

貞門流の縁語《えんご》、掛詞《かけことば》に満ちた句で、芭蕉の初期の俳諧修業への回帰が認められる。「ふたみ」は、これから伊勢へ向かう芭蕉が、二見ヶ浦《ふたみ》《うら》を望むことを掛けながら、同時にはまぐりの蓋《ふた》と身でもある。二見ヶ浦は、貝の美味で知られるところだった。芭蕉は、落ち合った門弟や友人とも別れ、再び一人になるのだが、貝の蓋と身が別れるようなつらい思いだという心をこめている。「行秋ぞ」は、また、江戸を出るときの「行春や」に呼応している。秋の句のほうも離別の悲哀をうたったものには違いないが、春の句にくらべると、その調子は軽快で、旅の終わりに近づいた芭蕉が、安堵《あんど》の気持ちから、かつて使った技巧を弄《もてあそ》んでみたという趣きさえ感じられる。

『奥の細道』の記述はそこまでだが、そのあとの芭蕉は、二十年に一度の伊勢遷宮《せんぐう》を拝観したあと、一六八九年の九月末には故郷の伊賀上野に帰った。それからの二年は、京や近江を転々とし、何度か上野の旧居にも戻っている。なぜ江戸帰着が遅れたかについては諸説がある。長旅のあとなので、すぐ江戸へ向かう気がしなかったこと。一六八九年春に江戸を出たときに「住《すめ》る方は人に譲り」という事情があったので、芭蕉庵に代わる家がなかったこともあろう。あるいは、最良の弟子たち、彼と手を携えてさらに俳諧の深奥をきわめるための弟子たちが、いまでは江戸よりも上方にいると感じたのかもしれない。少なくとも伊賀に帰ったときの芭蕉の遇せられようは、俳人としての名声が高まるに伴って、格段に厚くなっていた。藤堂家は、その邸宅内に芭蕉居宅を提供し、四十人を越える郷里の弟子の多くは侍や富商だった。彼は郷党のほまれであり、いまや伊賀上野の出世頭であった。かつて江戸で貧に苦しみ、後援者の支援を受けつつ細々と暮していたことを思えば、故郷の家で受けた歓待は心なごむものであったに違いない。

芭蕉は琵琶湖の南、ことに膳所《ぜぜ》と大津《おおつ》を愛していた。一六九〇年の正月を膳所で迎えた彼は、その年の初夏には膳所藩の家臣だった菅沼曲水《すがぬまきょくすい》の世話を快く受け、湖南を見下ろす国分八幡の小庵に住んだ。そして、約三ヵ月半の滞在のあいだに珠玉の俳文『幻住庵《げんじゅうあん》の記《き》』を書いた。風景朝暮の閑寂と幽隠を賞し、とりわけ『方丈記』にならった草の戸の清閑を書きとめたものである。この時代の芭蕉は、おそらく生涯のもっとも幸せな時だったものと思われる。遺言の中に一家の墓所の上野ではなく膳所に葬られるのを望んだのも、そのゆえだったのだろう。その年の晩秋には膳所の義仲寺《ぎちゅうじ》境内の庵に移った。のちに彼の遺骸《いがい》を埋めたのはここだった。

芭蕉の健康が衰え始めたのは、このころからだった。長年のあいだ慢性的な胃病に苦しんできた彼は、「持病あまり気むづかしく」、弟子の加生《かせい》（凡兆《ぼんちょう》）宛ての手紙によると、

　名月散《さん》〻草臥《くたびれ》、発句もしか〴〵案じ不申候。湖へもえ出で不申候。木曾塚†にてふせりながら人〻に対面いたし候。[*28]

† 義仲寺境内の庵

というほどの容態だった。

一六九一年の正月を伊賀で迎えた芭蕉は、春のうちに京に移り、洛西《らくせい》嵯峨にあった向井去来の別宅、落柿舎《らくししゃ》に移った。自然の美豊かな同地で、芭蕉は、彼の文の中ではもっとも日記らしい日記――『嵯峨日記』を書いた。先行の五紀行ほどの藝術的洗練はなく、収められた発句にもさほど注目すべきものはないが、肩ひじ張らない文体と日常生活の瑣事《さじ》に注がれた芭蕉の目が面白い作品である。たとえば、白楽天《はくらくてん》の文集《もんじゅう》や『源氏物語』『土佐

日記』『大鏡』その他歌集を買った記録がある。嵯峨野の処々を歩いたこと、都からたずねてきた客、眠れぬままに客と暁がたまで語り明かしたこと、それまでの著作（おそらく『奥の細道』と『幻住庵記』であろう）に手を入れたことなどが書き綴《つづ》られている。

落柿舎を出た芭蕉は、京の門人の野沢《のざわ》凡兆の家に身を寄せ、『猿蓑《さるみの》』を編集する去来を助けている。これは蕉門の発句と連句を集めたものとしてもっとも重要な撰集である。凡兆と去来は、すでに前年から撰にとりかかり、このころには最終段階に入っていた。『去来抄』の記述から見ると、『猿蓑』に入れるべき句をめぐって活発な議論が何度もたたかわされたのがわかる。芭蕉は、『猿蓑』において「正風の腸《はらわた》」を見せんものと決意していたらしい。はたして一六九一年の陰暦六月に出版されるとたちまちに認められ、「俳諧の古今集」とまではやされるようになった。

蕉門七部集の一に入るこの『猿蓑』は、その名をつぎの巻頭句に負うている。

初しぐれ猿も小蓑をほしげ也

First rain of winter—
The monkey too seems to want
A little straw raincoat.

この句は、一六八九年陰暦九月、伊勢から伊賀へ向かう山路で芭蕉が得たものとされている。冬近い山中、しぐれに降られた彼は、ふとわびしげな猿の姿を認める。ほほえみと同情をもって猿を見やる心は、とりもなおさず『猿蓑』全編を貫く心でもある。

連句は、芭蕉文学の中で、現代の読者にとってはもっとも理解しにくい部分であろう。だが、多くの学者の地道な研究のおかげで、個々の句の意味はもちろん、前後句との関連や古歌への連想などは解明されている。そのため、付合いの技巧や、そのときに発揮される造形的な想像力を鑑賞することも不可能ではない。ただ、連句についてのかなりの素養、とくに自ら連句制作を経験したことのない人々は、興味を持続させるのは困難だろう。

古典的な連歌の作法は、連歌そのものがすでに質的低下を来していたにもかかわらず、芭蕉一門の連句の中にほぼそのままに継承されている。吟者は、月や花を定められた場所によみこまねばならず、指定の季や題の範囲内で変化を持たせつつ、最終句である挙句《あげく》にまで旋律を維持し続けなければならない。現代人は、たとえそうした作法や式目を知悉《ちしつ》してもなお、実際に連句をつくることは不可能であろう。それは、ダンス教習本を読んだだけでワルツを踊れないのにも似ている。

芭蕉の有名な連句は、多くが三十六韻の「歌仙」である。歌仙は、もとは和歌の三十六歌仙（名人）にちなんだもので、俳諧の連歌に多かった百韻よりも短く、その発生は十五世紀にまでさかのぼるが、興隆したのは十七世紀、『俳諧初学抄《しよがく》』（一六四一年）を編んだ斎藤徳元《さいとうとくげん》（一五五九〜一六四七年）らのころだった。北村季吟は一六六六年に一人で独吟歌仙を巻いているし、貞門・談林の俳人たちも歌仙を好む者が多かった。内容は百韻よりもくだけたもので、俳人たちの気のおけない集まりや芭蕉のような俳諧宗匠たちが地方を旅行したときに、地方俳壇の人々と一座して興行するのに適した長さだった。

三十六句は、六―十二―十二―六韻の四部に分かれている。連歌の場合と同様、なにより大切なのは発句で、一座のうちのもっとも上手とされる客が出し、主人がそれに脇句を付けるのがしきたりだった。芭蕉のころには、発句がすでにほとんど独立のものとして扱われるようになっていたことは、彼の句の多くに脇句が付けられていないことからも了解される。しかし、発句が潜在的には連句として流転していく宿命を予定したものであった事実は、忘れるべきではない。芭蕉の死後も、門弟たちは発句を承けて歌仙をつくり続けていたのである。発句は独立した、それ自体として小宇宙を構成するものではあったが、その意味のより完全な開披のためには、あとに続く句の展開を予想するものであった。

芭蕉は、力を尽くして自己の連句手法を説明している。古典連歌にあっては、句の部分を分け、あるいは切れ目をつけるために十八の「切れ字」が用いられていた。「や」「かな」「けり」など、今日でもよく知られる助詞、助動詞などがそれで、発句の中のいろいろな要素に独立の働きを与えるのが最大の目的だった。しかし、『去来抄』によれば、芭蕉は「きれ字に用る時は、四十八字皆切字なり」と、大幅に拡大解釈を加えている。[*29] 発句のもう一つの必須条件である季語も、芭蕉に至って改めて洗練が加えられ、拡張された。

発句に続く各句にも、それぞれに規則があった。発句が季や場所、時（一日の）、あるいは場面の趣きを示したあと、脇句はその情景を固定し、ときには季節感を強める。脇は、ふつう名詞で止める。続く第三句の本質を、芭蕉は「転じ」、すなわち場面転換にあるとした。この句は助詞「て」で終わり、たとえ季節はそのままでも、大胆な転換をよしとするのである。第四句は、軽く平易なものでなければならない。『三冊子《さんぞうし》』には、芭蕉の言葉として「重きは四句目の体にあらず。脇にひとし」という指定を披露している。第五句は「月の定座《じょうざ》」だが、発句の中にすでに月が出ている場合は重複を避けねばならない。第六句は「平句《ひらく》」で、ここで第一部は終わる。この表《おもて》六句の中に通常入れてはならないものは、神祇《じんぎ》、釈教《しゃっきょう》など神仏に関係した言葉、恋、無常（死や葬式に関係ある言葉）、身の衰えや歳月の経過を嘆ずる述懐《じゅっかい》、固有名詞、故事、病気、および特殊な句、おだやかでない句とされている。[*30]

このように、連句の作法は歌仙三十六韻のことごとくを縛り、今日通読すると、これだけの制約を受けながらも各句が自然に出ているような印象を与えるのは不思議なほどである。

歌仙の中から典型的なものをあげて、その裏六句目までを検討してみたい。左の例は『猿蓑』中の「市中《いちなか》や」として知られるもので、芭蕉、去来、凡兆の三吟である。

1 市中は物のにほひや夏の月　　凡兆
In the city
What a heavy smell of things!
The summer moon.

発句の条件である切れ字（や）と季語（夏の月）を守っている。場所は町、時は夜、うだるような暑気が述べられている。夜になっても物のにおいや熱気は尾を引いているが、空には涼しげな夏の月がある。初期の発句に似て、概念を避けた感覚的で日常生活の写実のある句。このような発句が出たのには、凡兆の句風もあるが、「軽み」をとなえた芭蕉に負うところが大きい。

2 あつし〳〵と門《かど》〳〵の声　　芭蕉
How hot it is! How hot it is!
Voices call at gate after gate.

この脇句は、長い夏の日が終わって門口に立った人々が、やっとそよぎ始めた風にひと息をついている情景をとらえて、発句の趣きを引き緊《し》めている。名詞止めを用い、発句が言外に述べただけだった暑さを固定している。

3 二番草取りも果さず穂に出《いで》て　　去来

The second weeding
Has not even been finished,
But the rice is in ear.

「転じ」の約束に従って、句は町から田舎へと場面を転換する。暑い夏だから、稲がよく育つ。例年なら草取りが終わってしまうまで穂が出ないのに、今年は二番草取りもすまぬうちに出始めた。「て」で止めるのも第三句の作法である。季は前二句と同じく夏。夏・冬の季はふつう二句まで、春・秋なら三句続けることがあるが、発句に夏・冬が出た場合は三句目まで続けることができる。

4 灰うちたゝくうるめ一枚　　兆

Brushing away the ashes,
A single smoked sardine.

第三句の農村の景を引き取る。田の仕事が忙しい農家の昼食はあわただしい。炉に落ちたうるめの灰をはたいて飯をかっこんでいる。鰯《いわし》は、その獲《と》れる季節から秋の季語だが、うるめになると無季になり、作法どおり四句目にして夏を去る。平明かつ叙景的であるのは、いわゆる「四句目ぶり」であり、凡兆らしいところでもある。

5 此筋《このすじ》は銀も見しらず不自由さよ　　蕉

In this neighborhood
They don't even recognize money—
How inconvenient!

芭蕉は、自ら旅人になって、第四句に叙された片田舎の農村へやって来ている。辺鄙《へんぴ》な寒村のことだから、人々は銭は見ても銀を見たことがない。豊作を扱った第三句は、このさい妨げにはならない。連句の付合いにおいては、前の句だけを見ればいいからである。この句にも季はない。第五句は「月の定座」なのだが、はぶいたのは発句に月があるからである。場面はまだ農村だが、そこに旅人が登場したことによって新たな展開を示唆している。

6 たゞとひやうしに長き脇差《わきざし》　来

He just stands there stupidly
Wearing a great big dagger.

町奴《まちやっこ》か博徒が、どんなはずみにか銭しか見たことのない僻村《へきそん》に迷いこみ、脇差を腰にぶちこんでいるだけにかえって間の抜けた格好で突っ立っている。

7 草むらに蛙こはがる夕まぐれ　兆

In the clump of grass
A frog, and he jumps with fright
At the twilight hour.

前の句の長脇差をからかった句。姿だけは勇ましい男が、田からとび出した蛙に、ぎょっとなって立ちすくむ。七句目は初裏第一句であり、この句は「裏移り」のさいに活気と変化をつける作法にかなっている。これからは、表六句には禁句とされていた神仏や恋なども自由に用いることができる。季語は蛙、春である。

8 蕗の芽とりに行灯《あんど》ゆり消す　　　蕉

Going to pick butterbur shoots
The lamp flickers and goes out.

前の句を軽く受けて変化をつけている。蛙に驚いたのは、この句ではやくざ男ではなく、日暮れから蕗《ふき》のとうを摘みに出た若い女性になっている。草むらの蛙を聞いたはずみに、彼女が手にした行灯《あんどん》の火がゆれて消える。蕗の芽は春の季語。

9 道心のおこりは花のつぼむ時　　　来

The awakening
Of faith began when the flower
Was still in the bud.

第八句の芭蕉は、前句の主語を変えてしまったが、右の句では去来が先行する芭蕉の句の主語を変えている。若い女性にとってかわったのは尼。彼女が娘のころに蕗の芽を摘みに行ったころの情景であろう。行灯の灯がゆれて消えたとき、彼女ははじめて人生の無常に目を開いたのだろう。だが、そのころの彼女は、まだ幼い、花もつぼみのころだった。釈教の句は、初裏の句としてふさわしい。花という季語があって、前の句と同じ春である。「花の定座」は裏十一句目だが、ここでは三句続いて春の句になるので花を出した。定座より先に「引き上げる」ことはかまわないが、第十二句以降になってはならない規則になっている。

10　能登《のと》の七尾《ななお》の冬は住うき　　兆
The winters at Nanao
In Noto are hard to endure.

凡兆は、前句を、若くして出家した男の句と受けとめている。寒さきびしい能登の七尾での修業を、いまは年老いた僧が回想している。月の上旬十日間を能登の岩窟《がんくつ》で断食苦行した見仏《けんぶつ》上人への連想もあるのだろう。季節は冬だから、第九句から「季移り」している。前の句の「花」は、僧の回想の中の花と解釈することによって、この移行が可能になる。

11 魚の骨しはぶる迄の老を見て　　　蕉

I have lived to see
Such old age I can only
Suck the bones of fish.

前句の僧が、ここでは北国のさびしい漁村に住む老人の侘しい姿になっている。若いころには魚の骨など噛《か》みくだく元気だったが、いまでは骨をしゃぶるだけに老いさらばえた。この句は無季。

12 待人《まちびと》入《いれ》し小御門《こみかど》の鎰《かぎ》　　　来

He let my lover in
With the key of the side door.

漁村の老人は、脇門を開けて主《あるじ》の恋人を入れてやる老門番に変わった。去来は、のちに手紙の中で、この句は『源氏物語』末摘花《すえつむはな》の門番の翁《おきな》が、雪の朝に門を開いて光源氏を出してやる一節からの連想だと説明している。それを門を入れるところに変え、よりロマンチックな感じを盛ったのである。この歌仙では最初の恋の句。

以上は、『猿蓑』の中の代表的な歌仙を選んで、その三分の一だけを示した。[*31] 句ごとに情景を変え、主語を変えうるのは、日本語が持つ独特のあいまいさのせいである。主語は、ほとんどの場合明示されることがない。また、それが単数か複数か、男か女か、人か動物かもあいまいなまま、新しい句がつけ加えられるにつれて、順々に新しい意味を創造していく。実に特異な連なりかたと言えよう。

貞門俳諧の連句は物付け、つまり前句の中の言葉や事柄に縁を求めて付けることが多かった。談林のそれは心付け、前句の意をとって承けるやりかたが主力だった。これに対して芭蕉とその一門は匂付《においづ》けを採《と》った。前句の余情風韻を受けとめて展開していく手法である。芭蕉が俳諧の良否をはかる物差しとして匂いを言う場合、それは独立した発句について言っているのではなく、連句の技法、一座の人々による思念の継承流転のさまを述べているのである。

芭蕉の一門は、ひとり高みにいる師が弟子たちに取り巻かれ崇敬されるといった、単純な集団ではなかった。一門の一人一人が個性を持った詩人であり、そのような人々が芭蕉の指導精神に招かれて一つにまとまり、ともども文学の創造に参加したのである。右に掲げた『猿蓑』の歌仙からもわかるように、芭蕉、去来、凡兆の三人は、それぞれお互いの句の匂いを受けとめながら、一つの複雑で美しい詩の世界をつくり上げたのであった。

『猿蓑』完成後の芭蕉は、再び湖南・義仲寺の庵に戻り、一六九一年秋の三ヵ月を過ごした。健康は、すでにかなり回復していた。江戸へ向かったのは陰暦九月二十八日、江戸着は一ヵ月後だった。二年八ヵ月のあいだ留守にしていたことになる。

師を迎えた曾良と杉風は、芭蕉庵を買い戻そうとしたが果たさず、旧庵の近くに新芭蕉庵を建てた。資金のほとんどを出したのは杉風だった。新庵が完成したのは一六九二年の陰暦五月、続いて名月を見る準備にと芭蕉の木を移し植えている。それからの彼は、各地から訪れて教えを乞う門人の応接に忙殺された。なかでも有名なのは彦根《ひこね》藩士の森川許六《もりかわきょりく》(一六五六〜一七一五年)である。許六は一六九二年陰暦八月に入門した。

芭蕉の身辺には、このほかにも不思議な出来事が起こって彼の心を乱している。「猶子《ゆうし》」の桃印と例の寿貞尼とその三人の子が、新庵に同居したらしい形跡がある。桃印は一六九三年の春に重病に陥り、三月末に死んだ。彼の死をみとって「神魂をなやませ、死後断腸之思難止《やまず》」という気持ちを、芭蕉は弟子に宛てた手紙の中に書いている。はげしくなるばかりの門弟の出入りから来る疲労も、ようやく出てきた。一六九三年陰暦七月には、芭蕉は門戸を閉ざして人々との対面を謝絶している。

一ヵ月の孤独な生活ののち再び門人との交流を復活したときの芭蕉は、自分の俳諧の心に「軽み」という新しい要素を主張するようになっていた。

軽みは、技巧や装飾的な手法とは反対の概念である。それは、芭蕉自身にとってさえ、わがものとするにはむずかしい理想だったに違いない。彼の句は、その完成期においても、しばしばきわめて複雑で、かなりの注釈なしには把握がむずかしいものだからである。しかし、『猿蓑』の発句は、すでに軽みを指向するものであり、軽みを俳諧の理想とする意識は、そのころから芭蕉の心中にあったものと思われる。一六九〇年に湖西の堅田《かただ》で病《びょう》臥《が》中の彼の句にも、すでに軽みの心が見られる。

病雁《やむかり》の夜さむに落《おち》て旅ね哉

A sick wild duck,
Falling in the cold of night :
Sleep on a journey.

群れから離れて渡る病む雁と、旅の宿の夜寒に伏し悩む芭蕉の心境とが、言葉や技巧を用いずして簡浄のうちにはっきりと連想されている佳吟。彼晩年の詩境の到達点と言えるだろう。

軽みは、また、たとえば『奥の細道』にあるような高尚典雅な題材を避け、日常生活に句材を得る方向へと進んだ。食物に関する句、それも日本人でなければわからない日常のつつましい食べ物に取材した句が非常に多いが、それが日本的であるだけに、翻訳によって感じを伝えることはきわめてむずかしい。たとえば、江戸の市中の一光景は——

塩鯛《しおだい》の歯ぐきも寒し魚《うお》の店《たな》

The salted bream
Look cold, even to their gums,
On the fishmonger's shelf.

一六九二年の冬の句、真冬の魚屋の店頭を叙したものである。一尾の鮮魚もない店の盤台に、ちぢこまって歯をむき出した塩鯛が寒々とした雰囲気を伝えている。
志太野坡《しだやば》が編集した『炭俵《すみだわら》』と、能役者でもあった服部沾圃《はっとりせんぽ》編の『続猿蓑』は、芭蕉最後の連句撰集だが、両者とも軽みを特色としている。しかし、この新境地をひらこうとした芭蕉は、門人たちからかなりの抵抗を受けたらしい。長いあいだ俳諧の伝統であった精巧精緻でありながらあいまいさを残した表現は、容易に打ち破れるものではなかった。平明で、しかも凡庸に陥らないためには、それが非常な名吟でなければならない。しかし、句意に謎があったりあいまいであれば、鑑賞する人々のほうで吟者自身が想像もしなかったような深奥な意味を読みとってくれるかもしれない。……門弟たちの心中には、そのような期待もあったのではないだろうか。

一六九四年の春、芭蕉は伊賀蕉門の窪田猿雖《くぼたえんすい》（一六四〇〜一七〇四年）に宛てた手紙の中で、死の予感について書いている。数え年で五十一歳ではあったが、年齢以上に年の重みを感じ、「年の名残も近付候にや」と思い知ったというのである。郷里への最後の旅に出たのも、迫る死を自覚したからではなかっただろうか。陰暦五月のはじめには、江戸の弟子たちと旅立ちの歌仙を巻き、芭蕉はその席でも軽みを強調している。いよいよ駕籠《かご》に乗り、愛する門人に訣別《けつべつ》したときの留別の吟は、

麦の穂を便《たより》につかむ別《わかれ》哉

I clutch a stalk of wheat
To support me—
This is parting.

おそらく近くに麦が見えたのであろう。心の杖ともたのんできた弟子たちに惜別の情を残しながら、芭蕉は、これからは麦の穂をたよりにするほかないという心細い気持ちを述べている。

このときの旅は、かつてとは違い、地方俳人との交歓もなかった。唯一の例外は名古屋

で、わずか二、三日の滞在だったが、その間にも軽みを説き、門弟の不和を調停している。伊賀に着いたのは、江戸を出てから十七日目だった。

十数日後に再び上野を発った芭蕉は、暑さを避けて湖南の曾遊《そうゆう》の地を目ざした。しかし、膳所でも大津でも多勢の弟子に取り巻かれて疲れ、洛西の落柿舎に逃げている。各地の弟子は、競って師を招こうとして懇請したが、芭蕉はもはや将来に関心を失ってしまったかのようだった。彼の心を占めていたのは、いまや軽みだけであった。落柿舎滞在中の句にも、

六月や峯に雲置クあらし山

The sixth month—
Clouds are resting on the peak
At Arashiyama.

嵐山にかかる雲が微動だにしない景は、息もつけぬほどの京の炎天にふさわしい。同じときに、やはり洛西に取材した句に、

清滝《きよたき》や波に散込ム青松葉

Clear cascades—
Into the Waves scatter
Green pine needles.

清滝は渓流の名だが、ここでは文字のとおりに「清らかな滝」の感じをこめている。同じ年の六月には、しばらく膳所の義仲寺に住み、七月には盆会《ぼんえ》をいとなむため郷里の上野に帰った。

家はみな杖にしら髪《が》の墓参

Everyone in the family
Leans on a stick : a white-haired
Graveyard visit.

盂《う》蘭《ら》盆会に白髪頭を集めたのは、芭蕉の兄をはじめ一族の人々だったのだろう。上野には一ヵ月と少しの滞在で、郷党の門弟が建ててくれた新庵で『続猿蓑』の編集に当たった。『猿蓑』同様の傑作を目ざすと同時に、軽みの典型にせんものと、深く心に期するところがあったらしい。最終段階では各務《かがみ》支考《しこう》の助力を仰いだが、上梓されたのは芭蕉死後の一六九八年であった。

一六九四年の陰暦九月八日、芭蕉は上野を出て大坂へ向かった。一門は各地で隆盛を見せていたが、大坂ではさほどではなかった。浜田洒堂《はまだしやどう》、槐之道《えんじゆしどう》の両門弟の仲がいつも悪かったのもその原因だったのだろう。このときも両者から別々に招待されていて、それに応じたのには二人を仲直りさせる目的もあった。

不幸にも、芭蕉の健康は、旅に耐えることができなかった。一日にもはや数キロ以上は歩けなかった芭蕉にとって、大坂までの道は遠すぎた。苦労のすえ、なんとか大坂にたどりつきはしたが、翌日から原因不明の高熱に倒れた。さむけ、熱、頭痛はつのったが、ろくに世話をしてくれる者もなかった。それでも旅の意をとげようと努力し、相確執する両弟子の合同句会に臨んだが、それが関の山であった。九月二十七日には、門人たちと一刻の清遊を楽しみ、そのときに二句を得た。その一つは、

此道や行人なしに秋の暮

Along this road
There are no travellers—
Nightfall in autumn.

夕風が吹きつのる秋の夕べ、孤独な旅人の悲愁である。いま一句は、

此秋は何《なん》で年よる雲に鳥
This autumn
Why do I feel so old ?
A bird in the clouds.

ここでも、孤影悄然《しょうぜん》の詩人が、雲に迷う鳥を見つめている。
二十九日には、別の招宴に出る予定で、前夜のうちにそのための発句まで準備していた。

秋深き隣は何をする人ぞ
Autumn has deepened
I wonder what the man next door
Does for a living ?

心細い旅先で、隣人の姿は見えてもどんな人かの見当もつかず、人恋しさがつのる心である。

二十九日には病状にわかに悪化し、招宴に出ることはもはやできず、それからも病勢は進む一方であった。十月五日には南御堂に近い花屋の離れに移された。宗匠病むの報は、たちまち弟子のあいだにひろまり、蕉門の人々がはせ参じて師の枕頭《ちんとう》を囲んだ。その月の八日、芭蕉は弟子の一人に筆をとらせて最終吟を書かせた。

旅に病で夢は枯野をかけ廻《めぐ》る
Stricken on a journey,
My dreams go wandering round
Withered fields.

十日の夜、支考に命じて遺書三通を代筆させた。草稿や蔵書の処置をたのみ、江戸の門人に別れを告げるものだった。それから、みずから筆をとって兄の半左衛門に一通を書いた。そのあとは、もう食事を受けつけず、静かに仰臥《ぎようが》して死を待った。遷化《せんげ》は十月十二日のことであった。

通夜ののち、遺骸は舟で膳所の義仲寺へ運ばれ、遺言どおりに葬られた。荼毗《だび》に付したのちの埋葬は十四日。八十人を越える一門の弟子が会葬した。伊賀の門人二人には、郷里の家代々の墓に納めるべく遺髪が託された。

注

＊1　このような研究の一つは、志田義秀『奥の細道・芭蕉・蕪村』の三一～三六ページに展開されている仏五左衛門（『奥の細道』に登場する人物）についての詳細な論考、あるいは同書七七～七九ページの、これも『奥の細道』に一度だけ登場する低耳に関する考究であろう。

＊2　麻生磯次編『日本文学の争点』第四巻一三七～一三九ページ

＊3　岡村健三『芭蕉と寿貞尼』参照。

＊4　井本農一編『芭蕉の世界』八ページ

＊5　同右六六ページ

＊6　『古今集』一番は「年の内に春はきにけり　ひととせをこぞとやいはん　ことしとやいはん」。また同六四五番は「君やこし我やゆきけん　おもほえず　夢かうつゝかねてかさめてか」となっている。

＊7　このころの号は宗房となっているが、ここでは芭蕉に統一した。

＊8　桃青は、明らかに李白を念頭に置いた号であろう。

＊9　「こちとうづれ」については、飯野哲二編『芭蕉辞典』三九三ページに「こちたちづれ」の転化で、自分たちのような者と卑下した言葉、と説明されている。

＊10　井本『芭蕉の世界』三二ページ

＊11　同右九八ページ

＊12　杉浦正一郎・宮本三郎・荻野清校注『芭蕉文集』一三四～一三五ページ

＊13　赤羽学「野晒紀行と江湖風月集」二九～四〇ページ
＊14　桑原武夫「第二藝術」(『現代文藝評論集　三』)一一四ページ
＊15　杜牧の影響は、これ以前の句においてはもっと著しい。井本『芭蕉の世界』二六八ページ
＊16　このときの連衆は岡田野水《やすい》(一六五八～一七四三年)、坪井杜国(当時推定二十七歳)、山本荷兮(一六四八～一七一六年)、加藤重五(一六五四～一七一七年)だった。このときの情景については井本『芭蕉の世界』一二五～一二八ページ参照。
＊17　阿部正美『芭蕉伝記考説』一一四ページに引用。
＊18　暉峻康隆『近世俳句』七三ページ
＊19　『三冊子』中に引用されている芭蕉の言葉。飯野『芭蕉辞典』三四〇～三四一ページ
＊20　麻生『日本文学の争点』第四巻一五二ページ
＊21　同右一五一～一六三ページ
＊22　山本健吉『芭蕉』一四八～一五四ページ
＊23　阿部『芭蕉伝記考説』三〇三～三〇四ページ
＊24　麻生『日本文学の争点』第四巻一六五ページ
＊25　阿部『芭蕉伝記考説』四三六～四三七ページ
＊26　弥吉菅一・赤羽学・檀上正孝『野ざらし紀行・鹿島詣』一九～二四ページ
＊27　同右一三～一四ページ
＊28　元禄三年八月十八日付、凡兆宛て書簡、杉浦他『芭蕉文集』三九七ページ
＊29　井本『芭蕉の世界』二〇九ページ

＊30　島居清『芭蕉連句全註解』第七巻九五～九八ページ

＊31　これらの歌仙の解釈は島居『芭蕉連句全註解』に拠った。また安東次男『芭蕉七部集評釈』一八一～二一〇ページも参照した。その他、Earl Miner and Hiroko Odagiri, The Monkey's Straw Raincoat, pp. 251-255 も参照。

**参考文献**

赤羽学「野晒紀行と江湖風月集」(『連歌俳諧研究』9号、一九五四年十一月)
麻生磯次編『日本文学の争点』第四巻、明治書院、一九六九年
阿部正美『芭蕉伝記考説』明治書院、一九六一年
安東次男『芭蕉』筑摩書房、一九七一年
安東次男『芭蕉七部集評釈』集英社、一九七三年
飯野哲二編『芭蕉辞典』東京堂、一九五九年
井本農一編『芭蕉の世界』小峯書店、一九六八年
潁原退蔵・山崎喜好訳注『芭蕉俳文集』〈角川文庫〉角川書店、一九五八年
大谷篤蔵・中村俊定校注『芭蕉句集』〈日本古典文学大系45〉岩波書店、一九六二年
岡村健三『芭蕉と寿貞尼』芭蕉俳句会、一九五六年
小宮豊隆監修『校本芭蕉全集』全十巻、角川書店、一九六二～六九年
志田義秀『奥の細道・芭蕉・蕪村』修文館、一九四六年
島居清『芭蕉連句全註解』第七巻、桜楓社、一九八二年

杉浦正一郎・宮本三郎・荻野清校注『芭蕉文集』〈日本古典文学大系46〉岩波書店、一九五九年
暉峻康隆『近世俳句』〈文庫〉学燈社、一九五二年
山本健吉『芭蕉』新潮社、一九五七年
弥吉菅一・赤羽学・檀上正孝『野ざらし紀行・鹿島詣』〈芭蕉紀行集1〉明玄書房、一九六七年
『現代文藝評論集　三』〈現代日本文学全集96〉筑摩書房、一九五八年

# 六　芭蕉の門人

芭蕉《ばしょう》にとってはおそらく最初の門弟だった宝井其角《たからいきかく》*1（一六六一～一七〇七年）は、のちに、いかなる偶然によってか、芭蕉の臨終に立ち会うことになった。彼は、師の病気を知らずに大坂へ行き、はからずも師の死に水をとることになったのである。死の床に横たわる芭蕉を描いた彼の感動的な作品『枯尾花《かれおばな》』の中で、其角は、そのころ芭蕉の弟子が全国に二千人以上もいたと書いている。その数は、芭蕉の死後もふえ続け、師との実際の親疎とは関係なく、芭蕉の門にいたことのある人と一度でも一座して俳諧《はいかい》をつくった連中は、われ勝ちに「芭蕉の弟子」を僭称《せんしょう》した。このような風潮によって、たかだか六十人どまりだったほんとうの芭蕉の直弟子たちが怒りを覚えたのも当然であろう。事実、そのうちの一人は、詐称者たちを告発しようとさえしたほどで、向井去来《むかいきょらい》（一六五一～一七〇四年）は、それをつぎのような言葉でいさめている。

去来曰、吾子の言勿論なり。然ども、其内或は先師の門人に再伝のものあらん。又、先師は慈悲あまねき心操にて、或は重て我翁の門人と名乗らんといふもの、其貴賤、親疎とをわかたず、此をゆるし給ふものおほし。……今此をあらためのぞかんは、却て穏便の事にあらず。たゞ其儘ならんにはしかじと。＊2

ほかでもない師の芭蕉自身が、生前には、どんな人にも門に入ることを許したではなかったか。先師の孫弟子に当たる者もいることだろうし、もし蕉門《しょうもん》を名乗りたいものがいるなら、勝手に名乗らせておけばいいではないか——と、師風を引いて寛容を説いたのである。

去来はまた、なぜかくも多くの人が蕉門を名乗りたがるかについても書いている。

すべて先師を尊む人、さまざま有べし。其人となりの風騒《ふうそう》にして、しかも閑寂正直なるをたつとみ、共に俳諧に遊んで悦ぶ者有べし。又、俳諧の名人なるをよろこびて、尊みしたがふ者有べし。又、二色を合て用る人有べし。一片《ひとかた》に云がたし。＊3

弟子たちはさまざまな人の集団だった。芭蕉の閑寂正直を慕って門を叩《たた》く人、その名声にひかれてくる人、その双方を合わせ持っている人々……。

芭蕉への尊崇の念は、多分に彼の「慈悲あまねき心操」に負うものではあったが、彼がそれほども崇拝者をあつめ得たのは、やはりなによりも彼が当代にならびなき大詩人として、だれ一人異議をさしはさむ余地のない存在だったからである。彼の門からは優れた俳人が輩出した。しかし、それでも現代の編集者が名句撰集《せんしゆう》に彼らの作品を数句、あるいは十句ほど撰《えら》ぶ場合には、芭蕉の作品は彼らをはるかに抜いて、少なくとも百句はとり上げられねばならないはずである。弟子に寛容だった芭蕉は、常に彼らをほめることによって育てようと試みた。だが、心中ではひそかに、自分にならぶ力量の持ち主がいないことを悟っていたに違いない。なぜなら、有名な「この道や行人《ゆくひと》なしに秋の暮」の句には、晩年に達した芭蕉の、ともにわが道を歩むもののない憂いがこめられているからである。

芭蕉の死後、何人もの門弟が蕉風《しようふう》の正統相続者を自称して争った。それぞれに、われこそは秘伝を受けたりと主張して醜い争いが繰りひろげられたわけだが、彼らが師への傾倒度を競いあうために書きつのった芭蕉の言葉は、はからずも現代人に芭蕉を知るうえの重要な手がかりを残してくれることになった。芭蕉が自らの筆で彼の抱懐する美学をしるしたものはきわめて少なく、彼の俳諧観のほとんどは弟子たち、ことに去来をはじめとして森川許六《もりかわきよりく》（一六五六～一七一五年）、服部土芳《はつとりとほう》（一六五七～一七三〇年）、各務支考《かがみしこう》（一六六五～一七三一年）らの著作の中に書きとめられているからである。

もちろん、芭蕉の態度が門人たちによってどれほど正確に伝えられているかは疑問であろう。とくに支考は、自分の正統性を印象づけようとするのに急なあまり、師の意見を捏《ねつ》造《ぞう》したことで知られている。しかし、全体として、どの弟子の手になるものでも、芭蕉の言わんとする主眼には真実の響きがある。今日、彼の門弟たちが各自の作よりはむしろ芭蕉の祖述者として記憶される傾きがあるのは、そのためであろう。

## 宝井其角

蕉門の俳人の中で、もっとも個性が強いのは其角である。師のもとで修業した期間の長さにもかかわらず、あるいは二十年にもわたる芭蕉との親交にもかかわらず、其角の句は明らかに彼自身のものであり、単純に芭蕉の風を追うものではない。芭蕉の死後、許六への手紙の中で去来は、其角のことを「却て師の吟跡と斉《ひとし》からず」[*4]と批判している。たとえ師の高みに到達できなくても師が踏んだ道を歩くのが弟子のつとめではないか、というのが去来の主張である。だが、其角は、芭蕉の道に忠実であるためには師と性格が違いすぎた。典型的な江戸人だったのに加えて、酒豪であり、遊里《ゆうり》の常連でもあった。（もっとも、ある研究者は、其角がたった一つ生涯に官能の欲望を持ったのは魚だったと書いている）。[*5]ちょっと軽薄なところもあって、晩年には俳諧を人間感情の深みを表現する手段と考えず、単なる座興と観ずるようになった人物でもあった。

其角は医者の子で、はじめのうちは医者になる修業もした。漢詩や画や書についても一流の教育を受けている。わずか十四、五歳で芭蕉の門に入ったのだが、そのときすでに自らの教養を使いこなす機知、技巧を備えていた。ただ、そのような才能は、主に彼の平板な心底をかくすかくれみのとして発揮されたようである。

許六は、あるとき芭蕉に向かって、其角ほどもかけはなれた人間になにを教えることができるのかと問うた。「師が風閑寂を好てほそし。晋子（其角の別号）が風伊達《だて》を好てほそし、此細き所が流也。爰《ここ》に符合すといへり」[*6]というのが芭蕉の答えだった。閑寂と伊達と、その好むところは異なっても、自分と其角は繊細なところが一致しているという説明である。

其角の句は、一見して非常に師風から離れているように見えるものでも、やはり明らかに芭蕉の影響下にあった。師の死後の彼の句は、もはや師にはばかるところがないため、かえってその質が低下している。言わんとすることの焦点がぼけたばかりでなく、まったく意味のとりかねる句さえある。謎が解け、意味がわかってもそこまでで、深みのあるものではない。しかし、芭蕉生前の彼の句は、非常に高く評価されていた。たとえば、許六が「諸集の中、目だつ句有れば、大かた晋子也。かれにおよぶ門弟も見へず」[*7]と書いたのに対して去来が「是おそらくは阿兄の過論ならんか。角が才の大なるを以て論ぜば、我かれを頭上にいたゞかん。角の句のいやしきを以て論ぜば、我かれを脚下に見ん」[*8]と反駁《はんばく》しているのなどは、その一例である。

其角の業績の最大のものは、彼自身と同じ階級に属する人々、つまり江戸の医者、儒者、あるいは武家や町人の中の知識人の心に俳諧への関心をめざめさせたことだろう。将軍綱《つな》吉《よし》の保護の下で、当時の儒者たちはきわめて高い社会的地位を与えられていたが、漢語を使ったり古い漢詩文の教養をふまえた其角の句は、そのような知的俗物たちに、俳諧が必ずしも卑賤《ひせん》な座興でないことを教えたことと思われる。一六八三年、其角二十二歳のときの編著『虚栗《みなしぐり》』は、それまで貞門《ていもん》や談林《だんりん》の俳諧に飽きたらず思っていた人々の興味をそそる役割を果たした。なかでも其角の博学を示したのは、同集中のつぎの句である。

蚊をやくや褒姒《ほうじ》が閨《ねや》の私語《ささめごと》＊9

Burn the mosquitoes—
In Pao-ssu's bedchamber
Lover's whisperings.

この句を理解するためには周《しゅう》の幽王《ゆうおう》の后であった褒姒の故事を知っていなければならない。容易に笑わなかった彼女の機嫌をとり結ぼうと、王は何事もないのに烽火《のろし》をあげて諸侯を集めさせた。あわてふためいて駆けつけてくる将兵を見て褒姒は笑みを浮かべたが、いざ大事到来のとき、王はこの愚行のために亡びなければならなかった、という話である。其角の句においては、蚊遣火《かやりび》（おそらくは蚊帳《かや》に入った蚊を焼く線香）の火が幽王の烽火の連想を誘導し、さらにそれが褒姒の連想から蚊帳（おおかた廓《くるわ》の）の中でかわされる男女のささめごとにつながっている。

このような、芭蕉の句にその例を見ない脂粉の香は、蕉門の中でも其角独特のものである。芭蕉自身も『虚栗』の跋文《ばつぶん》の中でそれを認め、其角は日常茶飯のうちに李白《りはく》、杜甫《とほ》、西行《さいぎょう》にも匹敵する詩を発見し得た、とほめちぎっている。しかし、其角の句が、その集中度や幾層にも重なり合った連想のすばやさによって、ときにみごとな効果を発揮していることは否定できないにしても、それが芭蕉の句のように人の胸をうつかどうかという点になると、首をかしげざるをえない。同じような主題を扱った二人の句を対比すると、そのことは、いっそうはっきりしてくるのである。

塩鯛《しおだい》の歯ぐきも寒し魚《うお》の店《たな》

一六九二年の芭蕉のこの作は、あるいはもう十年近くも昔に彼が『虚栗』を見て感じた其角の日常事への敏感さに負うところがあるのかもしれない。だが、それを一六九四年の其角の作とくらべると、差はきわめて歴然となる。

声かれて猿の歯白し峰の月[*10]
Their voices are hoarse,
And how white the monkeys' teeth!
Moon over the peak.

この句は、前詞に「巴江」（揚子江《ようすこう》の上流）とある。不尽の長江《ちようこう》の流れるところ、歯をむいて嘯《な》く猿の声は漢詩によく登場する情景である。それを下敷きにしたのは其角の常套《じようとう》ともいうべき技巧で、月天に高い晩秋の夜、猿の歯ぐきに光る月影をとらえた作である。漢詩には猿の歯のことは出てこないが、そこに着眼したところが俳諧らしい味であろう。ただし、そのイメージには、どことなくいや味な技巧が感じられる。魚店に寒々と歯を見せて並ぶ鯛への芭蕉の素直な知覚とくらべて話にならない。芭蕉のほうは、冬の町の荒涼の中に一つの小宇宙を観じているからである。

其角は、この猿の句がよほど気に入ったらしく、自編の『句兄弟』（一六九四年）の中で芭蕉の句とならべ、自作のほうを「兄」と自賛している。「是こそ冬の月といふべきに、山猿叫んで月落と作りなせる物凄き巴峡の猿によせて、岑《みね》の月とは申したるなり。沾衣《ホスヲ》声と作りし詩の余情ともいふべくや」と、わが句をほめているのである。だが、其角は、同時に芭蕉の句をもほめて「老の果、年のくれとも置きぬべき五文字を、魚の店と置れたるに活語の妙を知れり。其幽深玄遠に達せる所、余はなぞらへて知るべし」[*11]と、とくに下五の「魚の店」を称揚している。芭蕉もまた、この五文字を平凡に言い流したところが自分らしいのだと、自作に説明を施している。[*12]

たしかに、平凡にさらりと言いおさめ、句全体を淡々たる感じで締めくくることは芭蕉晩年の「軽み」の特色である。しかし、一方の其角は、師に従って「軽み」の句境に入ることを拒否した。それは、其角が自己の才をよく知り、自分の得手が、かえって芭蕉の避けんとした精緻《せいち》な技巧にあることを自覚していたからに違いない。[*13]其角の巴江の句は、わずか十七文字の中に猿の声、その歯の寒さ、冷えびえと江を照らす月など、荒涼としたイメージがいくつも詰め込まれている。しかもその句は、漢詩からくるさまざまな連想によって背後から支えられている。しかし、芭蕉の句は違う。たった一つの、なんの飾りもない知覚の中から、其角の句を凌駕《りようが》する強さを引き出しているのである。

芭蕉に対してあくまでも忠実だった去来は、師が理想としたものに対しても絶対的な敬意を払っていたので、芭蕉の教えどおりに句風を改めようとしない其角を批判した。ことに「不易流行」の「流行」に対して目を開こうとしない其角を論難し、師が円熟するにつれてしばしば句風を変えたことをしきりに例に引いて其角に非難を加えた。

其角の句風にはほとんど進歩と呼ぶに値するものが認められないのであるから、去来の言はたしかに一理ありと言うことができる。しかし、彼の言を却《しりぞ》けた其角もまた正しかったと断じなければならない。其角は、たとえば「軽み」がわからなかったわけではない。塩鯛の句を評した彼の言葉は、彼が「軽み」を理解しえたことを物語っている。しかし、其角は、もしそこに芭蕉のような天才の裏づけがないならば、「軽み」はついに平浅に陥るほかないことを看破していたのに違いないのである。

　其角の才知は、とくに当時の人々によく知られた素材に取材した場合などに遺憾なく発揮され、一時的には師の芭蕉をしのぐほどの人気を獲得する理由にさえなった。[*14] 彼の句の中には、たとえ完全に意味を理解しえなくても、童謡や俗謡のように口ずさみやすいものがあり、その点も多くの人に愛される原因であった。だが、凝りすぎのあまり意味が不分明になることが多かったのは否定できない。

　芭蕉に続く偉大な詩人であった与謝蕪村《よさぶそん》（一七一六〜八三年）は、其角の孫弟子に当たり、彼の俳諧句文集『新花摘《しんはなつみ》』（一七七七年）は、其角の撰《せん》になる『華摘《はなつみ》』（一六九〇年）をつぐ意味で名づけられたものだが、その中で蕪村は其角が「解しがたき句」をむやみにつくっているのを批判しながらも、少数の「やすらか」な句があることを、つぎのように称賛している。

五元集は角《かく》が自選にして、もとより自筆に浄写して剞劂《きけつ》[†1]氏にあたへ、世にひろくせんとおもひとりたる物なれば、芟柞《さんさく》[†2]の法も厳なるべし。さるを其集も閲《けみ》するに大かた解しがたき句のみにて、よきとおもふ句はまれ〳〵なり。それが中に世に膾炙《かいしゃ》せるはいづれもやすらかにしてきこゆる句也。されば作者のこゝろにこれは妙にし得たりなどうちほのめくも、いとむつかしく聞えがたきは闇夜ににしき着たらん類いにて、無益《むやく》のわざなるべし。……其角は俳中の李青蓮[†3]と呼れたるもの也。それだに百千の句のうち、めでたしと聞ゆるは二十句にたらず覚ゆ。其角が句集は聞えがたき句多けれども、読むたびにあかず覚ゆ。是角がまされるところ也。とかく句は磊落《らいらく》なるをよしとすべし。[*15]

†1　版元　†2　厳選すること　†3　李白

聞こえがたき（意味のわかりにくい）句で教養をひけらかすのは、まるで闇夜《やみよ》に錦《にしき》を着飾るようなもの——と、手きびしい評価を加えながらも、其角の句風のよさを巧みにつかんでいる。はっきり意味がわからなくても、読み返して飽きない句がある。「そこが其角の名手たるゆえんだ」と、蕪村は言うのである。

蕪村の時代には、其角の句は、もはやかなりわかりにくくなっていたのだろうか。ともあれ蕪村のこの其角評は、かつて其角の作品が人口に膾炙していた証言であると同時に、いかにそれらの句が短命だったかの証左とも言えよう。

其角の難解な句を解明しようとすると、どうしても長ったらしい説明を必要とするので、ここでは二、三の例をあげ、その「聞えがたき」さまの一端を示すだけにとどめたい。つぎの句は一六九九年の撰集にあるもので「暁」と前書きがついている。

進上に闇をかねてやむめの花
For presentation
I have added the darkness—
The plum blossoms.

この句で、問題は「かねて」である。筆者は、英訳に当たって一応"added"とし、まだ夜の明けそめぬうちに梅の枝に闇を添えて贈る句と解釈した。[*16] これなら古歌にもあるように、梅を贈るのに闇までを加えて、贈られる人に闇でもそれと気づく梅の香も同時にさしあげる、というあいさつの句になる。しかし、もし「かねて」を「予て」ととれば、あなたに贈る心づくしに夜の明ける前に起きて手折っておいた梅の枝を……という意味になる。[*17]

この句には、そのほかに、か＝香、ねて＝寝て、の掛詞《かけことば》もある。恋人に梅の枝を贈りものにと朝早く門をたたいたのに、訪れる人は寝ていた、というニュアンスである。[*18] あるいは「かね」は暁の「鐘」かもしれない。また「闇」が門構えの漢字で書かれているのは、恋人の門を朝まだきに推《お》す情景をこめた意味があるからではないだろうか。[*19]「かねて」だけでもこれだけ複雑なのに、以上の議論をもってしても「進上」の謎は解けない。ただの贈りものにしてはものものしい言葉である。恋人同士の贈答にはあまり使われる表現ではなく、なんとなくあらたまった響きすらある。其角が以上にあげた言葉のニュアンスを全部この句の中に盛り込もうとしたとは考えられないが、しかし、なんともつかみどころのない曖昧《あいまい》さは、其角研究者にさまざまな憶測をたくましゅうさせずにはおかないのである。

これほど難解でない句の中にも、精密な分析を必要とするものがある。たとえば、左の句には「惜花不掃地」と詞書《ことばがき》がある。白楽天《はくらくてん》の詩をふまえて、散った花を惜しむあまり地を掃《は》かないという意である。[*20]

我奴《わがやつこ》落花に朝寝ゆるしけり

My servant boy sleeps
This morning in falling blossoms—
I have forgiven him.

連想は白楽天だけでなく、源公忠《みなもとのきんただ》の和歌「とのもりのとものみやつこ心あらば　この春ばかり朝きよめすな」にもつながっている。そして、この二つから見るかぎりにおいては、其角は庭前に散り敷いた花を惜しむあまり召使いが朝寝しているのを喜ぶ、という句意になる。ところが、ある評者は、この句をつくった其角の心底を、つぎの六段階に分析している。

1、下僕が朝寝をしている。庭も掃かずに怪《け》しからん。
2、おや、桜が散っている。
3、この美しい朝の庭を見ないとは不風流なやつめ。起こしてやろう。
4、いや、起こせば、「どうも寝坊してすみません」と言うより早く掃いてしまうだろう。
5、やっぱり朝寝していてくれたほうがいい。黙っていてやろう。
6、あるいは、あいつは俺のこういう気持ちを承知のうえで寝ているのかな。心得たやつめ。[*21]

……これほどの分析を可能にする句をつくった其角が「軽み」の境地へたやすく進まなかったのは、あるいは当然と言うべきであろう。

蕪村は、其角の句がたとえ意味不分明であっても「読むたびにあかず」だと指摘している。これは蕪村にとどまらず、ひろく後世の其角観でもあった。彼は芭蕉の弟子のうちでただ一人、全句集が精細な注を施して出版された人である。また、ときに気どりすぎの弊があったにもせよ、その名を聞いて直ちに豪放磊落な句風を思い浮かべさせることのできる唯一の蕉門俳人である。
　其角の句中もっともよく知られているのは、彼一流の難解さにわざわいされないつぎの句であろう。

　切《き》れたる夢は誠か蚤《のみ》の跡
　　Stabbed in a dream—
　　Or was it reality ?
　　The marks of a flea.

　去来はこの句を評して「其角は誠に作者にて侍《はべ》る。わずかにのみの喰《くい》つきたる事、たれかかくは謂《いい》つくさん」と、のみの食い跡を巧みに詩化した其角を絶賛している。『去来抄』によると、そのとき芭蕉も去来の評にこたえて「しかり。かれは定家の卿也。さしてもなき事を、こと〴〵しくいひつらね侍る」と、同意を表明したという。[*22] 芭蕉のこの言葉は、単に其角の技巧を称賛したもので、其角の句に底の知れない深みがあることを言ったものではなかろう。しかし、それにしてもこのほめかたは、壮麗な天分に恵まれながら、それを芭蕉とはまったく異なる句風に表現した其角に対して、過分の評価と言わねばならない。

# 向井去来

一六八四年、すなわち芭蕉が野ざらし紀行に出た年に、其角ははじめて京に遊んだ。そのときの彼は、大坂へ行って西鶴《さいかく》の有名な住吉《すみよし》社頭二万三千五百句の大興行に後見をつとめることになっていたが、京を発《た》つ前に会ったのが向井去来だった。芭蕉の江戸における最初の弟子其角は、こうして去来を京での最初の弟子として蕉門に導くことになった。

去来は、長崎で儒医の子として生まれた。藤原鎌足《ふじわらのかまたり》にまでさかのぼる古い家柄である*○23一六五八年も押しつまったある夜、去来の父は、枕辺《まくらべ》に立った菅原道真《すがわらのみちざね》から、京へ上れば開運間違いなしとのお告げを受けた。四十九歳だった。父は、一家を率いてすぐに都に上り、お告げどおりにまもなく声名を上げ、医師として宮廷に仕えるようになった。京に移住したとき満七歳だった去来は、十五のとき、福岡にいた叔父のもとで武藝を学ぶため九州へ送り帰される。武藝百般に通じたが、やがて二十三歳にして武士の生活を捨て、京に戻った。なにが彼にこの決心を促したかは明らかではないが、おそらく父を継いで医師になっていた兄の手助けをしたかったものと思われる。いずれにせよ、比較的余裕のある生活に恵まれた彼は、余暇を俳諧に捧《ささ》げ、知己の俳人たちを世話することもできる立場にあった。蕉門でただ一人、公家《くげ》とも交流があり、そのことは彼の句業に一つの色彩を加えることになった。

恵まれた境遇は、去来に、洛西嵯峨野《らくせいさがの》に一軒の庵《いおり》を買うことも可能にした。一六八九年秋の嵐が、庵の近くの柿四十本の実をなぎ落としたのにちなんで、彼はそれを落柿舎《らくししゃ》と名づけた。[*24] 落柿舎は、蕉門の俳人たちにとっては、京に上るたびに立ち寄ってくつろぐことのできる宿になった。前章にも述べたように、芭蕉自身もここに滞在中に『嵯峨日記』を書いた。落柿舎そのものは、ごく手狭な別業で、去来もふだんは京の市内に住んでいたのだが、それでも彼の句は常に自然との親密さを失うことがなかった。そのことは、江戸っ子だった其角の句風とくらべてみると明瞭《めいりょう》になる。

越後屋《えちごや》にきぬさく音や衣更《ころもがえ》[*25]

At the Echigoya
The sound of ripping silk—
Time to change clothes !

町なかに育った其角は、右の句の中で、自然の中のイメージにたよらず、完全に人事の観察だけによって季節感を出している。呉服の大店《おおだな》だった越後屋で夏着を買う人の気配が、この句の中には巧みに捕らえられている。これに反して去来は、市中の情景の中にさえ自

然の片鱗《へんりん》を読みとろうとした。季節の微妙な推移を表現した彼の有名な句は、

鉢たゝき来《こ》ぬ夜となれば朧《おぼろ》なり*26

Tonight I noticed
The gong-beaters had stopped coming—
The moon was misty.

鉢たたきは、京の冬の景物である。陰暦十一月十三日の空也忌《くうやき》から四十八日間、鉦《かね》を打ち鳴らしながら修験者《しゆげんじや》が洛中《らくちゆう》を歩く。だが、ある夜、ふと気がつくと鉢たたきの音が聞こえない。と、去来の目はおぼろ月を認めている。春が来たのだ……。

去来の句のうちのすぐれたものは、ほとんど芭蕉の塁を摩すほどである。もし芭蕉の句風に忠実であるかどうかだけを判断の基準にするならば、去来は他の門弟すべてを押さえて芭蕉に雁行《がんこう》する者と言うことができるだろう。しかし、去来の句には、武人としての彼の過去や公家との交わりの証《あか》しをとどめる少数のものを除いては、はっきりした個性に欠けるものが多い。そして、もっとも人気のある句は、必ずしも秀句ではないが、去来らしからぬ技巧をこらしたものである。

郭公《ほととぎす》なくや雲雀《ひばり》と十文字

Listen! The cuckoos
Are calling — they and the skylarks
Make a crossmark.

森川許六は、この句を、つぎにあげる湖の句とならんで去来の二大傑作としている。しかし、潁原退蔵《えばらたいぞう》氏は、許六によるこの評価にきびしい採点を与えている。

この句意は解するまでもなく、時鳥《ほととぎす》と雲雀の飛びかたの習性をとり合せたので、時鳥は中空を斜に横ぎつて飛び、雲雀は麦畑の中などから一直線に舞ひ上る。それで二つが十文字に交叉するといふ対照に興味をもつたのである。いはばそれは幼稚な興味にすぎず、表現もまた極めて単純である。許六が心からこの句に感心したとすれば、いささかその鑑賞眼を疑はねばならない云々。*27

許六がほめたもう一つの句は、さきのとはまったく異なる句風のものである。

湖の水まさりけり五月雨《さつきあめ》*28

How the waters
Of the lake have swollen—
The fifth-month rains.

「湖」が、すぐ続いて中七の冒頭にある「水」という言葉の音によって受けとめられ、繰り返される。降り続くさみだれによってふくらみ、水かさの増した琵琶湖のさまが同じ音の連なりによって巧みに演出される。その効果は、さらに「まさりけり」という余裕のある言葉遣いによって、いやがうえにも明瞭に固定される。この一句には、さきの郭公の句の技巧と違って、写生の説得力がある。句中に登場する二つのイメージ——茫洋《ぼうよう》たる湖と降り続く雨——が互いに照合する。この句は、疑いもなく第一級の俳諧である。はじめ『曠野《あらの》』（一六八九年）の中に収められた右二句について許六は「師の句たりとも、なか〳〵上に立がたし。一人もうらやまぬものはなし」[*29]と、ほめちぎっている。また、五月雨の句の用語の語感が、そのイメージ、着想、あるいは句の構成において間然するところがない点について、許六は別のところでも、つぎのように強調している。

予当流入門の比《ころ》、五月雨の句すべしとて、
湖の水も増《まさ》るや五月雨

と云句したり。つくぐ〳〵とおもふニ、此句あまりすぐにして味すくなしとて、案じかえてよからぬ句に仕たり。其後あら野出たり。先生（去来）の句に、

湖の水まさりけり五月雨

と云句見侍りて、予が心、夜の明たる心地して、初て俳諧の心を得たり。[*30]

去来の常の句風から判断して、彼の五月雨の句は、もしまったくの偶然の一致でもなければ、許六の句からの剽窃《ひょうせつ》である。それにもかかわらず、この一句が去来のものとされ、しかも彼の傑作とされたのは、小やみなく降り続けるさみだれに「まさりけり」というゆったりした表現を与えることが、「も・まさる・や」の語感にくらべて決定的な差であったことを物語るものではないだろうか。

俳諧についての去来の識見は、彼のもっとも重要な述作『去来抄』の中で披露されている。去来と芭蕉、あるいは同門との俳諧問答を収めたこの書は、去来の死後約七十年を経た一七七五年まで出版されなかったので、ほんとうに去来自身の手になるものかどうかについては疑問視する向きが多かった。しかし、一部の草稿が発見されるに及んで、今日ではおそらく晩年の去来が自ら執筆したものと判定されている。[*31]『去来抄』は先師評、同門評、故実、修行の四部に分かれているが、やはり先師評がもっとも優れたものであり、有名でもある。もちろん、全編を通じて俳諧の実践者でなければ

書くことのできない貴重な記述が無数に認められる。最初の二部の構成は、芭蕉やその門弟の句をまず掲げ、それに評釈を施し、評価を与えるという形になっている。

　夕涼み疝気《せんき》おこしてかへりけり　　去来

予が初学の時、ほ《発》句の仕やうを窺《伺》ひけるに、先師曰く「ほ句は句つよく、徘《俳》意たしかに作すべし」と也。こゝろ《試》見《み》に此句を賦して窺ひぬれば「又、是にてもなし」と大笑し玉《たま》ひけり。

句意が具象的で、そこに俳諧的なものがなければならないと師に教えられ、さっそく一句を出したところが「いや、そういうのでもないんだよ」と芭蕉が大笑したという。去来入門早々の失敗を書いた一節である。

去来はいつも芭蕉の言葉を真正面から受けとり、一語一語を、それが俳諧の奥義でもあるかのように服膺《ふくよう》して疑うことがなかった。右の例においても、師の指示に厳密に従ったのはよかったのだが、句のほうは一つの事実を五・七・五に書いたというだけに終わってしまったのである。『去来抄』の中に記されている芭蕉との問答の中で、去来は、自分をわざと愚者ないしは鈍感な男として描き、それだけ師の叡知《えいち》をひきたたせて自分は影に立とうと努力している。しかし、多くの場合には、芭蕉の弟子にふさわしい去来の感受性の鋭さがおのずから披瀝《ひれき》されている。

行く春を近江《おうみ》の人とおしみけり　　ばせを

The passing of spring
With the men of Ōmi
Have I lamented.

先師曰く「尚白《しょうはく》[†1]が難に、近江は丹波《たんば》にも、行く春は行く歳《とし》にも、ふるべし[†2]、といへり。汝いかゞ聞き侍るや」。去来曰く「尚白が難あたらず。湖水朦朧《もうろう》として春をおしむに便り有るべし。殊に今日の上に侍る」と申す。先師曰く「しかり。古人も此国に春を愛する事、おさ〳〵都におとらざる物を」。去来曰く「此一言心に徹す。行く歳近江にゐ玉はゞ、いかでか此感ましまさん。行く春丹波にゐまさば、本《もと》より此情うかぶまじ。風光の人を感動せしむる事、真《まこと》成る哉」と申す。先師曰く「汝は去来、共に風雅をかたるべきもの也」と、殊更に悦《よろこ》び玉ひけり。[*32]

†1　大津在住の蕉門の俳人　†2　置き換えることが可能だ

「行く歳を近江の……」としてはなぜいけないのか、「丹波の人と」ではなぜ悪いのかという門弟の批判を芭蕉が披露したところ、去来が、それはやはりどうしても「行く春」であり、「近江の人」でなければならぬと、句の絶対的な必然性を指摘し、芭蕉が非常に喜んだという挿話である。この引用においては、さきに例示したような初心者のぎこちなさはもはや影をひそめ、去来はいまや芭蕉がともに語るに足る人物として登場している。この一節を書くことができた去来の喜びもいかばかりだったことだろう。後年の芭蕉がいかに去来の判断を重視したかは、彼が『幻住庵記《げんじゅうあんのき》』の草稿を書き上げたとき、それを去来に示して評を求めたことからもうかがわれる。[*33]

去来が書きとめたこの挿話は、それが去来その人の成長を物語っているだけでなく、芭蕉の俳諧の非常に深い部分に光を当てるものであるだけに、二重に興味深いと言うことができるだろう。この場合の芭蕉は、発句の中の一語一語は、絶対に置換性のないものだということを言っておきたかったからである。

尚白は、のちに蕉門から離れることになったが、近江の人である。だから、近江の句について彼が口にした批判的な意見は、尋常以上の重さを持っていたと想像される。それにもかかわらず、去来は、まさに芭蕉が言わんとしていたことの核心をついたのであった。

近江の春は美しい。惜春の情もひとしおである。だが、年の瀬の湖国は、陰湿な風が湖面を渡って、とてものことに行く歳を惜しむ情があるわけではない。山国の丹波を近江に置き換えても不適当である。丹波の人は、夏が来るのを喜びこそすれ、近江の人ほど春に別れを惜しむことがないからである。芭蕉が一句の完成までにさまざまに推敲《すいこう》を加えたのも、なんとかして完全に正確、また同時にゆるがしがたい表現を、自らの知覚の底にあるものと対応させたかったからにほかならない。

『去来抄』のどの一行をとっても、そこに、われわれは俳諧に対する芭蕉の美学について、貴重な手がかりをつかむことができる。一つ一つの句が明徴な句意を持っているかどうか、言外の意味はなにか、テーマが俳諧に適したものか和歌に適したものか……その三つが『去来抄』の代表的な主題だが、また中には『猿蓑《さるみの》』の撰に当たってどの句を入れるべきかについて去来と凡兆《ぼんちょう》の論争を記した挿話も含まれている。

去来は、芭蕉が説いた俳諧の心得の中で、とりわけ「不易流行」に心服していた。よい発句《ほっく》は、不易と流行の両面を備えていなければならない。単なる機知一瞬のひらめきではなく、永遠にわたって変わることのない感動を与えうるものであるべきだ。しかし、それは同時に、化石のような不易性ではなく、須臾《しゅゆ》の間のきらめきに同調しうるものでもなければならない。換言すれば、発句は瞬間の観察（木槿《むくげ》を食う馬、池にとび込む蛙《かわず》、あるいは風に吹かれる竹といった）でなければならないが、それとともに馬なり蛙なり嵐《あらし》によって一瞬のうちにかき乱された永遠なるものを受けとめている必要がある。一つは永遠、一つは瞬間という二つの要素が組み合わせられ、あるいは併置されることによって、句に緊張感が付与される。こうして創造された緊張の磁場の中で、読む人の心は永遠と瞬間という二つの磁極のあいだを電光のように跳躍する。磁極と磁極の間隔が大きければ大きいほど、跳躍の瞬間はのっぴきならぬ重さを持つに至る。

去来は、しかし、たとえば其角には流行がないといって責める場合など、不易流行の意味を師が使ったよりもっと狭い意味に解釈している。[*34] 其角の句は、たしかに瞬間の情景をつかんだものが多いのだが、去来は其角が「軽み」を旨としていないといって批判している。これは、芭蕉が不易流行という表現で主張しようとしたこととは意味が違う。むしろ去来は、其角を論難するために師の言葉の中から不易流行を拾い上げ、それを勝手にねじ曲げて同門攻撃の武器としたようである。

去来が絶対的と言えるほどに芭蕉に心酔していたのは事実である。しかし、ときには、自分の主張の裏づけにしたいばかりに、知らずしらずのうちに師の言葉を曲解して使う罪を犯している。去来にかぎらず、芭蕉の弟子たちは、しきりに師の言葉をわが有利に解釈しては、同門批判の口実にしたのだった。許六は、あるとき、あまりに不易流行をやかましく言う去来に対して皮肉な筆をとっている。

翁在世のとき、予終《つい》に流行・不易をわけてあんじたる㕝《こと》なし。句いで、師に呈す。よしはよし、あしきはあしきときはむる。よしと申さる丶句、かつて一つの品をこ丶ろにかけずといへるとも、不易・流行のおのづからあらはる、なり。滅後の今日にいたつて猶しか也。かつて流行・不易を貴しとせず。[*35]

師の芭蕉が健在のころには、私（許六）は、さほど流行、不易を心にかけなかった。一句が成ればそれを師に示し、よい句はよい句、駄作は駄作だった。師にほめられた句の場合も、ことさら流行や不易を心がけたわけではない。事情は、師の死後も同じだ。私はとくに流行、不易を金科玉条とは思わない——許六は、去来に対してそう開き直るのである。

許六がきわめて大胆に自己の意見を述べているのに対して、去来は謙虚そのものである。去来は、ついに一度も、芭蕉の祖述者以上の高みに自己を引き上げようとしなかった。謙譲、真率の人・去来は、たしかに敬されるべき人物である。しかし、詩人としては、とりわけ強い印象を残す存在ではない。

## 森川許六

許六《きょりく》は彦根《ひこね》藩の藩士であった。芭蕉の門に入った他の武家たちとは異なり、許六は現役の武士だったので、好きなままに芭蕉をたずねて教えを乞《こ》うことはできなかった。そのため、彼と芭蕉の交わりは、一六九二年の秋に始まって、わずか約九ヵ月を超えることがなかった。しかし、それでもなお彼は師の寵《ちょう》を自負し、蕉門唯一の後継者をもって自ら任ずるようになったのである。

許六がはじめて俳諧の修業を始めたのは十八歳のころで、文武両道に通じなければならぬ武士必須の教養を積むのが目的だったものと思われる。俳諧よりは絵や漢詩のほうに主力を注いだのは、それが武家らしい規律により適したものと考えたからであろう。それでも、始めのうち、彼は寝食を忘れて一日に三百句から五百句の俳諧をつくったと自ら回顧している。*36だが、七、八年の修業ののち、彼は俳諧をなげうってしまった。当時の師匠に幻滅したのが、その理由だったようである。

何年かたって、偶然のことに、彼は芭蕉の作の何句かに接する機会を得た。芭蕉の名が、ようやく人々に認められ始めたころだった。許六は、芭蕉と同じ題材を選んでひそかに力だめしを挑んでみたが、どうしても自らの力の及ばないことを自覚するほかなかった。一日も早く芭蕉に会って自作の添削を乞いたいと思ったが、江戸へ行く好機がない。しかたがなく芭蕉の著作を学んで自らの腕を磨いた。そのうち、彼の一家に不幸が重なり、おそらくその歎《なげ》きをまぎらす意図から、再び俳諧に親しむようになった。現存している許六作の俳諧のうちでもっとも古いのは一六八九年のものだが、着想、表現ともに未熟さが目立つ。*37だが、刻苦勉励を続けたおかげで句品はみるみる進歩をとげ、一年後には早くもつぎのような句を得ている。

大名の寐間《ね》にもねたる寒さ哉[*38]

I slept in a room
A daimyō himself had slept in—
How cold it was !

一句は許六が藩命で出張中に旅宿に泊まったときの作で、いたずらに格式が高く、広々と冴《さ》えわたる大名の寝所に一人寝かされ、侍部屋よりいっそう寒さを感じた情景を髣髴《ほうふつ》させる。

何年にもわたってわずかのところで芭蕉に面会の機を逸し続けていた許六は、一六九二年陰暦八月、ようやく深川《ふかがわ》に新築なった芭蕉庵《あん》で師に対面した。そのとき彼が携えていった近作の句を一読した芭蕉は、許六の表現によると、そのみごとさに感嘆したという。これほどの名手が独学にして成ったことを信じがたい面持ちで、芭蕉は「愚老許子に対面して、予が多年の大望を遂げたり。……今撰集を見て予が腸を探り得たる人は許子也。千載の後も許子の如き人、世に有べしともおもはず」と、許六を弟子に得たことを狂喜したといわれる。出会いの様子といい、芭蕉の言葉といい、その九百年前に唐に渡った空海《くうかい》と恵果阿闍梨《けいかあじゃり》の対面を思い起こさせずにはおかない。長いあいだ大法を授けるに値する弟子に恵まれなかった恵果も、ついに空海というそれまでまったく未知だった相続者を得て欣喜《きんき》したのだった。右の引用にはいくらか許六の誇張があるにせよ、長年のあいだわが俳諧の骨法《こつぽう》を継承すべき門弟の出現を待ちかねていた芭蕉が、許六の句を見て心から喜んだに違いないことは、よく了解できるのである。たとえば、芭蕉が非常にほめたのは、つぎの句だった。

十団子《とおだご》も小粒になりぬ秋の風
Dumplings on a string :
They too are smaller this year—
The winds of autumn.

この句は、現在の静岡県下に当たる宇津谷《うつのや》峠を許六が越えたときの作である。宿の名物は小粒の団子を十ずつ糸につないだものだが、二度目にはその団子が心なしか前に通ったときにくらべて粒が小さくなっている。世の中もせちがらくなったと思う瞬間に、彼の肌は立つ秋風を感じている。

許六は中七を考えるのに二日間を要したと書いている。句中の用語の完璧《かんぺき》さといい、句全体の意味といい、芭蕉が驚嘆したのもさこそと思われる。この句に、芭蕉は「言語筆頭にいひ応《おお》せがた」い「しほりあり」と絶賛した。これは、芭蕉が与えうる最高の賛辞である。[*39]許六とのめぐりあいが機になって、芭蕉自身も長いあいだの渋滞から脱出することができ、六ヵ月の沈黙を破って歌仙《かせん》にも加わり、後年の「軽み」の風体《ふうてい》への最初の模索が始まるのである。[*40]

最初の出会いから数ヵ月続いた許六の江戸滞在中、許六はしばしば芭蕉庵を訪れ、芭蕉も新弟子の許六が仕える井伊《いい》屋敷をたずねている。翌年、江戸を去った許六に、芭蕉は手紙を送って「画ではあなたが師だが、俳諧では私が師として弟子であるあなたを導こう。ただ、私の画の師匠は、その心の深さといい、画才の豊かさといい、底の知れぬくらいなので、足もとに寄るのさえおぼつかない」という意味のことを書き送っている。

芭蕉が許六に対してこれほども心を許したのは、あるいは二人が似たような田舎武家の出であったことにもよるのだろう。芭蕉の没後、許六は先師の精神的後継者をもって自ら任じ、その証拠に自己の詩才や師風への深い理解とあわせて、芭蕉から一六九三年陰暦三月に俳諧の秘伝三書を授かったと称した。

密教的な秘伝継承がひろく定着していたそのころ、芭蕉は、ごく少数の高弟に対してさえほとんど秘伝に類似するものを与えなかった点で、おそらく唯一の例外と言えるほどである。ただ、『去来抄』の中にも「惣《そう》じて、先師に承はる事多しといへども、秘すべしとありしは是のみなりければ、暫く遠慮し侍る」[*41]と、去来がしばらくのあいだ師の遺命によって秘伝を口外しなかった事実が書かれている。去来が秘伝と言うのは「切れ字」のことなのだが、芭蕉にしてなお中世の残滓《ざんし》である秘伝授受の伝統を捨てきれなかったのは意外というほかない。いずれにせよ、秘伝は、たとえ内容がどれほど枝葉のものであっても、師が特定の弟子に与える特別な恩顧という意味で珍重されたのだった。唯一の正統相続者を自負した許六もまた、明らかに芭蕉のそのような恩顧を重要な秘伝継承の証しと解していたのであった。

芭蕉の死後、許六が俳諧の道においてなにものにも優先する条件としてとなえたのは「血脈《けちみやく》」である。

血脉備《そな》はつて出生すれば、目鼻は自然に出来たり。是不易・流行とわかれて、男と成《なり》、女と成るがごとし。[*42]

「血脈」がありさえすれば、おのずから姿かたちが師に似るもので、不易だ流行だといって努力せずとも自然にそなわってくるのだ——というのが許六の主張である。このさい、「血脈」という表現によって許六が言わんとしたのは、あるいは「伝統」とでもいうような意味のことだったのだろう。彼によれば、師の『曠野』と『猿蓑』を熟読しているとき、はじめて師と自分をつなぐ「血脈」を悟ったという。しかし、許六の書いたものには、しばしば彼だけが蕉門の中でただ一人、師業を継ぐに足る器の持ち主であるという気負いが感じられる。自分は、「血脈」を承《う》けていたから、句の「目鼻」もおのずから整い、したがって「不易」や「流行」といった要素は、とくに注意を払わないでも自然にわが句の中ににじみ出ているのだ、という態度なのである。

　われこそは師を継ぐものというこの自信は、許六をして同門の俳人たちに傲岸《ごうがん》な態度をとらせることになった。同人たちが其角と並ぶ古参として敬意を払っていた服部嵐雪《はっとりらんせつ》に対しても、許六は「器《うつわ》随分わろし。本性懦弱《だじゃく》にして、花あるに似たれ共、実猶なし」[*43]と、手きびしい評を加えている。

　たとえ同門の人々をほめるときにも、許六の言葉には、どことなく高みから見下ろしているようなところがある。とりわけ蕉門のだれかが芭蕉の句や文を収録、編集する場合には、許六の舌鋒《ぜっぽう》はひときわきびしさを加えた。芭蕉の最初の発句集である『泊船集《はくせん》』（一六九八年）を伊藤風国《いとうふうこく》（一七〇一年没）が編んだときなどはその好例で、許六は口をきわめてその杜撰《ずさん》さを罵《ののし》っている。彼のそのような批判は、ときにはもっともな点なきにしもあらずだが、そこで使われている仮借《かしゃく》なき罵倒《ばとう》の言葉は、同人たちをふるえ上がらせたものと思われる。[*44]

「血脈」とは別に、許六が俳諧作法の原義として強く信奉していたものに「取合《とりあわ》せ」がある。その裏付けとして、許六は「発句はとり合物《あわせ》也。二つとり合て、よくとりはやすを上手と云也《いう》[*45]」という芭蕉の言葉を引用している。

「取合せ」つまりイメージの配合は、芭蕉とその弟子たちにとっては、それを意識するしないにかかわらず、たしかに俳諧の基本であった。俳諧は、それが単に短い、ちょっと気のきいた表現以上のなにものかであるためには、ふつう二つの素材がなければならない。二つが正しく配合されてはじめて、読者は、その二つに煮つめられ集約されている世界を再創造することができるのである。そして、すでに述べたように、そのうち一つは一般に「不易」であり、いま一つは（これは一見さほど明瞭でない場合もあるが）「流行」である。両素材が、なんの抵抗もなしに前後しているようではいけない。そのときには、両者のあいだに緊張が起こり得ないからである。かといって、まったく乖離《かいり》してしまっているのもよくない。双方が同じような調子を放射しながら、お互いに響き合わなければならない。

芭蕉の作には、それを例示する句がいくつでもある。

菊の香や奈良には古き仏達

句意は明白である。秋の一日、菊の香がただよっている。芭蕉は奈良に遊び、古い仏像と対面している。それだけの話だが、二つの素材が「取合せ」によって配合されているところから、みごとな効果が生まれる。目で見る仏と嗅覚《きゆうかく》に訴える菊の香が、お互いの印象をこだまし合っているばかりでなく、菊も仏もともにその訴える力を飛躍させている。

許六にもやや似た句はあるが、効果において及ばないことは一目して瞭然《りょうぜん》であろう。

梅が香や客の鼻には浅黄椀*46

The scent of plum blossoms—
Under the visitor's nose
A celadon cup.

微妙な肌ざわりを持った漆椀《わん》とほのかな梅の香の配合は、素材として申しぶんがない。しかし、許六が非常な推敲を重ねたという中七が、いかにも平板である。客が浅黄椀を鼻まで持ってきたときに匂う梅の香……この場合、電極と電極の距離が、強烈な創造的電光を発するほどの距離を保っているとは言いがたい。

「取合せ」の絶妙の例は、むしろ凡兆の作であって、それは『去来抄』の中に紹介されている。

ただし冒頭の五文字は芭蕉が付けたものである。

下京《しもぎょう》や雪つむ上のよるの雨　　凡兆

The lower city—
On the piled-up snow
The night rain falls.

此句、初めに冠《かんむり》なし。先師をはじめいろ〳〵と置き侍りて、此冠に極《きわ》め玉ふ。凡兆「あ」とこたへて、いまだ落ちつかず。先師曰く「兆、汝手柄に此冠を置くべし。若《もし》まさる物あらば、我二度《ふたたび》俳諧をいふべからず」と也。去来曰く「此五文字のよき事はたれ〳〵もしり侍れど、是の外にあるまじとはいかでかしり侍らん。此事、他門の人聞き侍らば、腹いたくいくつも冠置かるべし。其よしとおかるゝ物は、またこなたにはおかしかりなんと、おもひ侍る也[*47]」。

どうしても冠《かんむり》の五文字がきまらない。芭蕉が「下京や」と置いたが、凡兆はなお納得しかねる様子で「はい」と答えたまま黙っている。「もしこれよりもいい上五があれば、私は俳諧を捨ててもいい」と芭蕉。聞いていた去来がひざを打つ。「この五文字がいいことはだれにでもわかるが、このほかにあるまいとまではわかるまい。他門の人は、さもさまざまに付けるだろうが、われわれから見れば、それはまた笑止の試みに違いない」と。去来は、「下京や」の上五がなぜそれほどもすばらしいか、なぜ日ごろ謙虚な芭蕉が、この五文字に関しては満々たる自信を口にするほど優れたものであるかについては、説明を加えていない。しかし、都の中でも中下流の人が住んでいた静かな下京の語感が、降り積んだばかりの雪の上に音もなく降る雨の感じとみごとに響き合い、溶け合っていることは、指摘するまでもないだろう。許六が主張した取合せの妙が、こんなにも効果を発揮している句はあまり例を見ないと言ってもいい。

許六の句は、現在では、ほとんど人々に感動を与える力を失っているが、彼の俳論、とくに『俳諧問答』（一六九七年）の説得力は、今日なお芭蕉の高弟としての彼の地位を不動のものにしている。彼はまた実質的には最初の俳文集である『風俗文選《ふうぞくもんぜん》』（一七〇五年）を編纂《へんさん》したことでも知られている。『風俗文選』には、芭蕉と許六、其角、去来、支考、凡兆、嵐雪など弟子たちの手になる俳文が収録されている。芭蕉の紀行文は、その彫琢《ちょうたく》と省略の多い文体によって、彼の俳諧に照応するものではあるが、とくに洒脱諧謔《しゃだつかいぎゃく》に富んだ内容を扱っているわけではない。それに反して『風俗文選』の中の挿話の多くは、気どった、ものものしい諧謔をわざとらしく弄《もてあそ》んでいるのが欠点になっている。芭蕉の作を除くと、目立つものは誄《るい》、つまり故人への弔辞だろう。許六、支考がそれぞれに去来を追悼しているのがその一例だが、友を悼むという真面目な主題のおかげで、悪ふざけもなければ、和漢の古典からの重苦しい引喩《いんゆ》もないため、かえっていい作品になっている。

許六は、収録した作品を、梁《りょう》の蕭統《しょうとう》が編んだ『文選』にならって賦、序、誄など二十一類に分類しているが、実際的にはそれぞれをはっきりとしたジャンルに分けようという配慮は、あまりなされていない。*48

『風俗文選』に収められた百十一編は、一節だけの短いものから八ないし十ページに及ぶものまでさまざまだが、作者は編者の許六が三十二編、ついで芭蕉の十六編、支考の十三編が主なところである。自分の作品をこれほども多く収録したのは許六一流の驕慢《きようまん》にもよるが、また一つには、彼が句よりは俳文において真骨頂を発揮する自己の力量を悟っていたからかもしれない。たとえば、許六の手になる一編「百花譜」は、四季の花々を遊里の女たちになぞらえたものだが、ある研究家によれば西鶴の手法に似ているといわれる。また「四季辞」は、四季そのものの描写ではなく、四季の風物と金銭財宝のつながりをユーモラスに書いたものである。「五老井記」では彦根近郊の許六の隠居所を、和漢の古典を縦横に引きながら紹介している。その俳論において攻撃的だった許六の狷介《けんかい》は、『風俗文選』でもその痕跡《こんせき》をとどめているが、彼が俳文の名手である事実には、疑いをはさむことができない。

『風俗文選』は、許六の作品の中で、もっとも長く記憶されるべきものであろう。それは最初の俳文集であったばかりでなく、その内容の質においても最良の俳文集である。それはひとり俳文にとどまらず、広くその後の日本の散文の上にも深い影響を残したのであった。

## その他の門弟

芭蕉の生前、とくに頭角をあらわしていたのは其角、嵐雪、去来と内藤丈草《ないとうじょうそう》（一六六二～一七〇四年）の四人だった。一七〇五年には、許六は孔子《こうし》の十哲になぞらえて「蕉門十哲」という表現をはじめて使っている。ただ、だれが十人の高弟かという点になれば、疑問の余地はあるだろう。今日では、ふつう十人のうちに数えられるのは右記の四人に加えて許六、支考、志太野坡《しだやば》（一六六三～一七四〇年）、立花北枝《たちばなほくし》（一七一八年没）、杉山杉風《すぎやまさんぷう》（一六四七～一七三二年）、越智越人《おちえつじん》（一六五六～一七三九？年）の六人である。しかし、以上の十人が蕉門の中で真に傑出した十人かという点になれば、学者の中には疑問を提出する人が多い。右の十人は、たしかに数句の佳句《かく》あるいは俳文集や俳論の編著者として記憶されている。だが、野沢凡兆《のざわ》（一七一四年没）のかわりに北枝が入っているのはおかしいし、『奥の細道《おくのほそみち》』の同道を含めて芭蕉の長年の伴侶《はんりよ》だった河合曾良《かわいそら》（一六四九～一七一〇年）が落ちて『更科紀行《さらしな》』に同行しただけの越人が入っているのも腑《ふ》におちない。たとえ十哲を二十人にまでひろげても、蕉門の興隆に貢献した俳人を全部入れることはむずかしいだろうが、もし真に優れた作者だけに限定するなら、それは其角、去来、許六、それにもう一人、支考を加えた四人ではないかと思われる。

芭蕉の門弟が、その数においてもっとも多かったのは、おそらく彼の生地、伊賀《いが》の上野《うえの》であろう。故郷の門人たちに対して芭蕉は特別な愛情を抱き続けたが、伊賀蕉門の中でぬきんでていたのは服部土芳《はっとりとほう》（一六五七～一七三〇年）だった。土芳は芭蕉と同じように武家でありながら、その天職をなげうって俳諧の世界に身を投じた。『去来抄』とほとんど肩を並べうる俳論集『三冊子《さんぞうし》』（一七〇四年）の著者として知られている。伊賀でのもう一人の高弟、窪田猿雖《くぼたえんすい》（一六四〇～一七〇四年）は、芭蕉のきわめて親密な友で、芭蕉書簡の最良のもののうち何通かは猿雖に宛てて書かれている。

江戸蕉門を代表するのは其角と嵐雪である。また、芭蕉東下いらいの門弟である杉風は、長年にわたって師に経済的な援助を惜しまなかった。深川芭蕉庵の近くに住んでいた曾良は、『奥の細道』からも知られるように、献身的に師の世話をした人だった。弟子たちは、各地から江戸に出て芭蕉を訪れたが、晩年の芭蕉は京の近くに住むのを好み、京に住む門弟たちと多く交わった。去来がもっとも師に接近したのもそのためだが、芭蕉は丈草とも親交を結んだ。禅僧だった丈草は、俳諧に加えて漢詩をもよくし、その仏教的な教養と芭蕉への深い傾倒から、彼の俳諧はやがて深味を帯びたものになっていった。光沢をわざと殺した句風は、のちの人をして丈草を蕉門中唯一の「さび」の継承者と目させるに至っている。

蕉門の人々はさまざまな階級の出身者の集団だが、許六をおそらく唯一の例外として、だれ一人、わが身分をことさらに前面に出そうとしていない。身分階級の別がやかましかった徳川時代に、これは希有《けう》のことと言うべきだろう。宮廷にしばしば招かれた去来は、貧乏医師だった凡兆と協力して『猿蓑』を編んだのだが、『去来抄』の記述によると、二人はまったく分けへだてなく交わっている。芭蕉は、乞食生活をしていた斎部路通《いんべろつう》をも、こころよく門下に招いている。路通が一時、師の勘気を蒙《こうむ》ったのは、偽の秘伝を売り歩き始めたからにほかならず、しかも晩年の芭蕉は、その路通をも許し、死の床では弟子たちに路通のことをとりなしている。

芭蕉がもっとも深い愛情を注いだのは、少数の佳句を残して夭折《ようせつ》した坪井杜国《つぼいとこく》だったようである。詐欺事件に連座した杜国が追放になってからも、芭蕉は彼との接触を断とうとはしなかった。凡兆も罪（おそらく密輸）を得て入牢《にゅうろう》したことがあったが、出獄後はなにごともなく再び門下に迎えられている。その一方では、嵐雪のような比較的大身の侍に対しても、こと俳諧の評価になると、芭蕉は彼をとりたててかばったり差別待遇をすることがなかった。芭蕉の一門は、一種の俳諧民主主義に支配されていたことが想像されるのである。

後世の人々は、芭蕉の門弟たちにとりどりの評価を与えてきた。凡兆の客観的な句風は、蕪村や子規《しき》によって、蕉風よりも主知的な俳諧の先駆として珍重された。逆に、支考は、芭蕉との親交を売りものにして名声を狙《ねら》う野心的な不徳義漢と見られることが多かったようである。支考の俳論は、全国各地でひろく読まれ、俳諧の普及に役立った。事実、傾聴すべき説がいくつもあるのだが、一般的には、芭蕉の教えを俗化したものとして却《しりぞ》けられることが多かった。

師の没後、蕉門は多くの分派に分裂し、それぞれに正統を主張して相争うようになった。弟子の獲得競争のあまり、気のきいた派閥指導者は、それぞれ自らの権威を主張するのに急で、ついにはあやしげな証拠を持ち出して、師の秘伝ここにありと自称するようにさえなった。侍だった許六は、さすがに身を持すること高く、自らは醜い争いに加わらなかったが、彼の弟子の山本孟遠《やまもともうえん》（一六六九〜一七二九年）は侍の禄を捨てて僧となり、全国を行脚して許六一門の振興につとめた。[*49] しかし、いたずらに自己の名声のみを追う群小俳諧師たちによって蕉門の教えがまったく横道にそれてしまったあとでも、芭蕉の名は大宗匠としてあがめられ続けた。また、師を失って作句活動をやめた弟子たちがいる一方では、はるかに価値の劣る作品を発表し続ける連中もいた。いずれにせよ、芭蕉の影響下に編著された俳諧、俳文集、俳論集は後世に伝えられ、ときには誤った解釈を加えられながらも、古典としての地位を獲得するに至ったのである。

注

＊1　もとは榎本姓であった。ここでは其角についてのもっとも新しい研究、今泉準一氏の『元

禄俳人　宝井其角』に拠った。
＊2　山崎喜好『芭蕉と門人』五ページ
＊3　同右四ページ
＊4　横沢三郎編『俳諧問答』四三ページ
＊5　神田秀夫「其角」（井本農一編『芭蕉をめぐる人々』）一二〇ページ
＊6　横沢『俳諧問答』九一ページ
＊7　同右三五ページ
＊8　同右四二～四三ページ
＊9　阿部喜三男・麻生磯次校注『近世俳句俳文集』八八ページ
＊10　同右八九ページ
＊11　潁原退蔵『蕉門の人々』一四ページ
＊12　木藤才蔵・井本農一校注『連歌論集　俳論集』四七二ページ
＊13　潁原『蕉門の人々』一五ページ。今泉準一氏は、其角の句の「素朴さ」について、『元禄俳人　宝井其角』の一章（三二～五八ページ）を費やして詳述している。従来、其角の句風が技巧過多であるとする見方が一般的だったのにくらべて、これはその偏見を正した点で価値のある所説と言うべきだろう。しかし、其角の句風が素朴さに欠けるとするのは今日でもなお定説であり、今泉氏が其角の句のいくつかに対して加えている分析（九～二一ページ）を見ても、やはり今日の読者に対して彼の句に意味不分明の部分があることは否定できない。其角の時代には、それほど難解ではなかったという説は首肯できるにしても。

＊14 今泉『元禄俳人 宝井其角』への阿部喜三男氏による序文。
＊15 暉峻康隆・川島つゆ校注『蕪村集 一茶集』二七四ページ
＊16 寒川鼠骨・林若樹編著『其角研究』二四ページの内藤鳴雪の解釈を参照。
＊17 同右。書中の山崎楽堂の解釈。
＊18 岩本梓石『五元集全解』六ページ
＊19 同右
＊20 阿部他『近世俳句俳文集』八七ページ
＊21 神田「其角」一一一ページ
＊22 木藤他『連歌論集 俳論集』三一三ページ
＊23 杉浦正一郎「俳人去来評伝」（杉浦編『向井去来』）四ページ
＊24 阿部他『近世俳句俳文集』三一七ページ
＊25 同右八七ページ
＊26 同右九六ページ
＊27 潁原退蔵『俳句評釈』上巻二五六ページ
＊28 阿部他『近世俳句俳文集』九八ページ
＊29 横沢『俳諧問答』一九〇ページ
＊30 同右一七三ページ。小宮豊隆・横沢三郎『芭蕉講座』八巻二三一ページに、井本農一氏は、許六のこの言葉はかなりまゆつばだと書いている。
＊31 木藤他『連歌論集 俳論集』二七九〜二八七ページ

＊32　安東次男『芭蕉』七〜一〇ページ参照。
＊33　杉浦『向井去来』六五ページ
＊34　岡本明『去来抄評釈』二五三〜二五六ページ
＊35　横沢『俳諧問答』三七ページ
＊36　同右八三ページ
＊37　尾形仂「許六」（井本『芭蕉をめぐる人々』）一四四ページ
＊38　阿部他『近世俳句俳文集』一二八ページ
＊39　木藤他『連歌論集　俳論集』三七七ページ
＊40　尾形「許六」一四九ページ
＊41　木藤他『連歌論集　俳論集』三四九ページ
＊42　横沢『俳諧問答』九七ページ
＊43　同右二〇二ページ
＊44　尾形「許六」一五八ページ
＊45　山崎『芭蕉と門人』二六二ページ
＊46　潁原『俳句評釈』下巻一五ページ
＊47　木藤他『連歌論集　俳論集』三一五〜三一六ページ
＊48　去来は韻文も試みているが、その他に関しては各ジャンルの分類は明確を欠いている。
＊49　山崎『芭蕉と門人』三一八〜三四三ページ

## 参考文献

阿部喜三男・麻生磯次校注『近世俳句俳文集』〈日本古典文学大系92〉岩波書店、一九六四年
安東次男『芭蕉』筑摩書房、一九六五年
市橋鐸『芭蕉の門人』大八洲出版、一九四七年
井本農一編『芭蕉をめぐる人々』紫乃故郷舎、一九五三年
岩本梓石『五元集全解』俳書堂、一九二九年
今泉準一『元禄俳人　宝井其角』桜楓社、一九六九年
潁原退蔵『蕉門の人々』大八洲出版、一九四六年
潁原退蔵『俳句評釈』上・下巻〈角川文庫〉角川書店、一九四七年
岡本明『去来抄評釈』名著刊行会、一九七〇年
木藤才蔵・井本農一校注『連歌論集　俳論集』〈日本古典文学大系66〉岩波書店、一九六一年
小宮豊隆・横沢三郎『芭蕉講座』第八巻、三省堂、一九四八年
寒川鼠骨・林若樹編著『其角研究』アルス、一九二七年
杉浦正一郎編『向井去来』去来顕彰会、一九五四年
暉峻康隆・川島つゆ校注『蕪村集　一茶集』〈日本古典文学大系58〉岩波書店、一九五九年
山崎喜好『芭蕉と門人』弘文社、一九四七年
横沢三郎校註『俳諧問答』〈岩波文庫〉岩波書店、一九五四年

# 七　仮名草子

仮名草子《かなぞうし》とは、一六〇〇年から一六八二年までの散文文学に対して与えられた概称である。もともとは、仮名あるいは漢字仮名まじり文の作品を、漢文で書かれたものから区別するためにつくられた名称だったが、明治期に至って、西鶴《さいかく》の『好色一代男《こうしょくいちだいおとこ》』（一六八二年）に先行してあらわれた多種多様な文学作品を総括する意味において使われるようになった。[*1]小説だけでなく歴史を扱ったもの、宗教書、教訓書、実用書、あるいは中国文学や西洋文学の翻訳、名所案内記、遊女や役者の評判記、各種の随筆などが、広くこの範疇《はんちゅう》に入っている。[*2]

　活字が使われ始めたころ、まず印刷されたのは古典であった。だが、少数の仮名草子、とくに室町時代の御伽草子《おとぎぞうし》の系統を引く小説類も、私家版の形で印刷されるようになった。その中の傑作は、一六一二年の『恨《うらみ》の介《すけ》』（作者不詳）だろう。

『恨の介』の物語は、一六〇四年の夏、清水寺《きよみずでら》の万灯会《まんどうえ》における主人公の若侍、恨の介と、美しい雪の前の宿命的な出会いで始まる。恨の介に実在のモデルがいるかどうかについては、これまでにさまざまな研究が行なわれた。*3 しかし、モデルの有無はともかく、中世の伝奇物語と大差ない話の筋とは対照的に、物語の中身のほうは、その背景が十七世紀初頭に置かれている。そのころの京で上演されていた歌舞伎《かぶき》や、当時の市井《しせい》の風物が描かれていることが、古色蒼然《そうぜん》たる物語の筋に現代的ないろどりをする役割を果たしている点が注目されるのである。

一目で恋におちた『恨の介』の主人公は、清水の観音に恋の成就を祈願する。やがて夢《ゆめ》枕《まくら》に立った観音のお告げによって、恨の介はさる後家のもとへ導かれ、彼女に雪の前への文を託す。恨の介の真情に搏《う》たれた雪の前は、古歌を寄せ集めた返歌を一首したためて送る。意味を解きかねた恨の介は、歌道の権威、細川幽斎《ほそかわゆうさい》にそれを見せ、雪の前が彼を憎からず思っていること、名月の夜に会いたい、という歌意を知る。そして当夜、観月の人々のざわめきにまぎれて、恨の介は雪の前の邸《やしき》に忍び入り、一夜の逢瀬《おうせ》をとげる。

あくる朝の別れぎわ、つぎはいつ会えるかと聞く恨の介に、雪の前は「後生《ごしょう》にて」と答える。彼女は、いずれ、さるやんごとなき方のもとに嫁ぐことになっているので、もう男に会うわけにはいかないのである。恨の介は絶望して病いに伏し、臨終の床から雪の前に文を送る。自らの冷たい言葉が恋人を滅ぼしたと知った雪の前も、罪の深さにうちのめされて急死し、侍女三人もそれぞれに自殺をとげる。ことのいきさつを知った宮廷の人々は、恨の介と雪の前を一つ墓に葬ってやる。[4]

『恨の介』が中世的な物語であることは言うまでもない。お寺の境内での見染め、長い祈願のあとで示される啓示、恋人とのたった一夜の情事、かなわぬ恋のためにいのちを縮める主人公、彼の死に殉じる雪の前と侍女、二人をたたえる高貴な人々……そのような要素は、どれもこれも『恨の介』以前の小説にも見られたものである。文体にも、さほど進歩のあとが認められない。たとえば、恨の介がはじめて出会う雪の前の美貌《びぼう》は、幸若舞《こうわかまい》や御伽草子の手法そのままに、六十人以上もの和漢の美女を引き合いに出し、長々と形容されている。[5]仏教思想の影響も、全編にその濃い影を落としている。しかし、そのような中世的残滓《ざんし》にもかかわらず『恨の介』が先行作品から截然《せつぜん》と区別されているのは、物語の背景をはるかな平安の時代に置かず、現代の社会の中に筋を展開させている点である。

　ほぼ同じ時期に、明らかに『恨の介』の影響下に書かれたとみられる小説[6]は『薄雪《うすゆき》物語』である。園部《そのべ》の衛門《えもん》[7]という若い男が、清水寺で絶世の美女を見染めてたちまち恋に陥り、観音に祈りを捧《ささ》げる。折りよくその女の侍女が通りかかり、衛門は恋する人が一条殿の邸に住む薄雪姫であるのを知り、下女を介して姫に艶書《えんしょ》を送る。はじめのうちは男の情に気づかず文を却《しりぞ》けていた姫も、たび重なる愛の告白についに男のまことを信じる。だが、彼女はすでに一度人に嫁いだ身、衛門の恋を受けいれるわけにはいかない。男はひるまず、昔の物語から人妻が恋人にまみえた先例のかずかずを引き、なおも艶書を送り続ける。薄雪はとうとうほだされ、二人は一夜、契を結ぶ。しかし、男はまもなく旅に出なければならない。旅から帰ってきた衛門は薄雪姫が病死したのを知る。悲嘆にうちひしがれた彼は、出家して高野山《こうや》に上り、庵《いおり》を結んで、遁世《とんせい》信心の生活ののち数え年二十六歳で死ぬ。

『薄雪物語』全編の調子を集約しているのは、物語をしめくくる末尾の一節である。

そののち東山に、かんさう庵という柴の庵をむすびける。たまたまことゝふ物とては、峰に木つたふ猿の声、軒もる月のさし入りて、物さびしげなる折からも、心をさそふ松の風、軒の玉水音すごく、香の煙はいにしへの、そらたき物とおもひ出《いで》、竹の柱に柴の垣、風を防がん宿にあらず。かくてれんしやう、道心堅固にして、二十六と申すには往生をぞ遂げ給ふ。ありがたかりしためし也。*8

庵を訪れるものは猿の声と軒を漏れる月の光、松に鳴る風と雨の音だけ。香炉から立ち昇る香は、姫の袖《そで》の香を思い出させるよすがでしかない。蓮生《れんしょう》と名を改めた悲恋の主、園部の衛門は二十六歳を一期《いちご》とし、あわれな物語は結末を迎える。

文体や語彙《ごい》は『平家物語』、とくにその大原御幸《みゆき》、および謡曲《ようきょく》からの引き写しである。出家した衛門が名乗る蓮生という法名は、謡曲『敦盛《あつもり》』そのまま。その他の部分も御伽草子、あるいは『太平記《たいへいき》』や平安朝の文学作品に負うところが大きい。[*9] しかし、それにもかかわらず『薄雪物語』が人気を集めたのは、悲恋遁世の筋の展開とならんで、そこに紹介された艶書の数々が、読者が恋文を書くときの実用模範になりえたからだった。十七世紀を通して『薄雪物語』は数版を重ね、あとに続く近世文学、とくに書簡体小説に大きい影響を残すことになった。

『恨の介』や『薄雪物語』は、伝統的な語法を使った例だが、仮名草子というジャンルの中には、そのほかに当時の武家階級の好みを反映した多様な小説群が含まれている。印刷本が商品として通用し始めた一六二〇年代の後半には、その購読者の大半は武士だったからである。

教訓書が非常に多く刊行されているところから見ると、そのころの武士一般が、いかに強く修養を積もうと心がけていたかが想像される。新しい知識への渇仰《かつごう》は、おそらくそのころ正学の地位を占めるようになった儒学に影響されるところが多かったのだろう。その一方では、当時好んで読まれた仮名草子の中の何冊かは、仏教的な発想に濃く彩られている。しかし、これらの作品の主眼は、教訓ではなく、中世的な秘伝継承の伝統から離れて、広い読者層に処世についての実用的な知識、もっと端的には蓄財の秘訣《ひけつ》、を教えることにあった。たとえば、『長者教《ちょうじゃきょう》』の中の「一りん《厘》もたずして、長じゃ《者》になりたきと、おもへば、なり給ふものなり」というくだりなど、当時の民衆の積極的な処世観を代弁するものと言えるだろう。[*10]

諸国旅行案内記もまた、そのころには教養の書と考えられていた。十七世紀初頭の日本は、久しぶりに平和を迎え、人々の旅行熱は非常な高まりを見せていた。とくに京都、奈良、鎌倉や東海道には、旅行者が集中した。仮名草子の作者たちも、その時流に投じて旅行案内書を書いた。どこに泊まったらいいか、土産物はなにが喜ばれるかに始まって、土地土地の歴史や文学ゆかりの地などを、くわしく紹介し始めたのである。

日本文学における旅行記は、十世紀の『土佐《とさ》日記』に始まり、決して珍しいジャンルではない。しかし、この時代より前の旅行記は、なによりもまずそれ自体が文学として書かれたもので、旅路の印象の藝術的表現を志しこそすれ、道中についての情報の提供を主目的としたものではなかった。その種の旅行記は、徳川期に入ってもなおしきりに書かれていたが、一方では作者の個性を完全に殺し、文体の美しさにもさほど配慮しない実用的案内記も、ようやく書かれ始めたのである。そのような新しい案内記は、旅に出ようとする人々のみならず、居ながらにして旅の気分を味わおうという人々のあいだでも、もてはやされるようになっていった。[*11]

名所案内記は、編中に主人公を登場させ、その主人公が道中の風物や人事を見聞しながら進むという、ごく初歩的な小説の形態をとることによって、いっそう面白い読み物になりうる。その種のものの中で、おそらくもっともよく知られているのは『竹斎《ちくさい》物語』だろう。この書は、長いあいだ公卿《くぎょう》である烏丸光広《からすまるみつひろ》の作ということになっていたが、今日では富山道治《とみやまどうや》（一五八五〜一六三四年）という医者[*12]によって書かれたことが知られている。書かれたのは一六二二年だが、その五年ないし十年後に板木による刊本が出たこともわかっている。

竹斎は、京に住むやぶ医者だが、暮しにつまって東海道を名古屋まで旅に出る。供をつとめる下僕の名は、にらみの介となっているが、これは恨の介のパロディだろう。二人は波瀾万丈《はらんばんじょう》の事件に出会うが、全編のねらいは彼らの道中を案内記ふうに描写することに注がれている。惜しいことに文章が悪乗りしすぎ、しきりに連発される語呂《ごろ》合わせも、その場かぎりのものが多い。そのため、今日では、『竹斎物語』は、当時の人々の生活が描かれているくだり、たとえば連歌《れんが》の座、遊里《ゆうり》の模様、観能などの情景描写が、歴史資料として珍重されるだけにとどまっている。

よく知られている旅行記のうちのあるもの、たとえば中川喜雲《なかがわきうん》の『京童《きょうわらべ》』（一六五八年）などには、まったく小説的な要素が認められない。しかし、浅井了意《あさいりょうい》（一六九一年没）の『東海道名所記』になると、道中の土産物や詳細に記録された里程《りてい》などのほうは、時間とともにほとんど価値を失ってしまったのに反して、その物語としての面白さは今日でもまだ保たれている。

右にあげたもの以外の仮名草子は、完全に娯楽を目的として書かれたものである。その一つ、『犬枕《いぬまくら》』（一五九六年頃）は、医師であり、また秀吉に仕えた八百人の御伽衆の一人でもあった秦宗巴《そうは》（一五五〇～一六〇七年）の手になるものとされている。『枕草子』をもじって七十三ヵ条の「物は尽くし」を箇条書きにし、それに狂歌十七首がつけ加えられている。ただ、面白いことは面白いが、とても『枕草子』に太刀うちできるような文学的なものではない。

○長うて良き物
一　恥多しといへ共命《ども》*13
一　女の髪
一　君に逢《あ》ふ夜
一　人の情

○短くて良き物
一　五十の後の齢《よわい》
一　病人への見舞振《ぶり》
一　大身《おおみ》の槍柄《やりえ》
一　独寝《ひとりね》の夜
一　咄《はなし》*14

安楽庵策伝《あんらくあんさくでん》（一五五四～一六四二年）の『醒睡笑《せいすいしょう》』（一六二三年）は、おもしろおかしい話千話を書きとめたものである。策伝は、小僧のときから話の採集を始め、長じて住職になってからは、説教のときなど、その内容を聴衆の眠気ざましに利用したのではないかと思われる。話の中には策伝の友人、とくに松永貞徳《まつながていとく》に聞いた話もある。のちに京都所司代《しょしだい》、板倉重宗《いたくらしげむね》に策伝をひき会わせたのも貞徳だったらしい。策伝は一六二〇年ごろから御伽衆として重宗に仕え、そのさいにも『醒睡笑』は大いに役立ったようである。[*15] 歴史資料としても面白いものだが、話のうちのいくつかは、今日読んでもなお、おかしみが感じられる。以下に二例を引くと、

壁に耳ありといふ事を忘れ、「そんでうそれはなかなか人ではない」といひ出しけるが、うしろを見ればその仁《じん》ゐたり。肝をけして「ただ活仏《いきぼとけ》ぢや」といふ。[*16]

（立ち聞きされているのに気がつかず、「だれそれは人でなしじゃ」とかげ口をたたいた瞬間、うしろに立っている本人を見て「人ではない、生き仏じゃ」と言い直した）

若き座頭のよばひして、垣へのぼり越えんとする処に、折節《おりふし》月のくまなき夜、亭主見付け、「座頭は何事に」といふ時、「天へのぼりさふよ」と。[*17]

（夜ばいを見つけられた座頭が「天へ上るところで候」と頓智《とんち》でごまかす）

仮名草子のもう一つの類型はパロディで、その代表的作品は『伊勢《いせ》物語』をもじった『仁勢《にせ》物語』である。これは一六四〇年以降の作で、作者はわからない。『伊勢物語』流布本の全百二十五段を逐一もじり、言葉をひねり、場面を現代に置き換えている。しかし、ふつうの軽妙なパロディとは違って、『仁勢物語』のそれは、ときどき重苦しいユーモアをたたえているのが特徴である。つぎの第十二話もその一例といえる。

をかし、男ありけり。吉利支丹《きりしたん》の御法度《ごはっと》ありて、武蔵野へ連れて行ほどに、咎人《とが》なれば町奉行に搦《から》められにけり。女も男も、草村の中に置きて、火付《つ》けんとす。女侘《わ》びて、

武蔵野は今日はな焼きそ浅草や
夫《つま》も転《ころ》べり我も転べり

と詠《よ》みけるを聞て、夫婦ながら扶《たすけ》て放ちけり。*18

各段の冒頭は、いずれも『伊勢物語』をもじって「をかし、男ありけり……」という書き出しになっている。原文にほとんど逐語的に従いながら、ごくわずか表現を変えることによってまったく異なる意味を持たせたところは、著者の達者な筆がうかがわれる。しか

し、たとえば、右の段の挿話——キリシタンが迫害され、転んだ夫婦が浅草の刑場で火あぶりの刑になるところを助かる——では、今日では、当時の読者が感じたであろうおかしさは消えてしまっている。[19]

仮名草子の面白さの大半は、文学以外の分野に属する。『仁勢物語』が転びキリシタンの夫婦を描いているのを読んだ現代人は、当時の庶民のキリシタン観の一端に触れた思いがする。あるいは『信長公記《しんちょうこうき》』に描写された信長——栗《くり》、柿《かき》、ときには西瓜《すいか》を食い散らかしながら大道を闊歩《かっぽ》している信長[20]——を想像して微笑する。また、当時の百姓が受けた苛酷《かこく》な収奪の記述を仮名草子で読むことは、農業がいかに国家にとって大事かを説いた儒書よりも、現代人の心を動かさずにはおかない。十七世紀前半に生きた人々の、そのような生活の齣《こま》写《ど》り描写は、文体や用語の善し悪しにかかわらず興味深いものである。しかし、たとえば『恨の介』中の古典の表現模写のように、仮名草子が意識して文学的になろうとしている場合には、かえって滑稽《こっけい》なほど冗漫さが気になってならないのである。

仮名草子の作者として記憶に値するただ一人の人物は、この分野で健筆をふるった浅井了意であろう。[21]了意は侍の家に生まれたが、当時の多数の武士と同様、平和が武士の需要に終止符を打った事実に直面しなければならなかった。そして、衣食の道を絶たれた浪人たちは、なんとかして新しい生活の糧を得る道を見つけねばならない立場に追い込まれた。

彼らは、それぞれ商人や百姓に身を落としたが、了意のように高い教養に恵まれた少数の浪人は、文筆の道を選んだ。

仮名草子も、ごくはじめのうちは、少部数しか印刷されなかったので、作者の収入もたかがしれていた。だが、儒者、朝山素心《あさやまそしん》（一五八九〜一六六四年）の『清水物語《きよみず》』（一六三八年）は、一説に三千部を売ったと伝えられる。[*22] そのころから仮名草子は採算に合うようになり、本そのものの性格も変化をし始めた。筆の立つ人々の余技ではなく、出版されることを前提として執筆されるようになったのである。浅井了意は、こうして、日本文学史上はじめて流行作家であると同時に職業作家となった。[*23]

それ以前にも、たとえば『源氏物語』の写本は、きそって人々に読まれるものであった。しかし、本屋というものが存在せず、本そのものが高価な写本だったので、流行作家の名に値する作家は一人もいなかった。十七世紀のこの時代になってはじめて、比較的安い印刷術と読書人口の増加に支えられ、作家という職業が存立しうるようになったわけである。了意は、職業作家の生活が可能になったまさにその瞬間に、生まれ合わせたのだった。

仏教についての彼の造詣《ぞうけい》が物語るように、了意は高度の教養人であった。だが、彼の本の多くは庶民読者を対象にしている。『恨の介』が漢語を並べることによって文学的な味を出そうとしたのに反して、了意は作品を大部分仮名で書いた。彼のもっとも有名な作品は『浮世物語《うきよ》』であろう。これは、一六六一年以降に書かれたことが確認されている。

『浮世物語』の序章「浮世といふ事」は、浮世の解釈をめぐる新旧意見の対話である。これまでの「浮世」は、世の中のことはすべて思うとおりにならない、さればこそ憂《う》き世――という立場だった。これに反して新しい「浮世」は、一寸さきのわからない、不確定で浮沈に富んだ浮世である。波のまにまに浮きに浮き、水に流される瓢箪《ひょうたん》のように、定めない面白さを楽しむ態度である。[*24]

瓢箪のイメージは、主人公である瓢太郎《ひょうたろう》の中に体現されている。彼は金持ちの町人の息子で、思う存分に「浮世」を享楽する。了意は瓢太郎の遊興をくわしく描写しながら、賭博《とばく》や傾城《けいせい》買いを積極的に擁護している。しかし、極道のかぎりを尽くした瓢太郎は、やがて文無しになり、さる大名に御伽衆兼相談役として召しかかえられる。物語自体にも、このころから暗いかげが忍び寄って来る。兵太郎と名を改めた彼は、

朝夕御大名の御前に詰めて、談合《だんこう》する事とては、家中へ出《いだ》す知行《ちぎょう》の米を何とぞ課役《かやく》を掛けて、せめて半分取返す分別、次には領分の百姓共、たとひ妻子を沽却《こきゃく》し、家を空《あ》けて他国に走るとも、年毎《ごと》の年貢に未進《みしん》無く、免を許さず皆取切る分別、次には百姓の物毎《ごと》を役《やく》に掛けて取上げ、万事の運上を取る分別、只《ただ》欲心を本《もと》として、情も知らず道をも弁《わきま》へず、家中をも百姓をも皆取上ぐる談合より外は無し。[*25]

それまでは博打《ばくち》や漁色に身をやつしていた瓢太郎が、いったん大名に雇われると、てのひらを返したように、家来や領地の百姓から絞りとる手だてばかりを献策する。そんな彼は、まもなく家中から憎まれ、呪《のろ》われるようになる。

瓢太郎は、とうとう大名のもとを逃げ出さねばならなくなる。あまり図に乗って、ある日、律儀な侍に「戯言《ざれごと》」をしかけ、刀の峰打ちにされたため、頭をまるめて旅に出るよりほかなくなるのである。武士や農民が瓢太郎のために蒙《こうむ》っていた苦しみを書いてきた了意の義憤の筆は、ここで一転しておどける調子になる。侍にこらしめられた瓢太郎は「自体は親に似て大憶病の者なりければ、斬《き》り殺さるゝかと思ふより、手足も萎《な》へて匍々《ほうほう》逃げて立退き」[*26]ということになってしまう。やむをえず心にも染まぬ道心を起こすわけだが、かといってこの瓢太郎、心の底から発心《ほっしん》したわけでもない。

もしここで了意が筆頭を転じることなく、ゆえもなくひどい搾取を受けている庶民のことをもっときびしい態度で描写し続けていたなら、『浮世物語』も、あるいは後世に残る小説たりえていたかもしれない。しかし、もともと娯楽をなによりの目的として書かれた作品から、そんなことを期待するほうがむりというものであろう。剃髪《ていはつ》した瓢太郎は浮世房と自らに法名を与える。墨染《すみぞめ》の衣を着てもなお浮世を忘れぬという意志表示である。瓢太郎こと浮世房は、こうして旅に出る。

『浮世物語』が短い挿話の積み重ねによって構成されているのは、飽きやすい読者の心を考えてのことだろう。至るところにふざけた情景描写が出てくるのは、本を売らんがための商略ではなかったかと思われる。それでも、了意の真面目な意図は、完全に忘れられたわけではない。重い課役を負わされて苦しみ、生きるためには自暴自棄の挙にも出なければならぬ百姓のことは、その後も繰り返し書かれている。了意はまた、商人の強欲や、茶の湯の数奇にかまけて物事の軽重を忘れた大名にも筆誅《ひっちゅう》を加えている。

浪人だった了意は、なによりも浪人たちが世間から受ける冷たい仕打ちに怒りの炎を燃やしている。別の作品の中で、彼は浪人のことを「世すて人にはあらで世にすてられ」[*27]とまで書いている。だからといって、了意は、なに一つ社会の矛盾に対して解決の道を示しているわけではない。せいぜい孔孟《こうもう》の教えを守って惻隠《そくいん》の心を忘れるなと説くのが関の山で、社会への彼の憤りは、最後にはふざけたオチで締めくくられることになる。一例は、つぎのような個所《かしょ》。

「……譬《たと》へば人あり、飢《うえ》に臨みて我が股《もも》を削《そ》ぎて食《じき》す。腹には飽足れども、足の倒るゝが如《ごと》し。国の主《あるじ》は腹の如く、百姓は足の如し。腹のみ脹《ふく》れても足立たずしてはその甲斐《かい》無し。君大に栄へ給ふとも、百姓衰へ憔悴《かし》けたらば、国を治むる験《しるし》無からん。されども大欲深き人は多くの米を倉に積みて、年を重ぬれども出《いだ》し売らず。日照《ひでり》・洪水・大風を古《いにしえ》は無きやうにと祈りしに、今の商人《あきうど》は有れかし、米の直《ね》を上げんと利分を守る程に、その日過《すぎ》の貧しき者稼げども〳〵一舛《しょう》の米の値《あたい》をだに儲《もう》けかね、蚊帳《かちょう》を質に置きては、夏の夜を寝ずして明し、夜るの物を売りては冬の夜すがら凍《こご》え果て、子共《こども》を人の被官[†1]になし、道の辺《ほとり》に赤児を捨て、誠に年毎の五穀は稔《みの》りながら、餓《が》餒《ひょう》[†2]の飢死《うえじに》少なからず。哀れなる事かな」とて、浮世房涙をはら〳〵と流しければ、問屋《といや》の亭主これを聞て、「米高くして喜ぶ者も世に多し。けしからぬ[†3]法師の涙かな。米が欲しさに啼《なか》る、ものであらう」とて、一舛ばかり取らせて帰しけり。[*28]

†1　奉公人　†2　飢えること　†3　意味のわからぬ

浮世房は、やがて、前よりはもう少し寛大な大名に認められて仕えるようになる。新しい主人に対して、彼は、武士たちに侍の道を忘れさせぬよう、また大名たるもの虚栄の浪費を慎むよう進言し、はじめのうちは用いられるが、薬がききすぎて、やがてうとんぜられることが多くなる。そして物語の終幕、浮世房は「もぬけの殻」つまり肉体から離れて、どこかへ浮遊していってしまう。仙術を使ったのである。

浮世房は行方《ゆきがた》なく失《う》せぬ。天にや上りけん、地にや入けん。書置きける短冊あり。読みて見れば、

今は我が心ぞ空《くう》に帰りける

## 残る形は蟬《せみ》の脱殻《ぬけがら》*29

また、別の作品の中では、了意はもっときびしい社会批判を試みている。年貢を完納できなかった百姓に、領主が加える体刑、水牢《みずろう》、そのほかもっときびしい刑罰についても書いている。*30当時の幕府は、いっさいの政道批判を許さず、危険とみられる文書は繰り返し押収していたのだから、了意がこれほどの政府批判をしえたのは、ほとんど不思議と言っていいくらいである。それが可能だったのは、おそらく了意が書いていた作品の傾向が、公儀の警戒心をあらかじめ和《やわら》げていたからだろう。滑稽遍歴譚、怪異譚、名所案内記、あるいは古めかしい恋物語などが幸いして、はじめからもっと真面目一方な本であれば当然警戒されたようなところを、思いのほかするりとすり抜けたのであろう。

理由は、そのほかにもある。了意は慎重に言葉を択《えら》んで、批判の筆を、武士として、あるいは仁者としての道を忘れた特定の強欲な大名だけに向けるよう配慮しているからである。封建制度そのものを批判したわけでは決してない。不時の戦乱への備えを怠り、茶の湯の茶碗《ちゃわん》に大金を投じようとする大名を批判するくだりでは、了意は、いわば幕府がすでに繰り返し諸侯に布達してきたことをおうむ返しに述べているにすぎない。庶民の膏血《こうけつ》を絞りとる富商に筆誅を加えるくだりでも、彼は単に利にのみ走ることをいましめた儒学の教えを踏襲しているだけのことである。

浅井了意の仮名草子を読んだ当時の人たちが、百姓に対する無理非法を憤る了意の筆からどれほどの感銘を受けたかは疑わしい。物語の中のもっと面白い部分に目を奪われ、単なる儒学者のお説教くらいに思ってとばし読みした可能性も十分に考えられる。[*31]しかし、作者である了意自身にとっては、こうした社会批判のくだりこそが、もっとも言いたかった部分ではなかったかと思われるのである。社会に対する彼の憤懣《ふんまん》は、浪人時代のにがい経験から来たものであり、それは正義を失った社会への彼の失望を代弁しているのであろう。仏教系、儒教系の双方を含めて、仮名草子には教訓ものは数多い。しかし、社会の不正の剔抉《てっけつ》において、了意以上に生き生きした描写をなしえた作家は一人もいない。

ただ、日本文学の中に了意が開拓しようとした社会批判という分野は、彼に続いて現われる大作家、西鶴の作品においては、まったく欠落してしまっている。一般に、仮名草子は、中世の御伽草子が西鶴の小説に移行する、その移行期を占める伝統的な作品群と考えられてきた。だが、松田修《まつだおさむ》氏が指摘しているように、われわれは、西鶴が『浮世物語』その他から継承したものを認めるだけでなく、西鶴が受容しそこねたものにも注目しなければならないだろう。[*32]了意が創造した浮世房という人物は、たしかに文学的にみれば注目に値する男ではない。『浮世物語』の叙述手法、構成も、ともに未熟なものである。しかし、そのような短所にもかかわらず、了意が、西鶴がついに試みることのなかった社会批判を書きえたことは否定できない事実である。それに反して西鶴の関心は、了意とは違って、常に社会ではなく、個人の上にあった。
このような態度を、了意は、だれから引き継いだのだろうか。大名やその家臣たちによる暴政への庶民の批判は、多分に浪人時代の彼自身の経験によって肉づけされている。だが、了意の小説的技法は、彼が自ら翻案した中国文学、およびおそらく『イソップ物語』の翻訳から学んだものであろう。『浮世物語』の中のさきに引用した一節[*33](股《もも》をそぐ人のたとえ)は、明らかにイソップの「腹と五体《ごたい》の事」をひねったものである。
『イソップ物語』は、はじめイエズス会の宣教師たちにより一五九三年にローマ字に訳された。これは多くの日本人には読まれることなく、一六三九年に至って、はじめて『伊曾《いそ》保《ほ》物語』として仮名のものが出版され、十九世紀に日本が鎖国を解く以前に広く日本人に読まれたヨーロッパ文学として、独特な地位を占めることになったのだった。了意の技法の中には、このイソップの技巧が読みとれるのである。『浮世物語』に、さる大名が馬が駆けないといって鞭《むち》うつと、馬が「人の如くに物言ふ」場面があるなども、その好例だろう。[*34]
了意の文体は、必ずしも平易ではない。だが、いたずらに文学ぶらないのは、イソップだけではなく中国文学に影響されるところが大きかったからと思われる。彼の『伽婢子《とぎぼうこ》』(一六六六年)は、朝鮮の怪異文学に拠《よ》ったものだが、そのもとをたどれば明《みん》の瞿佑《くゆう》(一四三三年没)の怪異小説集『剪灯新話《せんとうしんわ》』を翻案したものである。[*35]了意は、物語の筋については原典から自由に逸脱しているが、文体は中国の物語の平明さを受け継ぎ、そのために『恨の介』に代表される中世的な美文調とは一線を画している。

仮名草子の大多数は、武士によって、武家階級のために書かれたものだった。それが、仮名草子八十年の歴史（一六〇〇～一六八〇年）が終わりに近づくころになると、ようやく町人の読者を狙《ねら》ったものが多くなり始める。とくに遊里や役者の評判記は、町人と読者との距離を縮めるのに役立った。[*36]

文学としての評判記は、それほど価値のあるものではない。しかし、浅井了意の作品のようにあらかじめ上流武家階級を読者に想定したものではなく、遊藝の巷《ちまた》に出入りする人種だけに対象を絞ったものだったので、町人にとっても面白い読みものであることができた。「評判」とは言っても、断片的なものが多いのだが、ときにはもう少し主観をこめた長い記述になることもある。仮名草子も評判記まで来ると、西鶴の世界まであと一歩というところである。以後、花街柳巷《かがいりゅうこう》を扱った文学は、徳川期の終焉《しゅうえん》まで栄えつづけるのだが、この時代の評判記は、その先頭を切るものであった。

全国諸都市での遊里の発達は、皮肉なことながら、儒学が幕府の正学となった結果だった。社会秩序の安定と永続をはかるため、儒学者たちは忠孝を基礎とした諸法度《しょはっと》によるきびしい規律の確定を献策した。家は国家の小宇宙であり、元首に払われるべき忠誠と服従が、家長に対しても要求されるようになった。家長は、一家を維持する責任を全面的に負わされたが、一方では妻や子に向かって愛情を表現することははしたないこととされていた。妻に求められるのは従順のみであり、嫉妬《しっと》心を抱くことはもちろん、積極的に発言することとさえ禁じられた。夫への不満から他の男に走ったりすれば、罪は死で購《あがな》われなければならなかった。

儒学者たちによって、家族のあいだの愛は、こうして、好ましくないだけでなく、時によっては邪悪なものと定義されたが、その一方では、男たちがときどき気晴らしをすることには暗黙の許可が与えられた。幕府も、むしろすすんで、武士たちの荒々しいエネルギーの発散の場としての「悪所」の設立をあえてしたほどだった。遊里通いは恥ではなく、逆に家庭の幸福にかまけて遊里に足を踏み入れない連中のほうが堅物《かたぶつ》、吝嗇《りんしょく》、あるいは情を知らない男として排斥された。だが、遊里においても、愛は家庭内におけると同様に法度とされ、自分の経済の許す範囲で遊ぶことは自由だが、もし不幸にして遊女と恋に陥ったりしたときは、それは家庭の破滅や、場合によっては、もっと大きな災厄にさえなりかねなかった。

仮名草子作家の中で、遊里賛美者として知られるのは藤本箕山《ふじもときざん》（一六二六〜一七〇四年）である。彼の大作『色道大鏡《しきどうおおかがみ》』は、愛という感情には一顧だにも与えず遊里を描写している。売春を業とする女たちは素人よりはるかに深い性的満足を男に与えると確信していた箕山だが、その彼が愛を語るとき、それは肉体の交渉が与える愛と色里をとりまく雰囲気への鑽仰《さんぎょう》であった。若くして遊蕩《ゆうとう》を知り、廓《くるわ》の習俗に異常なまでの愛着を抱いた彼は、生涯を廓の研究と賛美に捧げ、儒学の教えに従って遊女の道を確立することに費やした。彼は、自分をしばしば「色道」という新宗教の教祖に擬し、自分がいかにして俗世間の単調と倦怠《けんたい》に背を向け、古い伝統の会得《えとく》のために労力と長年の歳月を投じたかを自負している。

『色道大鏡』(一六七八年)十八巻を脱稿するまでに、箕山は二十年の余も費やしている。主題はともあれ、それは彼の学識の集大成でもある。和漢の古典からの引用が随所にちりばめられ、作品に一種の権威を与えるとともに彼の博学を読者に印象づけている。また、遊女の衣裳《いしょう》や挙措《きょそ》には精密きわまる目が向けられている。遊女がまとう衣裳、櫛笄《くしこうがい》の一つ一つ、また動作の一つ一つは、能舞台に立つ能役者のように、すべて古式にのっとっていなくてはならない。たとえば、笑うときの遊女のたしなみについて、つぎのような記述がある。

わらひの事、おかしきある時、傾城の莞爾《かんじ》として腔子《えつぽ》に入《いる》は、ことの外うるはしく過分なるものなり。……口をあき歯をかみ出し、かしらをなげうち貌《かたち》をかへ、高わらひするなどは立所《たちどころ》に風流をうしなひ、つたなく見ゆ。いたくおかしくてわらふべきには、口に袖を覆ひてわらふか、さなくば客のかたをそむき、さしうつぶきて、つゝみわらひするなどはやさしと見ゆ。*37

遊女たちの中には、ちゃんと階級が存在する。上は客に莫大《ばくだい》な散財をさせながらも床をともにしない太夫《たゆう》から、最下位はわずかな銭のために春をひさがねばならない女まで。箕山は、その後者にはほとんど関心を払わない。彼が興味をそそられるのは、最上級の傾城である。贅《ぜい》をこらした廓の一室を支配する、貴婦人のような教養と立居振舞いを備えた美女。彼は、そうした女たちのために道を説くのである。

傾城は哥学《かがく》するまでこそあらめ、せめて哥《うた》の文字・よみ斗《ばかり》などは覚えをきて、折ふしのうつりかはる風景などに古哥をも吟《ぎん》じ見んは、いとやさしくゆかしかりなん。傾城買とて、野人なる者ばかりもてあそふにはあらじ、さやうの人に心ある客あひかたらはゞ、外をもとめん事やはあるべき。

これは「傾城買いに来るからといって粗野な客ばかりとはかぎらない」と、遊女に教養をすすめるくだりである。また、文章を書く才を、三味線より大切な傾城のたしなみとして説いている一節もある。

傾国の手をかく事、専《もつぱら》これをたしなむべき道なり。いづれの人か手をかゝずしてもよきといふ事はなけれど、かゝずしてかなはぬものは傾城なり。傾城の藝に、三味線に上こすものはなしといへど、物かく事第一にして、三味線是《これ》に続《つぐ》べし。手はよくかけども、三味線不堪《ふかん》なりといはんはくるしからじ、三味線名人なれども、悪筆にて文章たしかならずといはれんは口おしかりぬべし。

『色道大鏡』の中でももっとも興味深いのは、遊女の心中だてを説いた「切指篇《せつしのへん》」である。客のために、女は誠実の誓いを立てる。その最高のものは指をつめる行為だと、箕山は説く。

指をきりて男に報ずるは、傾城の心中の奥儀とす。爪・誓紙・髪・剠《いれずみ》、此四箇《か》の心中は、真実ならずして謀《はかりごと》にもする業なり。指切のみ、真実におもひ入たる者ならでは、先なりがたし。……爪は日を経てのぶる、髪は月を経てのぶる。誓紙は人これを見ず、剠、不会となれば、是を解《け》してかたちなし。指ばかりこそ、生涯のうちかたわとなりて、昔にかへらざれば、よく〳〵工夫をめぐらすべき事也。

指を切るときは十分に考えてからにせよと教える一方で、箕山は、どうしても切らねば男が承知しないような場合には、いさぎよく切ることこそ傾城のとるべき道とさとしている。

袖にすがりて、うらみ侘《わび》あへるといへども、おとこかさたかくして、よし〳〵、此上は指だにきらば、咎《とが》ありともゆるし、うたがひをやめんといはんに、いづれの女郎か辞退すべき、心得たりといはんより外なし。

箕山の『色道大鏡』は、遊里が繁栄の絶頂期にあった時代に、その格式と伝統を描写した作品として出色のものである。それはまた十七世紀後半に一つの頂点に達した文学、とくに西鶴の小説に先行し、その背景を準備したものと言えるであろう。

注

＊1　一六〇〇年から一六八二年にかけて仮名または仮名まじり文で書かれた草子にはじめて仮名草子の名称が与えられたのは一八九七年である。長谷川強「仮名草子」（『講座日本文学』第七巻）二六ページ参照。

＊2　仮名草子の分類については、野田寿雄『近世小説史論考』八四〜八五ページ参照。

＊3　市古貞次・野間光辰編『御伽草子・仮名草子』一八六〜一九〇ページ等に考証がある。野

間教授は、一六〇六年に禁裡女房と密通し、改易のはて一六一二年に死んだ松平若狭守近次を、恨の介のモデルに擬している。

＊4 『恨の介』は、前田金五郎・森田武校注『仮名草子集』五一～八八ページに収録されている。

＊5 同右五四～五五ページ

＊6 野田寿雄校註『仮名草子集』上巻八〇ページ

＊7 同右。異本によって左衛門の名を用いているものもある。

＊8 同右二一二ページ

＊9 同右七九ページ

＊10 宗政五十緒『西鶴の研究』五二～五六ページ

＊11 岸得蔵「仮名草子における名所記、遊覧記」（市古他『御伽草子・仮名草子』）二八九ページ

＊12 岸得蔵「生活の中の仮名草子」（井本農一・西山松之助編『人間開眼』）八八ページ。学者の中には磯田道治としている人もある。初期の研究者は、これを烏丸光広の作としていた。

＊13 『徒然草』第七段への連想。

＊14 前田他『仮名草子集』四四～四五ページ

＊15 鈴木棠三校注『醒睡笑』下巻二二六～二四四ページ

＊16 鈴木『醒睡笑』上巻四七ページ

＊17 鈴木『醒睡笑』下巻九〇ページ

＊18 前田他『仮名草子集』一七二～一七三ページ、また市古他『御伽草子・仮名草子』一五七

〜一五八ページ
＊19　島原の乱と当時の文学については、大磯義雄「島原の乱の仮名草子への反応」参照。
＊20　奥野高広・岩沢愿彦校注『信長公記』二二一ページ
＊21　浅井了意についてのもっとも興味深い記述は、松田修『日本近世文学の成立』一三九〜一五五ページにある。
＊22　岸「仮名草子における名所記、遊覧記」九〇ページ
＊23　浜田啓介「仮名草子の作者と読者」（市古他『御伽草子・仮名草子』）二八七ページ
＊24　前田他『仮名草子集』二四四ページ
＊25　同右二五七〜二五八ページ
＊26　同右二六一ページ
＊27　松田『日本近世文学の成立』一二九ページに引用。
＊28　前田他『仮名草子集』二七七〜二七八ページ
＊29　同右三五四ページ
＊30　松田『日本近世文学の成立』一五二ページ
＊31　同右一五四ページ
＊32　同右一一三ページ
＊33　『伊曾保物語』のこの項は、前田他『仮名草子集』四二七ページに収録されている。
＊34　同右二五八〜二五九ページ
＊35　松田『日本近世文学の成立』一二四ページ。『剪灯新話』は、のちに上田秋成らの作家に

も影響を残している。

＊36　浜田「仮名草子の作者と読者」二八八ページ

＊37　野間光辰編著『色道大鏡』一四〇～一四一ページ

## 参考文献


市古貞次・野間光辰編『御伽草子・仮名草子』〈日本古典鑑賞講座16〉角川書店、一九六三年

井本農一・西山松之助編『人間開眼』〈日本文学の歴史7〉角川書店、一九六七年

大磯義雄「島原の乱の仮名草子への反応」（『国語と国文学』一九五五年十二月）

奥野高広・岩沢愿彦校注『信長公記』〈角川文庫〉角川書店、一九六九年

鈴木棠三校注『醒睡笑』上・下巻〈角川文庫〉角川書店、一九六四年

野田寿雄校註『仮名草子集』上巻〈日本古典全書〉朝日新聞社、一九六〇年

野田寿雄『近世小説史論考』塙書房、一九六一年

野間光辰編著『完本色道大鏡』友山文庫、一九六一年

前田金五郎・森田武校注『仮名草子集』〈日本古典文学大系90〉岩波書店、一九六五年

松田修『日本近世文学の成立』法政大学出版局、一九六三年

宗政五十緒『西鶴の研究』未来社、一九六〇年

『講座日本文学』第七巻、三省堂、一九六九年

ま　行



や　行



ら　行

## さ 行



## た 行



## な 行



## は 行

### や　行



### ら　行



## 書　名

### あ　行



### か　行

た　行



な　行



は　行



ま　行

# 索　引

＊索引は人名・書名にわけ、現代かなづかいによる五十音順に配列した。

## 人　名

### あ　行



### か　行



### さ　行

本書は、Donald Keene, *World Within Walls.* 1976, Holt, Rinehart and Winston, New York を訳出したものです。文庫化にあたって、一九九五年五月に中央公論社から刊行された『日本文学の歴史7　近世篇1』を底本とし、一九七六・七七年に中央公論社から刊行された『日本文学史　近世篇上・下』を適宜参照しました。

本書では、引用文の漢字は新字に、ルビは新かなづかいに改めました。

DTP　平面惑星

中公文庫


日本文学史《にほんぶんがくし》
——近世篇一《きんせいへんいち》

2011年1月25日　初版発行

著　者　ドナルド・キーン
訳　者　徳岡《とくおか》孝夫《たかお》
発行者　浅海　保
発行所　中央公論新社
〒104-8320　東京都中央区京橋2-8-7
電話　販売 03-3563-1431　編集 03-3563-3692
URL http://www.chuko.co.jp/

印　刷　三晃印刷
製　本　小泉製本




Published by CHUOKORON-SHINSHA, INC.
Printed in Japan　ISBN978-4-12-205423-3 C1191

# 中公文庫既刊より

各書目の下段の数字はISBNコードです。978－4－12が省略してあります。

キ-3-1
日本との出会い
ドナルド・キーン
篠田一士 訳
ラフカディオ・ハーン以来最大の日本文学者といわれる著者が、日本文壇の巨匠たちとの心温まる交遊を通じて描く稀有の自叙伝。〈解説〉吉田健一
200224-1

し-6-42
世界のなかの日本 十六世紀まで遡って見る
ドナルド・キーン
司馬遼太郎
近松や勝海舟、夏目漱石たち江戸・明治人のことばと文学、モラルと思想、世界との関りから日本人の特質を説き、世界の一員としての日本を考えてゆく。
202510-3

し-6-46
日本人と日本文化〈対談〉
ドナルド・キーン
司馬遼太郎
日本文化の誕生から日本人のモラルや美意識にいたる〈双方の体温で感じとった日本文化〉を縦横に語りあいながら、世界的視野で日本人の姿を見定める。
202664-3

キ-3-10
日本人の美意識
ドナルド・キーン
金関寿夫 訳
芭蕉の句「枯枝に…」の烏は単数か複数か、その曖昧性に潜む日本の美学。ユニークな一休の肖像画、日清戦争の文化的影響など、独創的な日本論。
203400-6

キ-3-11
日本語の美
ドナルド・キーン
愛してやまない〝第二の祖国〟日本。その特質を内と外から独自の視点で捉え、卓抜な日本語とユーモアで綴る味わい深い日本文化論。〈解説〉大岡 信
203572-0

キ-3-12
足利義政と銀閣寺
ドナルド・キーン
角地幸男 訳
建築、庭園、生け花、茶の湯、そして能――日本人の美意識の原点となった東山文化の偉大な創造者として、将軍・足利義政を再評価する。〈解説〉本郷和人
205069-3

キ-3-13
私の大事な場所
ドナルド・キーン
はじめて日本を訪れたときから六〇年。ヨーロッパに憧れていたニューヨークの少年にとって、いつしか日本は第二の故郷となった。自伝的エッセイ集。
205353-3

み-9-2
# 作家論
三島由紀夫

森鷗外、谷崎潤一郎、川端康成を始め、敬愛する十五作家の精神と美意識を論じつつ文学の本質に迫る、著者の最後を飾った文学論。〈解説〉佐伯彰一

200108-4

し-9-7
# 三島由紀夫おぼえがき
澁澤龍彥

絶対と相対、生と死、精神と肉体――様々な観念を表裏一体とする激しい二元論に生きた天才三島由紀夫。親しくそして本質的な理解者による論考。

201377-3

み-9-6
# 太陽と鉄
三島由紀夫

三島ミスチシズムの精髄を明かす表題作。作家として自立するまでを語る「私の遍歴時代」。三島文学の本質を明かす自伝的作品二篇。〈解説〉佐伯彰一

201468-8

み-9-7
# 文章読本
三島由紀夫

あらゆる様式の文章・技巧の面白さ美しさを、該博な知識と豊富な実例と実作の経験から詳細に解明した万人必読の文章読本。〈解説〉野口武彦

202488-5

い-4-3
# 文壇よもやま話（上）
池島信平
嶋中鵬二 聞き手

NHKラジオで昭和三十四年から二年間放送された人気番組の活字化。上巻には正宗白鳥、江戸川乱歩、石川淳、小林秀雄ら十二人を収める。〈解説〉村松友視

205384-7

い-4-4
# 文壇よもやま話（下）
池島信平
嶋中鵬二 聞き手

終始寛いだ雰囲気のなか、文壇今昔談や創作裏話が惜しみなく語られる。下巻には佐藤春夫、野上彌生子、谷崎潤一郎、川端康成、大佛次郎ら十二人を収める。〈解説〉岡崎満義

205402-8

お-10-3
# 光る源氏の物語（上）
大野晋
丸谷才一

当代随一の国語学者と小説家が、全巻を縦横無尽に読み解き丁々発止と意見を闘わせた、斬新で画期的な『源氏論』。読者を難解な大古典から恋愛小説の世界へ。

202123-5

お-10-4
# 光る源氏の物語（下）
大野晋
丸谷才一

『源氏』は何故に世界に誇りうる傑作たり得たのか。詳細な文体分析により紫式部の深い能力を論証する。『源氏』解釈の最高の指南書。〈解説〉瀬戸内寂聴

202133-4

各書目の下段の数字はISBNコードです。978－4－12が省略してあります。

か-30-1
美しさと哀しみと
川端康成
京都を舞台に、日本画家上野音子、その若い弟子けい子、作家大木年雄の綾なす愛の色模様。哀しさの極みに開く官能美の長篇名作。〈解説〉山本健吉
200020-9

く-20-2
犬
クラフト・エヴィング商會
川端康成／
幸田文他
ときに人に寄り添い、あるときは深い印象を残して通り過ぎていった名犬、番犬、野良犬たち。彼らと出会い、心動かされた作家たちの幻の随筆集。
205244-4

く-20-1
猫
クラフト・エヴィング商會
井伏鱒二／
谷崎潤一郎他
猫と暮らし、猫を愛した作家たちが思い思いに綴った珠玉の短篇集が、半世紀ぶりに生まれかわる。ゆったり流れる時間のなかで、人と動物のふれあいが浮かび上がる、贅沢な一冊。
205228-4

た-30-19
潤一郎訳 源氏物語 巻一
谷崎潤一郎
文豪谷崎の流麗完璧な現代語訳による日本の誇る古典。日本画壇の巨匠14人による挿画入り絵巻。本巻は「桐壺」より「花散里」までを収録。〈解説〉池田彌三郎
201825-9

た-30-20
潤一郎訳 源氏物語 巻二
谷崎潤一郎
文豪谷崎の流麗完璧な現代語訳による日本の誇る古典。日本画壇の巨匠14人による挿画入り。本巻は「須磨」より「胡蝶」までを収録。〈解説〉池田彌三郎
201826-6

た-30-21
潤一郎訳 源氏物語 巻三
谷崎潤一郎
文豪谷崎の流麗完璧な現代語訳による日本の誇る古典。日本画壇の巨匠14人による挿画入り絵巻。本巻は「螢」より「若菜」までを収録。〈解説〉池田彌三郎
201834-1

た-30-22
潤一郎訳 源氏物語 巻四
谷崎潤一郎
文豪谷崎の流麗完璧な現代語訳による日本の誇る古典。日本画壇の巨匠14人による挿画入り絵巻。本巻は「柏木」より「総角」までを収録。〈解説〉池田彌三郎
201841-9

た-30-23
潤一郎訳 源氏物語 巻五
谷崎潤一郎
文豪谷崎の流麗完璧な現代語訳による日本の誇る古典。日本画壇の巨匠14人による挿画入り絵巻。本巻は「早蕨」から「夢浮橋」までを収録。〈解説〉池田彌三郎
201848-8

た-30-29
**潤一郎ラビリンスⅠ** 初期短編集
谷崎潤一郎
千葉俊二編
官能的耽美的な美の飽くなき追求を鮮烈に描く「刺青」など八篇、反自然主義の旗手として登場した若き谷崎の初期短篇名作集。〈解説〉千葉俊二
203148-7

た-30-30
**潤一郎ラビリンスⅡ** マゾヒズム小説集
谷崎潤一郎
千葉俊二編
「饒太郎」「蘿洞先生」「続蘿洞先生」「赤い屋根」など五篇。自らマゾヒストを表明した饒太郎、そのきわめて秘密の快楽の果ては…。〈解説〉千葉俊二
203173-9

た-30-31
**潤一郎ラビリンスⅢ** 自画像
谷崎潤一郎
千葉俊二編
神童と謳われた少年時代、青春の彷徨、精神主義からの堕落、天才を発揮し独自の芸術を拓く自伝的作品「異端者の悲しみ」など四篇。〈解説〉千葉俊二
203198-2

た-30-32
**潤一郎ラビリンスⅣ** 近代情痴集
谷崎潤一郎
千葉俊二編
上州屋の跡取り巳之介はお才に迷い、騙されても欺れてもこりずに追い求める。谷崎描く究極の情痴の世界「お才と巳之介」ほか五篇。〈解説〉千葉俊二
203223-1

た-30-33
**潤一郎ラビリンスⅤ** 少年の王国
谷崎潤一郎
千葉俊二編
子供から大人の世界へ、現実から夢へと越境する少年を描いた秀作。「小僧の夢」「二人の稚児」「小さな王国」「母を恋ふる記」など五篇。〈解説〉千葉俊二
203247-7

た-30-34
**潤一郎ラビリンスⅥ** 異国綺談
谷崎潤一郎
千葉俊二編
谷崎の前半生を貫く西洋崇拝を表す「独探」、白楽天や蘇東坡の漢詩文以来の物語空間を有する西湖を舞台に描く「西湖の月」等六篇。〈解説〉千葉俊二
203270-5

た-30-35
**潤一郎ラビリンスⅦ** 怪奇幻想倶楽部
谷崎潤一郎
千葉俊二編
凄艶な美女による凄惨な殺人劇「白昼鬼語」ほか、日本探偵小説の先駆的作品ともいえる、怪奇・幻想の世界を描く五篇を収める。〈解説〉千葉俊二
203294-1

た-30-36
**潤一郎ラビリンスⅧ** 犯罪小説集
谷崎潤一郎
千葉俊二編
日常の中に隠された恐しい犯罪を緻密な推理で探る「途上」、犯罪者の心理を執拗にえぐり出す「或る罪の動機」など、犯罪小説七篇。〈解説〉千葉俊二
203316-0

各書目の下段の数字はISBNコードです。978-4-12が省略してあります。

た-30-37
**潤一郎ラビリンスⅨ　浅草小説集**
谷崎潤一郎
千葉俊二編
谷崎が幼児期から馴染んだ東京の大衆娯楽地、浅草。芸術論に明け暮れ、猥雑な街に集う画家や歌唄い達の哀歓を描く「鮫人」ほか二篇。〈解説〉千葉俊二
203338-2

た-30-38
**潤一郎ラビリンスⅩ　分身物語**
谷崎潤一郎
千葉俊二編
芸術的天才の青野とその天分を羨やむ大川の話、Aは善の、Bは悪の小説家。又は西洋と東洋など自己の内なる対立と照応を描く三篇。〈解説〉千葉俊二
203360-3

た-30-39
**潤一郎ラビリンスⅪ　銀幕の彼方**
谷崎潤一郎
千葉俊二編
映画という芸術表現に魅了されその発展に多大な期待を寄せた谷崎。「人面疽」「アヱ・マリア」他、映画に関するエッセイ六篇を収録。〈解説〉千葉俊二
203383-2

た-30-40
**潤一郎ラビリンスⅫ　神と人との間**
谷崎潤一郎
千葉俊二編
小田原事件を背景に、谷崎・佐藤・千代夫人の関係を虚構を交えて描く「神と人との間」ほか、「既婚者と離婚者」「鶴唳」を収める。〈解説〉千葉俊二
203405-1

た-30-41
**潤一郎ラビリンスXIII　官能小説集**
谷崎潤一郎
千葉俊二編
恋愛は芸術である—人間の欲望を束縛する社会の制約をはぎ取って官能の熱風に結ばれる男と女の物語「熱風に吹かれて」など三篇。〈解説〉千葉俊二
203426-6

た-30-42
**潤一郎ラビリンスXIV　女人幻想**
谷崎潤一郎
千葉俊二編
思春期を境に生ずる男女の美の変化、天成の麗質に研きをかける女性的美への倦むことのない追求を描く「女人神聖」「創造」「亡友」。〈解説〉千葉俊二
203448-8

た-30-43
**潤一郎ラビリンスXV　横浜ストーリー**
谷崎潤一郎
千葉俊二編
〝美しい夢〟の世界を実現すべく映画制作に打ち込む主人公を描く「肉塊」、横浜時代の暮しぶりを回想したエッセイ「港の人々」の二篇。〈解説〉千葉俊二
203467-9

た-30-44
**潤一郎ラビリンスXVI　戯曲傑作集**
谷崎潤一郎
千葉俊二編
〝読むための戯曲〟として書いた二十四篇のうち「恋を知る頃」「恐怖時代」「お国と五平」「白狐の湯」「無明と愛染」の五篇を収める。〈解説〉千葉俊二
203487-7

た-30-6
鍵　棟方志功全板画収載
谷崎潤一郎
妻の肉体に死をすら打ち込む男と、死に至るまで誘惑することを貞節と考える妻。性の悦楽と恐怖を限界点まで追求した問題の長篇。〈解説〉綱淵謙錠
200053-7

た-30-7
台所太平記
谷崎潤一郎
若さ溢れる女性たちが惹き起す騒動で、千倉家のお台所はてんやわんや。愛情とユーモアに満ちた筆で描く抱腹絶倒の女中さん列伝。〈解説〉阿部　昭
200088-9

た-30-11
人魚の嘆き・魔術師
谷崎潤一郎
愛親覚羅氏の王朝が六月の牡丹のように栄え耀いていた時分―南京の貴公子の人魚への讃嘆、また魔術師と半羊神の妖しい世界に遊ぶ。〈解説〉中井英夫
200519-8

た-30-13
細　雪（全）
谷崎潤一郎
大阪船場の旧家蒔岡家の美しい四姉妹を優雅な風俗・行事とともに描く。女性への永遠の願いを〝雪子〟に託す谷崎文学の代表作。〈解説〉田辺聖子
200991-2

た-30-24
盲目物語
谷崎潤一郎
長政・勝家二人の武将に嫁し、戦国の残酷な世を生きた小谷方と淀君ら三人の姫君の境涯を、盲いの法師が絶妙な語り口で物語る名作。〈解説〉佐伯彰一
202003-0

た-30-25
お艶殺し
谷崎潤一郎
駿河屋の一人娘お艶と奉公人新助は雪の夜駈落ちした。幸せを求めた道行きだった筈が…。芸術とは何かを探求した「金色の死」併載。〈解説〉佐伯彰一
202006-1

た-30-27
陰翳礼讃
谷崎潤一郎
日本の伝統美の本質を、かげや隈の内に見出す「陰翳礼讃」「厠のいろいろ」を始め、「恋愛及び色情」「客ぎらい」など随想六篇を収む。〈解説〉吉行淳之介
202413-7

た-30-28
文章読本
谷崎潤一郎
正しく文学作品を鑑賞し、美しい文章を書こうと願うすべての人の必読書。文章入門としてだけでなく文豪の豊かな経験談でもある。〈解説〉吉行淳之介
202535-6

各書目の下段の数字はISBNコードです。978－4－12が省略してあります。

た-30-10
## 瘋癲《ふうてん》老人日記
谷崎潤一郎

七十七歳の卯木は美しく驕慢な嫁颯子に魅かれ、変形的間接的な方法で性的快楽を得ようとする。老いの身の性と死の対決を芸術の世界に昇華させた名作。

203818-9

た-30-46
## 武州公秘話
谷崎潤一郎

敵の首級を洗い清める美女の様子にみせられた少年――戦国時代に題材をとり、奔放な着想をもりこんで描かれた伝奇ロマン。木村荘八挿画収載。〈解説〉佐伯彰一

204518-7

た-30-47
## 聞書抄
谷崎潤一郎

落魄した石田三成の娘の前にあらわれた盲目の法師。彼が語りはじめたこの世の地獄絵巻とは。菅楯彦による連載時の挿画七十三葉を完全収載。〈解説〉千葉俊二

204577-4

た-30-48
## 月と狂言師
谷崎潤一郎

昭和二十年代に発表された随筆に、「疎開日記」を加えた全七編。空爆をさけ疎開していた日々のなかできれぎれに思いかえされる風雅なよろこび。〈解説〉千葉俊二

204615-3

た-30-50
## 少将滋幹の母
谷崎潤一郎

母を恋い慕う幼い滋幹は、宮中奥深く権力者に囲われた母の元に通う。平安文学に材をとった谷崎文学の傑作。小倉遊亀による挿画完全収載。〈解説〉千葉俊二

204664-1

た-30-52
## 痴人の愛
谷崎潤一郎

美少女ナオミの若々しい肢体にひかれ、やがて成熟したその奔放な魅力のとりことなった譲治。女の魔性に跪く男の惑乱と陶酔を描く。〈解説〉河野多恵子

204767-9

た-30-53
## 卍（まんじ）
谷崎潤一郎

光子という美の奴隷となった柿内夫妻は、卍のように絡みあいながら破滅に向かう。官能的な愛のなかに心理的マゾヒズムを描いた傑作。〈解説〉千葉俊二

204766-2

た-30-54
## 夢の浮橋
谷崎潤一郎

夭折した母によく似た継母。主人公は継母への憧れと生母への思慕から二人を意識の中で混同させてゆく。谷崎文学における母恋物語の白眉。〈解説〉千葉俊二

204913-0